译文经典

不祥的蛋·狗心
Роковые яйца
Собачье сердце
М. Булгаков

〔苏联〕布尔加科夫 著

白桦熊 译

上海译文出版社

目 录

不祥的蛋（又名《生命之光》） …… 1

第一章　佩尔西科夫教授之生平简介 … 3

第二章　彩色的卷须 …………… 10

第三章　佩尔西科夫抓到了它 ……… 18

第四章　德罗兹多夫神父的寡妇 …… 24

第五章　鸡的故事 ……………… 34

第六章　1928年6月的莫斯科 …… 54

第七章　洛克 …………………… 60

第八章　国营农场事件 …………… 76

第九章　蠕动的粥 ……………… 98

第十章　灾祸 ……………………… 105

第十一章　战斗与死亡 …………… 114

第十二章　冬神来袭 ……………… 123

狗心 ·············· 127

第一章 ·············· 129

第二章 ·············· 140

第三章 ·············· 164

第四章 ·············· 187

第五章 ·············· 194

第六章 ·············· 206

第七章 ·············· 229

第八章 ·············· 240

第九章 ·············· 256

大结局 ·············· 269

魔鬼颂 ·············· 275

第一章　20日发生的事情 ·············· 277

第二章　产品 ·············· 280

第三章　来了个秃子 ·············· 284

第四章　第一条——科洛特克夫出局 ··· 290

第五章　魔鬼的戏法 ·············· 296

第六章　第一夜 ·············· 305

第七章　管风琴与猫 ·············· 308

第八章　第二夜 ………………………… 323

第九章　打字机多得吓人 ……………… 325

第十章　可怕的德尔京 ………………… 333

第十一章　追捕桥段和无底深渊 …… 338

译后记 ………………………………… 344

不祥的蛋（又名《生命之光》）

第一章　佩尔西科夫教授之生平简介[①]

1928年4月16日晚间，第四国立大学[②]动物学教授，莫斯科动物研究所所长佩尔西科夫，走进了自己的实验室。他的实验室就在位于赫尔岑大街的动物研究所[③]。教授点亮了光线柔和的球形顶灯，扫视了一下房间。

不得不说，一场可怕的灾难就是在这个不祥的夜晚被埋下了祸根，换句话说，这位弗拉基米尔·伊帕齐耶维奇·佩尔西科夫教授正是灾祸的始作俑者。

此人刚好年满五十八岁。长着一个特别显眼的脑袋，前额的大包格外凸出，头上已经谢了顶，只在两侧还稀稀拉拉竖着几撮浅黄色的毛。脸上的胡子刮得干干净净，下嘴唇朝前努起。这些面部特征让他的脸看上去总是带着那么几分任性的表情。红彤彤的鼻梁上架着一副旧式的银质边框小眼镜，两只眼睛不大，但却目光炯炯，个子挺高，有点驼背。他说起话来叽叽喳喳，尖声细气，活像聒噪的青蛙。在他种种怪癖行为中还有一样：当他信心满满把握十足地表述一件事情时，右手的食指总会弯曲成一个小钩子，眼睛也眯缝起来。而佩尔西科夫教授说起话来始终是信心十足的，因为每每涉及他擅长的领域，他的博学是根本无人能及的。所以当他与人交谈时,他的小钩子在对方面前频频闪现,也就见惯不怪了。可一旦离开他的领域,也就是动物学、胚胎学、解剖学、植物学和地理学,佩尔西科夫教授几乎不会发表任何言论。

佩尔西科夫教授从不读报纸,也从不光顾剧院。可就在1913年,教授的妻子却和济明歌剧院④的一个男高音私奔了,只给他留下一张字条,上面写道:

"你的那些青蛙让人恶心至极,浑身的鸡皮疙瘩让我实在忍受不了。这辈子看到青蛙我就会有心理阴影。"

教授后来没有再结婚,膝下也无子嗣。他动不动就会发脾气,不过火气来得猛也消得快,平时喜欢喝云莓果茶。他住在普列奇斯坚卡大街一套五居室的房子里,其中一间房间被一个干瘪老太婆占用,那是他的管家玛丽亚·斯捷潘诺夫娜,平日里像保姆一样照顾着教授。

1919年,教授的五居室被没收了三个房间。于是教授向玛丽亚·斯捷潘诺夫娜宣称:

"玛丽亚·斯捷潘诺夫娜,他们要是还不停止这种无理取闹的行为,我就住到国外去了。"

毫无疑问,如果教授的这项计划得以付诸实施,那么他

---

① 佩尔西科夫是姓氏,在俄语中意为桃子。这一章的题目是拉丁文。有研究者认为,这是作者设计的文字游戏,用字母序列暗示小说主人公在现实中的原型。
② 即现在的莫斯科大学前身。
③ 赫尔岑大街六号,现在是动物博物馆和莫斯科大学所属研究所。
④ 济明歌剧院:俄国戏剧活动家济明(1875—1942),于1904年在莫斯科创办的私立剧院,1917年收为国有。1924年关闭,并改为大剧院的分院。

可以轻而易举地在世界上任何一所大学里的动物学教研室占得一席之地。因为他的确是一位一流的科学家,只要是和两栖类动物或者无毛爬行类动物多少沾一点边的领域,大概除了剑桥大学的威廉·维克利和罗马的季阿克莫·巴尔托罗密欧·贝卡利两位教授以外,就没人能和他比肩的。除了俄语外,佩尔西科夫教授懂四门外语,法语和德语说得和俄语一样流利。不过,他最终没有实施远赴国外的计划。可是到了1920年,情况变得比1919年更糟糕了。那年发生了一些怪事,而且还是一件接着一件地发生。先是大尼基塔街被改名为赫尔岑大街。然后是赫尔岑大街和莫霍瓦娅大街交叉路口的那幢大楼,镶在墙面里的大钟停摆了,指针停在了十一点一刻①。再后来,也许是因为经受不住这个著名的年份里发生的太多动荡,动物研究所的饲养箱里,先是有八只漂亮的雨蛙咽了气,接着十五只普通的蛤蟆蹬了腿,最后连那只独一无二的苏里南②蛤蟆也一命呜呼了。

它们都是名副其实的无尾两栖纲,这些浑身光秃秃的两栖动物便成了奔赴黄泉的第一梯队。然而紧接着驾鹤西游的,却是昼夜轮值的门卫老头弗拉斯,而他并不属于两栖纲梯队。不过,老头子的死因倒是和可怜的动物们一样,佩尔西科夫对此立刻就有了定论:

"饲料短缺!"

---

① 1920年是战时共产主义政策实施最后一年。高尔查克元帅于当年被捕并被枪毙,标志着沙皇反抗势力的彻底终结。
② 苏里南共和国,简称苏里南,位于南美洲北部。

科学家的结论太正确了:弗拉斯的命要靠面粉来维系,而蛤蟆吃的是面粉里长出来的蛆虫。既然前者断了供,那么后者自然也就没了着落。佩尔西科夫只好转而尝试用蟑螂来喂养残存的二十只雨蛙。可是蟑螂却好像想要证明对战时共产主义政策有多么深恶痛绝似的,一个个不知道躲到什么地方去了。于是,这最后一批雨蛙也只好被丢进了研究所院子里的污水坑里。

这些小动物的灭绝,尤其是那只苏里南蛤蟆的去世,对佩尔西科夫造成的打击是难以描述的。也不知道是为什么,他把造成这次事件的原因全都归咎到了教育人民委员的头上[①]。

在日渐冷清的研究所走廊里,佩尔西科夫头戴帽子脚踩套靴,对自己的助教伊万诺夫抱怨,对方是一位极为高雅的绅士,留着浅色的尖髯:

"就这件事,彼德·斯捷潘诺维奇,把委员宰了都不够解恨的!他们这是在干吗?是要把研究所逼上绝路啊!啊?哪儿去找这么一只公蛤蟆,无与伦比的南美负子蟾啊,足有十三厘米长呢……"

往后的日子眼看着每况愈下。自从没了弗拉斯,研究所的双层玻璃窗被里里外外冻了个结实,甚至里层的玻璃也都爬满了灿烂的冰花。家兔、狐狸、狼、鱼接二连三纷纷断了

[①] 教育人民委员指卢纳查尔斯基(1875—1933)。此人于1917至1929年任首任教育人民委员,曾大力推动布尔什维克党吸引沙俄时期旧知识分子的工作,是积极的革命分子。

气,就连一条黄颔蛇也没逃过一劫。佩尔西科夫变得终日沉默不语,后来就染上了肺炎,病倒了,不过他没有病死。恢复了元气后,他每周来研究所两次,站在圆形大厅里,踩着套靴戴着有耳套的帽子缠着围巾,嘴里还喷着白哈哈的热气,给八位听众解读题目为《热带两栖纲》的系列讲义。说来也真是奇了怪,不管户外的温度是多少,这个大厅里总是永远不变地维持着零下五度。在其余的时间里,佩尔西科夫就一直躺在位于普列奇斯坚卡大街住宅里的沙发上。房间里堆起的书籍顶到了天花板,他披着厚厚的围巾,一边咳嗽一边看着火炉的血盆大口,思念那只苏里南蛤蟆。那炉膛里的火,还是玛丽亚·斯捷潘诺夫娜拆了镀金的椅子烧起来的。

不过这世上的一切都应该有个尽头。1920年和1921年终于翻篇了,进入到1922年,似乎有了点峰回路转的迹象。首先,一个名叫潘克拉特的顶替了弗拉斯的职位,虽然这个人还很年轻,但却颇有一副动物研究所门卫非他莫属的气派,研究所也开始稍稍供暖了。这一年夏天,佩尔西科夫还得到了潘克拉特的鼎力相助,从克利亚济马河[①]抓回来十四只丑陋不堪的蛤蟆。饲养室里又变得生机盎然了……到了1923年,佩尔西科夫已经每周授课八次——其中三次在研究所,五次在大学里。1924年的时候,他每周授课十三次,此外还去工农速成班讲学。1925年的春天,他因为在一次考试中同时让七十六名大学生不及格而成了远近闻名的人物,可

[①] 俄罗斯欧洲部分中部的大河奥卡河的左支流,其上游流经莫斯科远郊。

怜这些大学生一个个毫无例外地在无毛两栖的考题上栽了跟斗。

"怎么，您居然不知道无毛两栖和两栖纲的区别？"佩尔西科夫质问，"这简直就是笑话嘛，年轻人。无毛两栖是没有后肾的。后肾没长啊。鸡—安—蛋吧①。害臊了吧。您大概，是一位马克思主义者吧？"

"是马克思主义者。"任由对方宰割的大学生一脸生无可恋。

"那就没办法了，请您秋天来补考吧。"佩尔西科夫彬彬有礼地送客，紧接着便抖擞了精神冲潘克拉特叫道，"叫下一个进来！"

正如两栖动物们久旱后遇上了一场倾盆大雨，佩尔西科夫迎来了鸿运高照的1926年。一家美俄合资公司选址莫斯科市中心，从报刊巷与特维尔大街的路口开始，一连造了十五幢十五层的大楼，而且还在郊区建了三百栋小型工人寓所，每栋寓所里有八套住宅。这样一来，那场从1919年一直延续到1925年，把莫斯科人折磨得够呛的危机，那场既可怕又可笑的住房危机，便一劳永逸地得到了解决。

一点都不过分地说，这是佩尔西科夫人生中最美妙的一个夏天。回想那段他和玛丽亚·斯捷潘诺夫娜住在两居室里拥挤不堪的日子，他甚至会时不时忍不住搓着手轻轻笑出声来。现在教授收回了五间屋子，一下子宽敞了许多，他便把

---

① 简单吧。

两千五百多本书籍、标本、图表和标本切片都一一铺陈开来，还在实验室桌子上安了一盏绿色的台灯。

研究所的面貌也大为改观，变得几乎认不出来了：墙壁刷成了淡黄色，两栖动物房间里接通了专用水管，所有的窗户都换上了镜面反射玻璃，送来了五台崭新的显微镜，几张玻璃实验操作台，新装了两千瓦的反射球灯，添了红外加热仪，还有几个展示柜。

佩尔西科夫焕发了活力，而全世界却一直到 1926 年 12 月份才了解到他的生龙活虎的原因，因为他的一本小册子问世了：

《再论带甲类或有铠类动物的繁殖》 126 页。《第四大学通报》。

1927 年，一本厚达三百五十页的巨著出版了，并被翻译成六国文字，其中还包括日语：

《负子蟾科、锄足蟾科与蛙科的胚胎学》。价格三卢布。国家出版社。

可是到了 1928 年夏天，便突如其来地发生了那件可怕的事情……

第二章 彩色的卷须

于是，教授点亮了球灯，看了看四周。接着，又在长条形实验台上打开了红外加热仪，披上白大褂，哗啦啦拨弄了一下桌子上的实验器材……

1928年的莫斯科街头，有三万多辆机动车，其中许多车辆都会沙沙地碾着平整的地砖穿行过赫尔岑大街。大概每分钟就有一辆有轨电车带着轰鸣和尖锐的吱嘎声从赫尔岑大街滚滚驶向莫霍瓦娅大街，这也许是16路、22路、48路，又或许是53路电车。一弯昏惨惨白蒙蒙的镰月，远远地、高高地悬挂在基督大教堂①阴森笨重的穹顶旁，把斑斓的余晖撒向实验室的镜面反射玻璃。

但月亮也好，莫斯科春日里车流的轰鸣也好，都丝毫没能吸引佩尔西科夫教授的注意力。他坐在一张三条腿的旋转圆凳上，被烟草熏得黑黄的手指拨弄着精妙的蔡司②牌显微镜的调焦旋钮。镜头底下是一块刚制备的常规未染色的阿米巴虫切片。正当佩尔西科夫把放大倍数从五千调整到一万的时候，门被推开了一条缝，一撮尖尖的胡子探了进来，胸前系着皮革围兜，是他的助教：

"弗拉基米尔·伊帕季奇③,我把肠系膜固定好了,您要来看一下吗?"

佩尔西科夫立刻放开了调到一半的调焦旋钮,利索地爬下凳子,然后两手缓缓地捻着卷烟,径直来到助教的实验室。玻璃操作台上,有一只因为恐惧和疼痛而差不多快要咽气的青蛙,被四脚摊开地钉在软木支架上。犹如云母般透明的内脏从血淋淋的腹腔里被扯到体外,被固定在显微镜下。

"太好了。"佩尔西科夫赞叹一声,便把一只眼睛凑到了显微镜的目镜上。

在青蛙的肠系膜里,能轻而易举地观察到血球在血管网里汹涌奔腾的情形,显然是一些有趣的现象值得仔细观察。佩尔西科夫把自己的阿米巴虫抛到了脑后,整整一个半小时都在和伊万诺夫轮流对显微镜的目镜弯腰。与此同时,两位学者还你一句我一句兴奋地交谈着。不过他们说的话,肉眼凡胎的人是听不懂的。

终于,佩尔西科夫的脑袋离开了显微镜,郑重宣布:

"血液在凝固,没救啦。"

青蛙艰难地抖动了一下头颅,它那两只越来越失神的眼

---

① 这里指的是五圆顶的救世主基督大教堂,始建于1838年,1883年竣工。是当时莫斯科最高的地标性建筑之一,1931年被拆除,打算在原址上修建苏维埃宫,但因设计缺陷被迫停工。1994年莫斯科政府花费六年时间将其重建。
② 蔡司(1816—1888),德国光学仪器专家,以他的名字命名了"蔡司"光学仪器品牌。
③ 伊帕齐耶维奇读得快时的效果。

睛分明是在说:"你们,就是一帮十足的恶棍……"

佩尔西科夫活动一下两条发麻的腿,站起了身,走回自己的实验室。他打了个哈欠,用手指揉了揉从来都是红肿的眼睑,便坐到了凳子上。他朝显微镜里瞄了一眼,手指搁到调焦旋钮上,本打算推动旋钮,却蓦然停住了。佩尔西科夫的右眼看到了略显模糊的白色光圈,光圈里有几条轮廓不清晰的阿米巴虫,然而在光圈的正中央却出现了一绺彩色的卷须,看上去就像女人的鬈发。这样一绺卷须,佩尔西科夫本人也好,他的几百个学生也好,都已经见过无数次,谁也不会把它当一回事,也确实没有这个必要。因为这样的彩色小光线只会妨碍观察,说明切片没有被正确对焦。所以,一般情况下都会毫不留情地把旋钮一推,在光圈中只留下均匀的白色光线。而此刻,动物学家长长的手指已然紧紧扣住了旋钮的螺纹,却猛然一哆嗦,松开了。这个动作全然是因为佩尔西科夫的右眼看到了什么东西,而这只眼睛猛地警觉起来,不仅大为惊讶,甚至还充满了不安。要知道,坐在显微镜旁的可不是给国家添麻烦的什么平庸之辈。不是,这可是佩尔西科夫教授啊!此刻,他的整个生命,他的思想,全都集中到了右眼上。死一般的寂静持续了有那么五分钟,这个高等生物一直埋头观察着低等生物,他强迫自己的眼睛聚精会神地盯着这块偏离了焦距的切片。周围一点声响都没有。潘克拉特已经在门厅自己的房间里睡着了。只有一次,远远传来玻璃柜发出的轻柔悦耳的声音,那是伊万诺夫临走时锁上了自己的实验室。过了一会儿,入口处的大门在他身后发出一声叹息。后来，又听见教授说话的声音。他在向谁提问——无人知晓。

"这是怎么回事？想不通啊……"

晚了点的载重卡车驶过赫尔岑大街，震得研究所失修的老墙晃了起来。桌子上扁平的玻璃器皿里，镊子也跟着哗哗作响。教授的脸刷地白了，连忙用两手护住显微镜，就像母亲本能地护住自己正面临危险的孩子。现在别说让佩尔西科夫去转动旋钮了，谈都别谈，他此刻更担心的是有什么外界干扰会把他看到的东西推离光圈的视野。

当教授起身离开显微镜，拖着麻木的双腿走到窗前时，外面已是破晓的黎明，一道金灿灿的阳光劈在研究所淡黄色的门廊上。他用颤抖的手指按下了按钮，厚重的黑色窗帘把清晨挡在了外面，睿智的学术之夜重又在实验室里燃烧起来。一脸蜡黄的佩尔西科夫无法抑制兴奋的情绪，他叉开两脚，泪盈盈的双眼盯着地板，自言自语起来：

"怎么会这样呢？这，也太可怕了吧！……真的太可怕了，先生们。"他又转身冲着饲养室里的蛤蟆重复了一遍，但是蛤蟆们睡得正酣，根本没理他。

他不说话了，然后走向开关，升起了窗帘，关掉所有电灯，又仔细看了看显微镜。脸上的神色紧张起来，两条稀稀拉拉的黄眉毛凑到了一起。

"嗯，嗯。"他嘴里嘟嘟囔囔，"又看不到了。这下我明白了。明——白——啦。"他拖长了声调，仰脸看着头顶熄灭了的球灯，脸上的神情既疯癫又兴奋，"其实很简单啊。"

他再次窸窸窣窣地降下窗帘,打开了球灯。又仔细看了看显微镜,然后咧开嘴,露出了仿佛有些狰狞的笑容。

"我会抓到它。"他向上竖起一根手指,郑重而又不无得意地说,"我一定会逮住它的。说不定,它就来源于阳光呢。"

窗帘又一次升了起来。此时已经天光大亮。阳光不但铺满了研究所的院墙,而且还斜斜地爬上了赫尔岑大街的路面。教授看着窗外,揣摩着太阳白天照射的位置。他一会儿后退几步,一会儿又向前靠拢,就像踩着轻盈的舞步,最后,他的肚子靠上了窗台。

于是,他开始着手一项重要而又隐秘的工作。他先用玻璃罩盖住了显微镜。然后在煤气灯蓝莹莹的火苗上化开一块火漆,把玻璃罩的边口封印在桌面上,随即便在火漆上按下了自己的大拇指。灭了煤气灯后,他走出实验室,用英式门锁锁上了门。

研究所的走廊里幽暗无光,教授摸索到潘克拉特的房门,敲了好长时间,里面一直都没有人回应。终于,门后面发出一阵呼噜噜的喘息声,接着几声咳吐,又是一片吼叫,活像里面住的是一条被链子拴住了的狗。潘克拉特穿着一条捆住脚踝的条纹衬裤,出现在了门口的光影里。他两眼惊恐地直愣愣盯着科学家,嘴里还轻轻吠着刚才没做完的梦。

"潘克拉特,"教授从眼镜上方看着他,"对不起呀,我把你吵醒了。朋友,有件事跟你说一下,明天上午不要去我的实验室。我那里有实验没做完,碰不得。明白了吧?"

"哦——哦——哦,明——明——明白了。"虽然潘克拉特其实什么都没明白,但还是回答说明白了。他身子摇摇晃晃,嘴里继续打着呼噜。

"这可不行,你给我听好了,潘克拉特,快醒醒。"动物学家说着,轻轻捅了一下潘克拉特的肋骨,对方的表情立刻受到惊吓一般,眼神里这才有了那么一点清醒的意思。"我把实验室上了锁。"佩尔西科夫继续嘱咐道,"我来之前不要去打扫。听明白了?"

"好的。"潘克拉特呼哧呼哧地答应了。

"这才像话,睡觉去吧。"

潘克拉特转身消失在门后,立刻又栽倒在床上。教授则在门厅里穿上了外衣。他披上一件夏季款式的灰色大衣,戴上软帽,然后,脑子里又浮现出了在显微镜下看到的情景,于是便盯着自己的套靴呆呆看了几秒钟,就像是头一回看到自己的套靴。然后左脚踩进了套靴,又把右侧的那一只也往左脚上套,但没能套进去。

"这么怪异的偶发现象,竟然被我歪打正着发现了。"科学家自言自语,"要在平时,我也发现不了吧。这难道预示着什么吗?……鬼才知道这是个什么样的兆头!……"

教授讪笑一声,对着套靴眯起了眼睛,然后脱下左脚上的靴子,套上了右边那只。"上帝啊!真难以想象这会造成什么样惊人的后果……"因为左侧那只靴子无论如何都套不上右脚,教授大为光火,一脸鄙视地踢开了它。于是他只好踩着一只靴子向外面走去。出门的时候,他又弄丢了手帕,砰的一声随手把沉重的大门关了个严实。站在台阶上,他左右两侧拍打了好一阵,想在口袋里找到火柴,但刚一找到,便健步走上大街,而嘴里叼着的卷烟却没有被点燃。

在走到教堂之前,科学家一个行人也没遇见。而经过教堂时,他抬起了头,目光牢牢地盯住了头盔般的金顶。太阳正温情脉脉地舔舐着穹顶的侧面。

"我以前怎么就没发现呢?这也太巧合了吧?……呸,我真是个笨蛋。"教授低了头,看着两只穿得不一样的脚,苦思冥想起来,"嗯……怎么办呢?回去找潘克拉特吗?不行,肯定叫不醒他。扔掉这只可恶的靴子吧,又可惜了。干脆就拿在手里好了。"于是他脱下靴子,一脸嫌弃地拎在了手里。

刚好从普列奇斯坚卡大街方向开来一辆破旧的小汽车,上面坐着三个人。两个男的已经醉得不成样子,他俩的腿上还坐着一个浓妆艳抹的女人,穿一条1928年间还很时髦的绸料灯笼裤。

"喂,大叔啊!"她低沉的声音中带着一点沙哑,"你这是把另一只靴子换钱喝酒了吧!"

"看样子,这老家伙是在阿丽卡扎酒馆喝多了。"坐在左边的醉汉嚎叫起来,而右边那个却从车子里探出头来大声问道:

"大爷,沃尔洪卡大街那家夜店还开着吗?我们要去那儿!"

教授冷峻的目光从眼镜上方射向他们，吐掉嘴里的卷烟，转眼便忘了这几个人的存在。普列奇斯坚卡大街上的林荫花园里，渐渐有了阳光斑驳的投影，基督大教堂头盔状的金顶也开始变得刺眼了。太阳露出了脸。

第三章　佩尔西科夫抓到了它

事情是这样的。就在教授把天赋异禀的眼睛凑到目镜上时，他这辈子头一回注意到，彩色的卷须中有一道特别耀眼而又强烈的光线。这道鲜红艳丽的光束从卷须中透了出来，纤细如微，嗯，怎么说呢，大概也就一根针般大小的样子吧。

只不过不凑巧的是，这道光线偏偏被一位巨擘训练有素的眼睛凝神盯了几秒钟。

就是在这道光线中，教授发现了比光线本身更为重要千万倍的东西。这是一个不稳定的产儿，在显微镜的物镜和目镜移动时极为偶然地呱呱坠地了。这应该感谢助教当时把教授叫了出去，阿米巴虫在这束光线的照射下被搁置了一个半小时，于是就发生了反应：尽管在光线照射范围以外，一些颗粒状的阿米巴虫绵软无力无精打采地躺在载玻片上，但是那道利刃般的红色光芒所到之处，却发生了诡异的现象。在红色光带的内部竟然出现了生命沸腾的迹象。灰不溜秋的阿米巴虫一个个伸出伪足，拼尽全力地接近红色光带，抵达光带后，便在那里（就像着了魔一样）变得生机勃勃。似乎有某种力量激发了生命的气息。阿米巴虫成群地向光带爬去，彼此你争我夺，只为了能在光带中占得一席之地。而在光带内部的阿米巴虫，正以疯狂——似乎也找不到其他更合适的词来描述了——的速度进行着繁衍。这一刻，所有那些佩尔西科夫了如指掌的定律法则都被这些阿米巴虫践踏、摧毁了。阿米巴虫就在他的眼皮底下以闪电般的速度出芽生殖。它们在光带中不断裂解，裂解出的部分仅用一两秒的时间又生成新鲜的个体。这些新生个体转眼间便成长为成熟的活体，而成熟活体的形成也仅仅是为了瞬间能产生下一代。就这样，先是红光照射的部分，接着是整个载玻片上，很快就变得拥挤不堪，于是阿米巴虫之间的斗争也就难以避免了。刚一诞生的活体彼此恶狠狠地扑向对方，把对方活生生撕成碎片，相互吞噬。新生活体之间横亘着为生存而杀戮的牺牲者的尸体。体格强壮而又凶猛的自然会获胜，但这些获胜者却十分可怕。首先，它们的体型几乎比普通的阿米巴虫超出两倍多，其次，它们似乎特别凶残而又灵敏。它们的动作格外迅捷，伪足也比正常的阿米巴虫长得多，而且它们运用起伪足来是那么地娴熟自如，毫不夸张地说，就像章鱼在使用自己的触须一样。

第二天晚上，教授研究了阿米巴虫的新生代，消瘦而又憔悴的他粒米未进，全靠一根又一根手捻的粗粗的卷烟来刺激自己。到了第三天，他又回头开始研究事件的最初起因，也就是那一束红色的光线来。

煤气灯呣呣地燃着，马路上又响起了车水马龙的喧闹。这时，已遭受上百支卷烟毒害的教授才微微合上双眼，仰身靠上了旋转扶手椅背。

"明白了——终于都明白了。它们是被这束光激活的。这是一种全新的光线,没人研究过,也没有被人发现过。现在首先必须搞清楚的是,这种光线只能从电灯光中获取呢,还是同样可以从阳光中分离出来。"佩尔西科夫自言自语道。

又过了一个不眠之夜,这个问题才得到了解决。佩尔西科夫在三台显微镜下捕捉到了三种光线,太阳光的照射并没有引发任何特殊现象,于是他阐述道:

"可以断定,这种光线并不存在于太阳光谱……哼……嗯,简单说来,可以认为,只有电光照射才能获取它。"他亲切地望了望天花板上柔和的球形顶灯,抑制不住内心的兴奋,便把伊万诺夫叫到了自己的实验室来。他不但从头到尾把这件事告诉了对方,还给他看了阿米巴虫。

这位编外副教授被震惊了,同时也懊丧不已:这么简单的事情,就像针那样细的一丝光线,怎么先前就没能发现呢,真是见了鬼!其实谁都有可能发现啊,哪怕就是他,伊万诺夫自己,不过这事情本身的确骇人听闻!只要仔细看一眼……

"弗拉基米尔·伊帕齐耶维奇,您快看!"伊万诺夫吓得把眼珠子贴到了目镜上,"这是怎么回事?!……它们就在我眼皮底下生长呢……看啊,快看……"

"我已经观察它们两天多了。"佩尔西科夫没有掩饰自己的兴奋。

接着,两位学者之间进行了一场对话,并达成了一致的意见：编外副教授伊万诺夫负责用透镜和视镜搭建一个暗箱，用于获取不依靠显微镜就可放大多倍的光线。伊万诺夫觉得，甚至坚信，这个任务简单到不能再简单。他肯定能获取光束，弗拉基米尔·伊帕齐耶维奇对此可以完全放心。但说到这里，却出现了一个小小的尴尬。

"彼德·斯捷潘诺维奇，我发表研究成果时，一定会注明，暗箱装置都是由您搭建的。"佩尔西科夫察觉到了这个小小的尴尬，认为有必要消除，于是便补充作了说明。

"哦，这倒不是什么大问题……不过，当然啦……"

小小的尴尬就这么被圆了场。从这一刻起，伊万诺夫便被这束光线拉下了水。于是，佩尔西科夫终日整个白天加半个夜晚，都枯坐在显微镜前，衣带渐宽、日渐憔悴。与此同时，伊万诺夫也在灯火通明的物理实验室埋头苦干，调试着透镜和视镜的组合。还有一个机械师给他打下手。

由教育人民委员会出面订购，德国方面给佩尔西科夫寄来了三个包裹。里面有视镜、双面凸镜、双面凹镜，甚至还有几块既凸又凹的磨砂玻璃。而这一切终于以伊万诺夫成功搭建暗箱而宣告结束。暗箱真的捕捉到了红色的光束。如果要客观公正地评价，捕捉光线的效果相当精彩：被放大的光束又粗又亮，截面直径达到四厘米，看上去既锋利又强烈。

6月1日，暗箱刚刚在佩尔西科夫的实验室里安装好，他便迫不及待地开始了光束照射蛙卵的实验。实验的结果是惊天地泣鬼神的。只用了两个昼夜，这一粒粒小蛙卵便孵化出了几千条小蝌蚪。但是还不仅如此，又过了一昼夜，小蝌蝌就以难以置信的速度长成了青蛙,而且一个个既残忍又贪吃,其中有一半刚长大就被另一半撕碎吃掉。而存活下来的这一半根本不受任何生理周期影响,接着开始产卵,才两天工夫,甚至在完全不用光束照射的情况下,就诞生了新一代,而且数量之多已经数不过来了。于是科学家的实验室里乱成了一锅粥:小蝌蚪们从实验室里爬了出去,爬满了整个研究所。饲养箱里,地板上,各个死角里,洪亮的蛙声响彻一片,简直就像是在沼泽地里。潘克拉特本来就惧怕佩尔西科夫,平时见了教授就像看到火一样唯恐避之不及,这一下他只剩下一种感觉了:还不如早点死了吧。一星期后,连科学家本人都感觉自己快要昏死过去了。于是,研究所里开始弥漫起乙醚和氰化钾的气味,潘克拉特因为不适时地摘下了防毒面具,差点没被毒死。终于,繁衍遍地的沼泽生物被毒药消灭了,各个实验室也都通了风。

佩尔西科夫对伊万诺夫是这么解释的:

"彼德·斯捷潘诺维奇,您看,这种光线对次胞原生质,说白了就是对卵细胞的作用实在是无与伦比的。"

伊万诺夫原本是一位冷静而又稳重的绅士,而此刻却用一种非同寻常的语气打断了教授的话:

"弗拉基米尔·伊帕季奇,您怎么还在说这些无关紧要的细节呢,还谈什么次胞原生质。我就直截了当说吧:您的发明是闻所未闻的。"看得出来,伊万诺夫在竭力克制自己,但最终还是没憋住说了出来,"佩尔西科夫教授,您发明的是生命之光啊!"

佩尔西科夫苍白而又胡子拉碴的双颊泛起一抹不易察觉的红晕。

"嗯——哼——嗯。"他含含糊糊地不好意思。

"您啊,"伊万诺夫继续说,"您的声誉将会无人企及……我都快要昏过去了,您知道吗?"他的激情已经遏制不住了,"弗拉基米尔·伊帕季奇,威尔斯①笔下的主人公跟您比起来,简直就是跳梁小丑啊……我还一直以为,那不过就是个童话而已呢……您还记得他写的《神的食物》吗?"

"哦,那是一部长篇小说吧。"佩尔西科夫回答。

"嗯,是啊,上帝啊,这本书很有名啊!……"

"我忘了。"佩尔西科夫回答说,"我记得,我读过,不过已经忘了。"

"您怎么可能不记得呢,您自己看看啊。"伊万诺夫抓住一条青蛙腿,把这只硕大无比的死青蛙从玻璃操作台上拎了起来。青蛙的肚子胀鼓鼓的,可是即便咽了气,它脸上仍保留着凶残的表情:"这也太可怕了吧!"

---

① 威尔斯·赫伯特·乔治(1866—1946),英国著名科幻小说作家。著有《时间机器》《莫洛博士岛》《隐身人》《星际战争》等。《神的食物》是威尔斯的作品之一,创作于1904年。在该书中,威尔斯创造了"爆长激素"这一新名词,探讨这种"神的食物"对人类可能产生的影响,以及可能引发的问题。

第四章　德罗兹多夫神父的寡妇

天知道是不是伊万诺夫在这件事情上捅了娄子，或者，轰动性的消息本来就长着翅膀会到处飞，偌大一个热热闹闹的莫斯科市里，突然就议论开了关于光束和佩尔西科夫教授的事情。当然，这些传闻都只是捕风捉影，让人听了云山雾罩。关于一个能产生奇效的重大发明的消息，就像一只被射伤的小鸟，在万家灯火的首都时而消失不见，时而又腾空跃起。流言蜚语一直持续到七月中旬，《消息报》第二十页的《科技新闻》专栏才刊登了一则小豆腐块简讯，介绍了这道光束，可也语焉不详，介绍说，第四国立大学有一位著名的教授发明了一种光线，能极大提高低等生物的生命活性，不过这种光线仍需进一步验证。当然，姓名被以讹传讹地搞错了，写成了"佩甫西科夫"。

伊万诺夫把报纸拿来，指着上面的简讯给佩尔西科夫看。

"佩甫西科夫。"佩尔西科夫在实验室里一边摆弄着暗箱，一边不满地嘟囔，"这些长舌的家伙怎么什么都知道？"

可惜，就算是写错了的姓氏也没能救得了教授。第二天种种麻烦就找上门来了，而且立刻打乱了佩尔西科夫的全部生活。

潘克拉特先敲了敲门，然后走进实验室，递给佩尔西科夫一张印刷极为精美，表面如丝绸般顺滑的名片。

"他就在门外。"潘克拉特补充说，一脸谨小慎微的样子。

名片上用格外雅致的字体写着：

阿尔弗雷德·阿尔卡季耶维奇
布隆斯基

供职于莫斯科杂志《红星火》《红辣椒》《红色杂志》《红光探照灯》以及《红色莫斯科晚报》报社①。

"把他轰走，让他滚远点。"佩尔西科夫一字一顿地拒绝，随即一挥手把名片掸到了桌子底下。

潘克拉特转身走了出去，可过了五分钟又苦着脸回来了，手里拿着一张和刚才一模一样的名片。

"你这是干什么，开什么玩笑？"佩尔西科夫吱嘎叫着训斥，脸色变得可怕起来。

"他们说，人家可是从政治安保局来的。"潘克拉特脸都白了。

佩尔西科夫一只手紧紧攥住名片，差点没有一撕两半，另一只手啪地把镊子扔到桌上。这一次，名片上多了几行手

---

① 这些"红色"系列刊物都是那个时期真实存在的。

写的花体小字:"多有冒昧,企望海涵,恳请您予以接待,我真心对您敬重万分,唯求您就公共出版事业拨冗三分钟。讽刺杂志,《红渡鸦》①,政治保安局出版社。"

"那就把他叫进来吧。"佩尔西科夫只好把发作的脾气憋了回去。

潘克拉特的背后顿时闪出一个年轻人,胡子刮得光溜溜的,油光满面。他脸上的眉毛像中国人那样,总是高高挑起,两只玛瑙般又黑又亮的眼睛未曾有一刻注视过交谈者,这让人印象尤其深刻。这个年轻人的穿着十分讲究而又时髦。上身是一件束腰的长夹克衫,下摆直垂到膝盖。罩钟般宽大的裤子,漆皮鞋也宽得很不自然,尖尖的皮鞋头看上去像两只猪蹄子。年轻人手中拄着一根文明棍,还拿着尖顶帽和一个笔记本。

"您有事吗?"佩尔西科夫说话的语气相当不友好,吓得潘克拉特立刻躲到门外去了,"不是告诉过您,我忙着吗?"

年轻人并没有急于回答,而是左一个右一个接连向教授鞠了两次躬,接着,他的两只眼睛便像车轮一样把实验室滴溜溜扫了个遍,旋即又在笔记本上做了一个记号。

"我忙着呢。"教授一脸厌恶地盯着来客的小眼珠子,但这一招却没有产生任何效果,因为对方的眼神无论如何都抓不住。

---

① 渡鸦在俄语中还有警车、囚车的意思。

"实在是十二万分抱歉,最尊敬的教授。"年轻人终于细声细气地开始打招呼,"此次冒昧而来,要占用您宝贵的时间。不过,您世界级发明的消息,已经震惊全球,这迫使我们杂志不得不请求您对此作一些说明。"

"解释什么,还全球?"佩尔西科夫就像被冤枉了一样尖声反问,脸都黄了,"我没有义务向您解释,也帮不了您什么……我很忙……忙得焦头烂额。"

"您在研究什么呢?"年轻人甜甜地发问,顺手在笔记本上做了第二个记号。

"嗯,我……您干吗?您是想要发表什么吗?"

"是的。"年轻人承认,随即突然在笔记本上飞快地写起来。

"首先,我并不打算发表什么,因为研究工作还没有结束……更别说在你们那些报纸上发表了……再说了,您是怎么知道这事情的?……"佩尔西科夫突然有了一种茫然失措的感觉。

"据说您发明了一种新生命的光线,这消息确切吗?"

"什么新生命啊?"教授勃然大怒,"您胡说八道些什么!我现在研究的光束,还远远没有被研究透彻,可以说,还根本一无所知!或许,它能提高原生质的生物活性……"

"提高几倍呢?"年轻人迫不及待地追问。

佩尔西科夫彻底没了主见……"这家伙,到底是要唱哪一出啊!"

"怎么净问一些庸俗的问题?……好吧,我这么说吧,嗯,一千倍吧!……"

一丝发现了猎物的贪婪在年轻人眼里一闪而过。

"那就能得到体型异常庞大的动物了?"

"不是,根本不是这么回事!嗯,不过说得也没错,我得到的动物体型是要比普通的大不少……嗯,而且还具有一些新的特征……不过,尺寸大小并不是主要的,关键是繁殖速度惊人。"话刚一出口,佩尔西科夫自己就后悔了,意识到说这话可能会闯下大祸,他顿时不寒而栗。而年轻人此刻已经写满了一页纸,翻过来接着飞快地写。

"您就不要写了!"他投降了,意识到自己已经被这个年轻人玩弄于股掌,佩尔西科夫绝望地喊哑了嗓子,"您到底在写些什么啊?"

"只需要两个昼夜就能从蛙卵中孵化出两百万只小蝌蚪,这是真的吗?"

"那要看用多少粒蛙卵了?"佩尔西科夫再次雷霆大怒,叫了起来,"您以前见过蛙卵没有……啊,哪怕就是雨蛙的?"

"用半磅①吗?"年轻人并没有觉得不好意思,进一步追问。

佩尔西科夫顿时紫涨了脸。

"谁会这么计量?呸!您在胡说什么啊?嗯,当然啦,如果用半磅蛙卵……那也许……真是见鬼,嗯,大概能孵化

---

① 这里指俄磅,1 俄磅相当于 409.5 克。

出这么多吧，啊，可能，还远远不止这些呢！"

年轻人的眼睛里像钻石般放出光来，只见他大笔一挥，又胡乱写了一页。

"据说对畜牧业将会引发世界性的变革，这不假吧？"

"这是要做报纸的官样文章了。"佩尔西科夫感到一阵悲哀，"我绝对不允许您胡编乱造。看您的脸，我就知道您会写一些不堪入目的东西！"

"请您给我一张照片吧，教授，万分诚恳地请求您了。"年轻人说完，啪地合上了笔记本。

"什么？我的照片？刊登在您的那些小道杂志上吗？和您刚才写的荒谬不堪的东西登在一起？不，不行，不行……我真的很忙……您请回吧！……"

"哪怕是老照片也行啊。我们用完立刻还给您。"

"潘克拉特！"教授快被逼疯了。

"不胜荣幸，向您致意。"说完，年轻人就不见了踪影。

潘克拉特没有来，却听到门外传来一种奇怪的机械吱嘎摩擦的声音，节奏均匀，还有掌钉敲击地板的声音，随即实验室里便出现了一个胖得不成体统的人。此人穿一件短上衣，裤子是用毛毯式厚呢裁制的。他的左腿原来是一条机械假肢，所以才会发出沉闷的磕碰声。他的手里拿着一个公文包。滴溜圆的脸上刮得干干净净，活像一坨饱满的浅黄色肉冻。一进门，这张脸上就绽放出殷勤的微笑。他向教授军人一样鞠了个躬，接着又挺直了身板，腿上也随之弹簧一样发出嘎吱一声响。佩尔西科夫看呆了。

"教授先生,"陌生人的声音稍稍带着磁性,相当悦耳,"在下凡夫俗子,打扰了您的清净,还望多多包涵。"

"您是采访记者吗?"佩尔西科夫问,"潘克拉特!!"

"绝对不是,教授先生。"大胖子回答说,"请允许我自我介绍,本人是远洋轮船长,人民委员会隶属《工业通报》工作人员。"

"潘克拉特!!"佩尔西科夫神经质地发作起来。这时,角落里亮起了红色的信号灯,电话铃轻轻地响起来。"潘克拉特!"教授又一次大喊,随即拿起电话,"请问哪位?"

"非常抱歉打扰到您,教授先生。"电话里传出的竟然是德语,"我是《柏林日报》记者。"①

"潘克拉特!"教授冲着话筒大喊,"我现在非常忙,恕不能接待!②……潘克拉特!!"

而此时研究所的大门口,已是铃声大作了。

* * *

"布隆街发生骇人听闻的杀人案件!!"报童夸张地哀嚎着,嗓子都喊哑了。哀嚎声在车流密集的灯光中此起彼伏,在闪烁的路灯间回荡,响彻六月炽热的街道:"德罗兹多夫神父的寡妇家里爆发了可怕的鸡瘟,有照片为证!……佩尔西科夫教授发明了惊世骇俗的生命之光!!"

---

① 原文为德语。
② 同上。

佩尔西科夫一个趔趄,差点没跌到莫霍瓦娅大街一辆小汽车的轮子底下。盛怒之下,他一把抓过一份报纸。

"三戈比,先生!"报童吆喝着,又一头扎进了人行道上的人群中,继续哀嚎,"《红色莫斯科晚报》,艾克斯光线被发明!!"

目瞪口呆的佩尔西科夫打开报纸,靠在了路灯杆上。第二版的左边角落里,有一张模糊不清的相片。那是一个秃头的家伙,眼神疯狂却又目光散乱,倒像是个瞎子,下颌则往下耷拉着。这显然是阿尔弗雷德·布隆斯基的艺术创作。照片下面有一行字:《发明神奇红光的弗·伊·佩尔西科夫》。标题《世界级谜题》的下方便是正文,开头是这么写的:

"快请坐——年高德劭的科学家佩尔西科夫彬彬有礼地向我们打招呼……"

文章最后醒目的署名就是"阿尔弗雷德·布隆斯基(阿隆佐)"。

一道绿莹莹的光在大学楼顶腾空跃起,天空立刻闪现出几个火红的大字"有声报纸",莫霍瓦娅大街上随即便有人群聚集起来。

"快请坐!!!"——一个声音冷不丁就吼了起来。这尖细的声音听上去极为刺耳,简直和阿尔弗雷德·布隆斯基一模一样,只不过被放大了一千倍——"年高德劭的科学家佩尔西科夫彬彬有礼地向我们打招呼!我早就期待着把发明成果介绍给莫斯科的无产阶级……"

佩尔西科夫的背后悄悄响起一阵机械式的吱嘎声,有人拉了一下他的袖子。一转身，正是机械假肢主人那张油黄滚圆的脸。只见他的两眼噙满泪水，上下嘴唇哆嗦个不停。

"教授，您看看，您不愿意把神奇的发明成果介绍给我。"他一脸悲哀的样子，深深叹了口气，"我的十五卢布就这么没了。"

他忧伤地仰头看着大学的楼顶，看不见的阿尔弗雷德正在黑咕隆咚的喇叭里声嘶力竭地大放厥词。佩尔西科夫竟然有些可怜起眼前这个胖子了。

"其实，"他很无奈，天空中飘来的每一句话都让他恨得咬牙切齿，"我根本没有对他说过什么快请坐！他就是个品行极其不端的无耻之徒！抱歉，还请您多多包涵，不过，说句心里话，工作的时候有人不打招呼就闯进来……当然，我说的，说的不是您啊……"

"要不，教授先生，您就把暗箱的说明书给我吧。"机械假肢一脸谄媚，就像有满腹的冤情，"您现在其实也已经无所谓了吧……"

"半磅蛙卵在三天内孵化出的小蝌蚪，其数量之多，简直数都数不过来。"那个看不见的家伙躲在喇叭后面继续声嘶力竭地大叫大嚷。

"嘟——嘟。"莫霍瓦娅大街上的汽车沉闷地鸣着笛。

"呵——呵——呵……真了不起啊，嚯——嚯——嚯。"人群骚动起来，人头攒动，交头接耳。

"他怎么会那么下流？啊？"佩尔西科夫气得浑身发抖，他龇牙咧嘴地向机械假肢控诉，"您说这事情怎么办？

哼，我一定要投诉他！"

"太让人气愤了！"大胖子表示同意。

一道紫色的强光迎面射来，差点没闪瞎教授的眼睛，周围的一切似乎都亮了起来——路灯杆子，一小片路面的地砖，黄色的墙壁，还有一些好奇的脸。

"教授先生，这是在给您拍照呢。"大胖子钦羡不已地小声提醒，像一只壶铃一样赶紧钩住了教授的袖子。空气中喀嚓声响成一片。

"都给我滚开！"佩尔西科夫懊恼地大叫，拽着"壶铃"挤出人群，"喂，出租车。去普列奇斯坚卡！"

一辆油漆差不多掉光了的1924年款老爷车呼哧呼哧地停在人行道边，教授想要甩脱大胖子，使劲往车厢里钻。

"您就别再给我添乱啦。"他牙关紧咬，用两只拳头挡住射来的紫光。

"都看报了吗？！在叫喊什么？……佩尔西科夫教授和他的孩子们在小布隆街被谋杀！……"有人在围观的人群里大声叫喊。

"我根本没有孩子，这帮狗娘养的。"佩尔西科夫大叫着回应，却意外地被一台黑色的照相机逮了个正着，快门按下之际，定格了他张大嘴巴的侧脸和愤怒的眼神。

"库噜……吐……库噜……吐。"出租车终于嚷嚷着发动起来，一头钻进了稠密的车流中。

而此时大胖子已经坐在车厢里，用他的身体温暖着教授的腰。

不祥的蛋·狗心

第五章 鸡的故事

在一个远离行政中心的小县城里,以前这里叫作特罗伊茨克,现如今改名为斯捷克罗夫斯克①,属于科斯特罗马省下辖的一个镇。小县城里有一条大教堂街,现在已改名为人员街。路上有座小房子,从里面走出一个扎着小头巾的女人,身穿一条灰底的印花裙子。只见她刚一踩上台阶,就嚎啕大哭起来。这个女人不是别人,正是以前教堂牧师的遗孀德罗兹多娃。她的哭声是如此高亢,很快,便有个女人从街对面一座小房子的窗户里探出了头。那女人披着一块长长的厚绒头巾,大声打招呼:

"你怎么啦,斯捷潘诺夫娜,还在闹啊?"

"十七只了呀!"涕泗滂沱的前牧师老婆越哭越起劲。

"唉哟——唉——哟——哟。"披着长头巾的女人也晃着脑袋悲悲切切地凑起热闹来,"这,可怎么得了哦?一定是上帝发了大脾气,一准是的!那只鸡真的没救了吗?"

"你来看看呀,过来看看呀,玛特廖娜。"牧师老婆伤心地嘟囔着,痛惜而又大声地吸着鼻涕,"你看看呀,它这是怎么啦!"

灰色的篱笆小门歪歪斜斜地被带上了,女人光着两只脚啪嗒啪嗒踩着路面的尘土走了过来。于是，已经被泪水泡湿了的牧师老婆便领着玛特廖娜走进自家的养鸡场。

值得一提的是，自从 1926 年反宗教浪潮把神父萨瓦基·德罗兹多夫打击得伤心欲绝，不久一命呜呼以后，他的遗孀并没有一蹶不振，她反而开办了一家生意极为兴隆的养鸡场。不过，就在寡妇的养鸡事业刚刚开始飞黄腾达时，一场重税从天而降，差点没让她的养鸡场就此关门大吉。幸亏遇到了好人，他们给寡妇出了个主意，让她向地方政府递交了一份开办养鸡劳动互助组的申请。互助组的组员除了寡妇德罗兹多娃自己以外，还有她忠实的女仆玛特廖什卡②，和她的哑巴侄女。于是寡妇的税就这么被免了，打那以后她的生意一飞冲天。直到 1928 年前，她的鸡舍围着自家小院子的四面墙整整搭了一圈。院子里成天尘土飞扬，多的时候养了 250 只母鸡，其中甚至还有几只九斤黄鸡。每逢周日，寡妇的鸡蛋都会在斯捷克罗夫斯克的市场上叫卖。在省会坦波夫也有人做着寡妇家鸡蛋的买卖，就连先前"莫斯科奇奇金奶酪黄油商店"③的玻璃橱窗里，有时候都能看到寡妇的鸡蛋。

就这样从一清早到现在，已经是第十七只婆罗门鸡了，而且还是一只非常可爱的凤头鸡。凤头鸡在院子里走着走着

---

① 作者暗示十月革命后许多地名都开始以革命者的名字命名。斯捷克罗夫（1873—1941），曾任《消息报》负责人。
② 玛特廖娜的爱称。
③ 奇奇金是当时著名的商人，在莫斯科开办了乳制品连锁店。

就开始吐起来。"咳……呜……咕……咕,咯——咯——咯。"东倒西歪晃着身体,朝着太阳翻起了忧伤的两眼,就好像在同太阳作最后一次道别。互助组成员玛特廖什卡蹲在鸡的面前,端着一碗水手舞足蹈。

"小凤头呀,小乖乖……喂——喂——喂……把水喝了吧。"玛特廖什卡苦苦哀求,紧追不舍地端着水碗凑近凤头鸡的嘴,但是凤头鸡根本没有喝的意思。它张大了喙,高高把头仰起,紧接着竟然咳出血来。

"耶稣我的主啊!"老太婆一拍大腿失声大叫,"这下可怎么办哪?血就跟喷出来一样。我还从没见过这种事情,这准是犯了天怒呀,母鸡像人一样闹起肚子来啦。"

这几句话真的成了可怜的凤头鸡奔赴黄泉时的临别赠言。只见它突然向一侧栽倒,无力地用喙啄了几下泥土,顷刻便翻起了白眼。随后,身体转了个个儿,仰躺在地,两只爪子直直向上挺起,便一动不动了。玛特廖什卡扯开了低音嗓门嚎丧起来,手里端着的水碗也洒了。互助组主席,神父的老婆也跟着哭天抢地。这时,老太婆又趁机把嘴凑到寡妇耳边悄悄说:

"斯捷潘诺夫娜,肯定是有人把你的鸡给害死了,这话要是有假,我就把泥土吞下去。哪里见过这种事情!鸡根本就不会得这样的病呀!准是有人对你家的鸡施了咒。"

"我哪里惹了这些冤家对头哟!"神父老婆对着苍天喊冤,"他们这是不想让我在这世上活下去了吗?"

一只精瘦健壮而又毛发蓬乱的公鸡,先是以嘹亮的啼鸣回答了她,紧接着便活像一个刚离开啤酒馆的神情恍惚的醉鬼,侧着身子晃晃悠悠地从鸡舍里挤了出来。它朝两个女人瞪着凶狠的眼珠子,在原地先是踏了几步,接着像老鹰一样张开了翅膀,但并没有飞走,而是在院子里跑了起来,转着圈地跑,就像一匹被缰绳勒住了的马儿。接连跑了三圈,它停了下来,似乎是觉得反胃,张嘴就开始呕吐,一边还呼哧直喘。一会儿工夫就吐得周围血迹斑斑,紧接着仰天躺倒,两只爪子像桅杆一样笔直地指向了太阳。女人们的嚎哭响彻整个院子。而回应她们的,则是鸡舍里汇成一片焦躁不安的"咯咯哒"和"扑棱棱"。

"看看,这不是中邪了还能是什么?"老太婆面有得色,"快去把谢尔盖神父叫来吧,让他给做一场法事。"

傍晚六点整,太阳那张火红而又丑陋的嘴脸已经低低地卧进向日葵花丛幼嫩却也同样丑陋的嘴脸里。养鸡场的院子里,教堂的院长谢尔盖神父结束了祷告,从套头的长巾①里钻了出来。几个好奇心强烈的人正探头探脑地从破旧的围墙上和墙缝里朝里面张望。悲痛欲绝的神父太太,紧紧贴住十字架,把一张破旧不堪的卢布塞给了谢尔盖神父,这张卢布已经被湿哒哒的眼泪泡得泛黄。这个举动让神父不免心有所动,他叹着气,说了几句模棱两可的话,意思大概是说,这是上帝降怒于世人了。说这些话的时候,神父的表情像是对上帝震怒的原因已然一清二楚,但究竟是什么原因,他又不

---

① 神父法衣的一部分,垂在胸前,绣有十字架。

愿意泄露天机。

随后,外面的人群散去了。因为鸡都是很早就睡觉的,所以谁都没发觉,神父太太德罗兹多娃邻居家的鸡舍里,有三只母鸡和一只公鸡很快也死了。这几只鸡先是和德罗兹多娃家的鸡一样哇哇呕吐,但由于鸡舍是封闭的,所以它们死的时候也是静悄悄的。那只公鸡从木架上倒栽葱跌下来,以同样的姿势一命呜呼了。至于寡妇家的鸡群,则在祷告结束后就一个接一个地死掉了。夜幕降临前,鸡舍里变得死一般寂静,家禽僵硬的尸体成堆成堆躺倒在地。

清晨,整个小镇像遭到了雷劈,被震醒了。事态已经发展到了诡异而又惊悚的地步。到了午时,整条人员街上,只街道尽头一栋小房子里有三只鸡还活着,那里是财政检察员租住的房子,即便是那三只鸡,也没能熬过下午一点就断了气。到了晚间,斯捷克罗夫斯克镇已经变成了马蜂窝,一个令人胆寒的词嗡嗡地响彻全镇——瘟疫。于是,德罗兹多娃的姓氏就上了《红色斗士报》,文章的标题是:"难道真的是鸡瘟?"消息就这样传到了莫斯科。

* * *

佩尔西科夫教授的生活已经变了味,变得奇怪,变得不安,变得躁动。总之,这样的状态下是根本没办法好好工作的。第二天,也就是他摆脱了阿尔弗雷德·布隆斯基后,便不得不把研究所实验室里的电话线给拔了,把听筒也摘了。晚上乘坐有轨电车经过狩猎市场时,教授抬头便望见挂着《工人报》黑字标语的高楼顶上正在播放着他本人的形象。

教授浑身哆嗦，脸色铁青，眨巴着眼睛，一头就要钻进出租车。背后却有人拽住了他的袖子，原来是装着机械假肢的圆球裹了毯子跟着钻了进来。楼顶雪白的屏幕上，教授正慌忙用两只拳头遮挡紫色的强光。随后又打出一行醒目的红色字幕："佩尔西科夫教授出行途中，为我们的知名记者斯捷潘诺夫船长披露详情。"果不其然：一辆散了架的小汽车顺着沃尔洪卡街驶过基督大教堂时，里面出现了正拼命挣扎的教授，那副嘴脸简直就是一匹走投无路陷入绝境的狼。

"这帮畜生，简直不是人。"动物学家咬牙切齿忿忿骂了一句，坐车远去。

就在那天晚上，回到位于普列奇斯坚卡的家中，动物学家看到了女管家玛丽亚·斯捷潘诺夫娜留的条子，一共十七张，都是电话号码，全是他不在家里的时候打来的，外加玛丽亚·斯捷潘诺夫娜的一份口头声明，抱怨她已经受够了。教授本想把这些留言一撕了之，但他中途住了手，因为看到了其中一个电话号码旁标注着："人民保健委员"。

"这是什么？"这位科学怪人丈二和尚摸不着头脑，"他们要搞什么名堂？"

当晚十点一刻，门铃声响了起来。来了一位穿着体面光鲜到让人觉得刺眼的先生，教授被迫和他进行了交谈。教授接待他，完全是因为他的名片，上面（没有标注姓和名）印着："驻苏维埃共和国外国代表机构贸易处全权长官"。

"真是撞了鬼。"佩尔西科夫破口大骂，把放大镜和几张图表扔到绿色呢绒桌面上，然后吩咐玛丽亚·斯捷潘诺夫娜：

"把他带到这里来吧，来书房，就是那个全权长官。"

"我能怎么为您效劳呢？"佩尔西科夫没好气地发问，那语气让长官打了几个哆嗦。佩尔西科夫把眼镜从鼻梁推到额头上，又把它放了回来，仔仔细细打量起来者。只见那人油头粉面，全身珠光宝气，右眼上还架着一副单片眼镜。"这人怎么就那么面目可憎呢。"佩尔西科夫没来由地讨厌这副嘴脸。

来人的开场白拐弯抹角不着边际，先是请求允许抽一支雪茄，于是佩尔西科夫只好非常不情愿地请他坐下。接着来人便开始了冗长的致歉，说他来得太晚了："不过呢……白天也无论如何抓不到教授啊……嘻嘻……帕尔东①……是遇见（这人笑起来活像鬣狗在抽抽嗒嗒地哭）。"

"是啊，我很忙。"佩尔西科夫干净利落地打断他，对方再次哆嗦了一下。

可是他还是厚着脸皮打扰眼前这位著名的学者："常言道——时间嘛——就是金钱……我抽雪茄不碍事吧，教授？"

"呜——嗯——呜。"佩尔西科夫的回答算是默许了对方。

"教授——您是发明了生命之光吧？"

"饶了我吧，哪来的什么生命之光？！这全都是报纸记者的胡编滥造！"佩尔西科夫激动起来。

---

① 法语的俄语音译，意为：抱歉。

"啊哈,不是吧,嘘——咳——呵……"他太清楚这种谦虚了,这分明就是所有名副其实的学者都擅长对外展示的形象……"这有什么好谦虚的呢……今天还收到不少电报呢……世界各大城市,比如华沙、里加①就已经传遍了关于生命之光的消息。佩尔西科夫教授已经名扬四海啦……整个世界都屏住呼吸关注着佩尔西科夫教授的研究工作呢……不过,大家都心知肚明,学者在苏维埃俄罗斯的境遇有多糟糕。安特尔努苏阿吉②……这里没有外人吧?……好可惜,这个国家不懂怎么珍惜科学家的劳动,所以有人很想和教授沟通一下……有一家外国政府,想为佩尔西科夫教授提供完全无私的援助,用以支持实验室的研究工作。就像《圣经》上说的,何苦要在这里对牛弹琴呢。那个政府很清楚,1919到1920年间,在那场……嘻嘻……革命中教授遭受了什么样的冲击。嗯,当然啦,这事情会严格保密……只要教授把研究结果介绍给政府,作为回报,它一定会资助教授。教授不是已经发明了一个暗箱吗,要是能看一下这个暗箱的图纸,那也挺有意思啊……"

说到这里,来人便从西服内侧的口袋里掏出一叠白花花的纸钞……

"这是一点小意思,五千卢布,就当是定金吧,教授请当即收下……也不用给我收条……教授您要是提起什么收条

---

① 分别是波兰和拉脱维亚首都。
② 法语的俄语音译,意为"这话也就我们私下聊聊"。

之类，倒会让我这个全权贸易长官不好意思的呢。"

"滚！！！"佩尔西科夫猛然间一声可怕的怒喝，把客厅里钢琴细巧的琴键都震出了共鸣。

来人刹那间就从眼前消失了，速度之快，以至于一分钟后，气得浑身发抖的佩尔西科夫甚至开始怀疑，这人是真的来过，还是自己的一时幻觉。

"这是他的套靴吗？！"过了一会儿佩尔西科夫又在门厅里嚎叫起来。

"是他忘记穿了吧。"玛丽亚·斯捷潘诺夫娜吓得直哆嗦。

"把它们扔出去！"

"我能扔哪儿去啊。他还要回来拿的。"

"那就送到房管委去。记得要收据。立刻把这双套靴拿走！交给房管委！间谍的套靴就交给他们管了！……"

玛丽亚·斯捷潘诺夫娜一边划着十字，一边拿起这双奢华考究的皮套靴从消防通道的后门走了出去。她在门后站了一会儿，随即便把套靴藏进了消防工具箱里。

"交了吗？"佩尔西科夫余怒未消。

"交了。"

"收据给我。"

"咳，弗拉基米尔·伊帕季奇。房屋管理书记是个文盲呀！……"

"立刻。马上。给我，把收据，拿来。随便去找个会写字的狗崽子替他写！"

玛丽亚·斯捷潘诺夫娜无可奈何地摇摇头，走了出去。一刻钟后她回来了，拿来一张字条：

"收到佩尔西科夫教授交来粪靴一又①，纳入公共基金。科列索夫。"

"这又是什么？"

"取物牌子啊。"

佩尔西科夫抬起腿来把取物牌跺得稀碎，又把收据压到镇纸下藏好。一个想法紧接着便冒了出来，他那尤为凸出的额头上顿时布上了愁云。他扑向电话，一通铃响把研究所里的潘克拉特闹醒了，他问："一切都还顺利吗？"潘克拉特在听筒里哇啦哇啦嚷嚷了好一阵子，倒是也能听明白他在叫嚷什么，意思大概是说，一切都还挺顺利的。不过佩尔西科夫放心了还不到一分钟，便又皱起了眉头，赶紧抄起电话，冲着话筒连声说：

"请帮我接一下，就是那个，卢比扬卡②。梅尔西③……我不知道这事情该找你们当中哪位说……我这里来了一些可疑的家伙，穿着套靴，是的……第四大学教授佩尔西科夫……"

通话突然被戛然中断了，佩尔西科夫在屋子里绕了一圈，咬着牙悻悻地咒骂。

"您要喝茶吗，弗拉基米尔·伊帕季奇？"玛丽亚·斯

---

① 套靴一双写了别字，说明此人的确是个文盲。
② 莫斯科市中心的一个广场名，十月革命后苏俄国家政治保安局总部所在地。
③ 法语的俄语音译，意为：谢谢。

捷潘诺夫娜把头探进书房胆怯地问道。

"我现在什么茶都不想喝……哼——哼——哼,让他们统统见鬼去……这些人一个个都像发了疯一样。"

不多不少刚过十分钟,教授在自己的书房里又接待了新的来客。其中一个显得和颜悦色,滚圆的身材,很有礼貌,穿着一件朴素的弗伦奇式①防护军装,下身一条紧腿裤。他的鼻子上架着一副夹鼻镜,看上去像一只水晶蝴蝶。他给人留下的总体印象还不错,让人想起穿漆面靴子的天使。另外一个是矮个子,穿一身便服,脸上的神情尤为忧郁,看上去就好像身上这套便服让他觉得不自在。第三位来客的行为比较特别,他没有走进教授的书房,而是留在了昏暗的门厅里。在这个位置上,书房里灯光照到的一切,和香烟薄雾笼罩的一切,都能被他尽收眼底。第三位来客同样穿着便服,但脸上一副茶色夹鼻镜却格外引人注目。②

书房里的两位来客几乎要把教授折磨疯了,他们一边翻来覆去审视着名片,一边刨根究底地盘问着五千卢布的事情,还一次又一次强迫教授描述来人的外貌特征。

"鬼才知道呢。"佩尔西科夫反反复复说着同样的话,"嗯,他那张嘴脸让人反胃。像是个退化了的人。"

"他的一只眼睛是玻璃的吗?"小个子的声音有些

---

① 以英国元帅弗伦奇(1852—1925)命名的军上衣。有扣带,有四个贴兜。弗伦奇曾任英国陆军元帅。
② 有学者指出:这一段关于三位调查人员外貌的描写与三位左派领袖——托洛茨基、卡梅涅夫和季诺维耶夫比较相似。

沙哑。

"鬼知道呢。不，好像，不是玻璃的，眼珠子滴溜转的呢。"

"是鲁宾斯坦吧？"天使模样的人转头小声问穿便服的小个子。但小个子却阴沉了脸摇头否定。

"鲁宾斯坦是不会不要收条的，绝对不会不要的。"他嘟嘟哝哝地说，"这肯定不是鲁宾斯坦干的。这家伙来头更大。"

那双套靴的细节引起了来客爆炸式的巨大兴趣。天使模样的人立刻拨通房屋管理处的电话，简明扼要地命令："国家政治保安局即刻传唤房屋管理书记科列索夫来佩尔西科夫教授住处，请带上套靴。"满脸苍白的科列索夫一会儿便出现在书房里，手里拿着那双套靴。

"瓦先卡①！"天使模样的人轻声叫那个坐在门厅里的人。那人懒洋洋地站起身，一副无精打采的样子晃晃悠悠走进书房。茶色镜片严严实实遮住了他的两只眼睛。

"怎么？"他一副大梦未醒的样子，不过倒也言简意赅。

"套靴。"

茶色眼镜把套靴扫了一遍。这一刻，佩尔西科夫觉察到，从镜片后面刹那间斜射出一道光芒，这道眼光绝无半点睡意，恰恰相反，那是一双令人惊叹的，能洞悉一切的眼睛。只是片刻间，那眼光便熄灭了。

———————

① 瓦西里的昵称。

"怎么样,瓦先卡?"

这个叫作瓦先卡的人有气无力地回答:

"嗯,什么怎么样。这是佩连日科夫斯基的套靴。"

公共基金就这么转眼间失去了佩尔西科夫教授的馈赠。套靴被报纸层层包裹了起来。身穿弗伦奇式军装的天使高兴得眉飞色舞,他站起身去握教授的手,甚至还发表了一通小小的演说。大意是说:这件事应当记教授大功一件……教授现在可以完全放心……研究所里也好,家里也好,再也不会有人来打扰他……他们一定会采取措施,他的暗箱会处于绝对安全的保护之下。

"那么,能不能把采访记者都给枪毙了呢?"佩尔西科夫问道,两眼从镜片上方看着对方。

这个问题一下子把来人逗得开怀大笑。不仅脸色阴沉的小矮子,就连那个茶色眼镜也在门厅里笑出了声。天使模样的人笑得满脸放光,他解释说,这是不可能的。

"那来找我的这个骗子究竟是谁呢?"

这下大家都不笑了,天使模样的人含糊其辞地回答说,其实是这么回事,那人只不过是个投机取巧的无名之辈,根本不用在乎……尽管如此,他还是郑重其事地恳请教授先生对今晚的事情严加保密,几个人说完便离开了。

回到书房后,佩尔西科夫又拿起了图表,可他还是没法埋头研究。电话机又亮了起来,一个女人的声音对教授做起了媒,说要是他愿意娶一个有激情解风情的寡妇,就能坐收一套七居室的房子。佩尔西科夫冲着话筒咆哮起来:

"我建议您去罗索利莫教授①那里接受治疗……"刚挂断,第二个电话就打了进来。

不过这次佩尔西科夫的态度缓和一点了,因为打来电话的是个知名度相当高的人,而且电话还是从克里姆林宫打来的。那人客套了好久,用同情的口吻详详细细地询问了佩尔西科夫的研究工作,还表达了自己探访实验室的愿望。挂上电话,佩尔西科夫擦了擦额头冒出来的汗,又把听筒摘了下来。彼时,楼上一户人家传出了震天响的号角声,和一片瓦尔基利亚女神的刺耳尖叫——那是毛纺托拉斯经理家的收音机正在播放大剧院里瓦格纳的音乐会②。一阵阵悲号和一声声震响从天花板上散落下来,佩尔西科夫受不了了,他叫来玛丽亚·斯捷潘诺夫娜,扬言要和楼上的经理打一场官司,要把他家的收音机砸烂,哪怕就是去阴曹地府他也要离开莫斯科,因为这显然是有人打定了主意要把他扫地出门。他摔碎了放大镜,一头栽倒在书房的沙发上,伴着从大剧院传来的著名钢琴家温柔却又铿锵的琴键声,他睡了过去。

层出不穷的怪事一直持续到第二天。佩尔西科夫坐着有轨电车来到研究所时,在台阶上碰到了一个并不认识的人,那位先生头戴一顶很时尚的绿色圆顶礼帽。那人上上下下打

---

① 格·伊·罗索利莫(1860—1928),苏联著名神经病学家,医生,儿童神经学奠基人,莫斯科大学教授。
② 即歌剧音乐《瓦尔基利亚女神们的飞翔》,德国著名作曲家理·瓦格纳(1813—1883)的作品。在斯堪的纳维亚神话中,女神们为英雄助战,并且把阵亡将士的英魂引进瓦尔加拉宫,飨以酒宴。作家布尔加科夫自幼喜欢瓦格纳的作品,深谙其作品的意义。

量着佩尔西科夫,但却没有向他提出任何问题,所以佩尔西科夫也就忍耐了。但是在研究所门厅里,除了神色慌张的潘克拉特以外,另外有一个同样戴着圆顶礼帽的人站起身迎上前来,还彬彬有礼地向他打招呼:

"您好啊,教授先生。"

"您有事儿吗?"佩尔西科夫一点没有客气,一边问,一边在潘克拉特的帮助下把大衣从身上拽下来。但是圆顶礼帽很快就让佩尔西科夫没了脾气,他用非常温柔的语气在教授耳边小声说,教授实在不必那么激动,因为他,圆顶礼帽,在此间的任务正是为了让教授摆脱各色讨厌缠人的来访者……教授现在可以放宽心了,不光对办公室的门放心,就连对窗户也大可放心了。随后,陌生人以极快的动作把上衣的内襟朝外一翻,向教授展示了一枚小小的徽章。

"嗯……你们安排得倒是挺像样。"佩尔西科夫闷声闷气地叹服,紧接着又天真地问道,"那你们在这里吃什么呢?"

圆顶礼帽对这个问题回报以哈哈一笑,说会有人来换班的。

以后三天的日子简直太美妙了。克里姆林宫两次派人来看望教授,还有一次是几个大学生来找佩尔西科夫考试。大学生们无一例外地在考试中折戟沉沙,他们的脸色让人一看就知道,佩尔西科夫教授在他们的心中已经升华为近乎迷信的恶煞。

"你们还是去当检票员吧!动物学你们是学不会了

的。"教授的声音从办公室里飘出来。

"他一直都这么严厉吗？"圆顶礼帽问潘克拉特。

"呜——别提了。"潘克拉特回答："就算有人能硬撑着考及格，这小家伙出来的时候，也一定已经摇摇晃晃走不动路了。他肯定全身汗流浃背，立刻会跑去啤酒馆喝一杯。"

教授忙忙碌碌处理这些琐事，三天就在不知不觉中过去了。可是到了第四天，他又被拉回到了现实的生活中，其原因是从大街上传来一个细长的尖声呼叫。

"弗拉基米尔·伊帕季奇！"这个声音从赫尔岑大街响起，穿过了窗户，飞进了办公室。这个声音的运气挺不错：佩尔西科夫最近几天确实累坏了。此时此刻，他刚好在休息，熬得通红的两眼无精打采懒洋洋地四处张望着，坐在扶手椅里抽着烟。他再也受不了了。所以探头看向窗外的时候，他甚至还抱着一些好奇心。他在人行道上看到了阿尔弗雷德·布隆斯基。从尖顶帽子和笔记本上，教授立刻就把这位显赫名片的持有者认了出来。布隆斯基和颜悦色而又恭恭敬敬地朝窗户鞠了一躬。

"啊，原来是您啊？"教授问道。他已经提不起力气怒发冲冠了，倒是好奇心占了上风：又会有什么事情了呢？躲在窗户后的教授觉得自己是安全的，阿尔弗雷德不能拿他怎么样。外面那个常驻的圆顶礼帽马上把耳朵朝布隆斯基转了过来。后者的脸上浮起一片讨好的笑容。

"我只需要两三分，亲爱的教授。"布隆斯基在人行道上扯开了嗓子，"我只提一个小问题，纯粹是动物学的问题。还请您不吝赐教？"

"那您说吧。"佩尔西科夫答应地干脆，却不无挖苦，他暗想："这混账东西身上还有一点美国人的做派呢。"

"亲爱的教授，您对母鸡有啥看法？"布隆斯基把两手拢成喇叭状，大声叫道。

佩尔西科夫愣住了。他一屁股坐到窗台上，随即又滑下来，按响了电铃，一根手指指着窗外叫道：

"潘克拉特，把人行道上的那个人放进来。"

布隆斯基来到了办公室，佩尔西科夫异常夸张地展示了自己的亲昵态度，几乎冲着对方吼起来："请坐下吧！"

布隆斯基受宠若惊地绽放笑容，坐到了转凳上。

"请您为我说明一下。"佩尔西科夫问道，"是您在给那些报纸写文章吧？"

"正是。"阿尔弗雷德恭敬地回答。

"那我就不明白了，您甚至连俄语都不会好好说，还怎么能给报纸写文章呢。什么叫'两三分'，什么叫'对母鸡'？也许，您是想问'关于母鸡'吧？"

布隆斯基尴尬地笑起来，不过依然保持恭敬的态度。

"瓦连京·彼德罗维奇①会修改的。"

"瓦连京·彼德罗维奇又是谁？"

"文学作品主管。"

---

① 这里暗指与布尔加科夫的价值观相去甚远的著名苏联作家卡塔耶夫（1897—1986）。

"那，好吧。不过，我自己也不是语言学家。撇开您的彼德罗维奇先不谈，那您究竟想要了解有关母鸡的什么问题？"

"什么都行啊，只要您告诉我的都可以，教授。"

布隆斯基掏出铅笔来做好了准备。佩尔西科夫的眼里竟然跳出了几丝胜利的火花。

"那您来找我是找错人了，我又不是鸟类专家。您最好还是去问耶梅利杨·伊万诺维奇·波尔图加洛夫吧，他在第一大学。我个人所知实在有限……"

布隆斯基感佩不已地笑了："开什么玩笑——所知甚少！"为了显示自己其实很清楚这是亲爱的教授开的一个玩笑，他在笔记本上划下一道粗线。

"不过，要是您有兴趣，那我就稍微讲一点，关于母鸡或者有冠的禽类……这属于鸡形目的一种。雉科……"佩尔西科夫用洪亮的嗓音打开了话匣子，他的两眼并没有看着布隆斯基，而是望向远处，似乎正面对着上千人宣读他的讲义，"属于雉科……фазианидэ[①]。这些鸟类都长着肥厚的皮质顶冠，还有两片肉髯：长在下颌……嗯……不过，有时候在下颌的中间处只长一片肉髯……好吧，还有什么可讲的。翅短而且丰满……尾巴不长不短，稍稍呈阶梯状，甚至，在我看来，更像是屋顶的形状。中部的羽毛呈镰刀弯状……潘克拉特……去模型室把 705 号标本拿来，就是那只可以拆卸的

[①] 拉丁文 Phasianidae 的俄语音译拼写，意思为：雉科的。

公鸡……不过，您不用看了吧？……潘克拉特，不要去拿标本了……我再说一遍，我不是这方面的专家，您还是去找波尔图加洛夫吧。嗯，好吧，我自己只了解六种野生鸡……嗯……波尔图加洛夫了解得更多……有印度的，还有马来群岛的。比如，班基苏霍亚什鸡，或者也叫卡津图鸡，它生长在喜马拉雅山脚，印度全境，阿萨姆邦，缅甸也有……叉尾鸡，或者也叫加卢斯·瓦利乌斯鸡，生活在龙目岛、松巴哇岛和弗洛勒斯岛。爪哇岛上有一种叫作加留斯·埃涅乌斯的鸡非常漂亮，我还可以向您推荐一种很漂亮的鸡，生活在印度东南部，叫作宗涅拉托夫鸡……我回头可以给您看图片。至于说锡兰岛嘛，我们知道那里有一种叫斯坦利的鸡，其他任何地方都见不到。"

布隆斯基瞪圆了眼珠子，坐在那里刷刷地记录着。

"还能告诉您些什么呢？"

"我还想了解一点关于鸡的疾病。"阿尔弗雷德小声说道。

"嗯，我不是专家啊……您可以去问问波尔图加洛夫……不过……嗯，绦虫、吸虫、疥虫、蠕螨、鸡螨、鸡虱，或者还有羽虱、跳蚤、鸡霍乱、黏膜性哮喘白喉炎……肺部真菌感染、结核病、鸡癣……各种病症都有可能啊……（佩尔西科夫眼睛里闪耀着火花）……比如说，还有颠茄中毒、肿瘤、佝偻病、黄疸病、风湿病，还有舍恩莱因氏发癣菌……这种病很有意思。要是染了这种病，鸡冠上会长出小斑点，就像霉菌斑那样……"

布隆斯基掏出一块花花绿绿的手帕擦去额头的汗珠。

"那么,教授,在您看来,眼下这场灾祸的起因究竟何在?"

"什么灾祸?"

"怎么,教授,您没有读报纸吗?"布隆斯基惊讶了,连忙从文件包里取出一张皱巴巴的《消息报》

"我从不读报。"佩尔西科夫紧紧皱起了眉头。

"那是为什么,教授?"阿尔弗雷德和蔼地问道。

"因为报纸上都是胡说八道。"佩尔西科夫不假思索地回答。

"怎么会呢,教授?"布隆斯基温柔地轻声反驳,打开了报纸。

"这是什么?"佩尔西科夫甚至都没有站起身来。这下轮到布隆斯基的眼睛里火花闪耀了。他用一根尖尖的、涂了亮色油彩的手指重重地指着一则特大标题:《鸡瘟蔓延共和国》。标题横贯整版报纸。

"怎么回事?"佩尔西科夫大惑不解,把眼镜推到了额头上……

第六章　1928年6月的莫斯科

整座城市容光焕发，四处灯火辉煌，时而暗淡，时而通明。剧院广场上，汽车的白灯和有轨电车的绿灯交相辉映。先前的"穆尔与梅里利兹"①大楼如今被加盖了第十层，顶楼用霓虹勾勒出一个花花绿绿的女子形状，正一个字母一个字母地甩出一句五颜六色的话："工人信贷"。大剧院对面的街心花园里，有一座深夜开放的彩色喷泉，那里人潮涌动，人声鼎沸。而大剧院顶上的巨型喇叭却在此时大吼大叫起来。

"列佛尔托福兽医研究所研制的抗鸡瘟疫苗已经获得了十分理想的效果。今日死鸡……数量已减少一半……"

可随后，喇叭里的音质变了，似乎出现了一种威严的声音，一道绿光在剧院顶上忽闪忽闪，喇叭里终于响起了一个男低音的唠叨的声音：

"抗鸡瘟紧急事务委员会已经成立，组成人员有卫生人民委员、农业人民委员、畜牧负责人普塔哈-波罗修克同志②，佩尔西科夫和波尔图加洛夫教授……和拉宾诺维奇③同志！……新一轮武装干涉企图！……"大喇叭活像一匹豺狼，又是哈哈大笑又是嚎啕大哭，"都和这场鸡瘟有关系！"

剧院胡同、涅格林运河和卢比扬卡广场被白色和紫色的光束照得如同白昼，一束束光线轮番闪耀，惊心动魄的警笛声不绝于耳，马路上尘土飞扬。人们三五成群挤在巨大的公告墙边，一张张告示被红色的反光灯照得雪亮：

"兹事体大，责任重于泰山。居民即日起严禁食用禽类肉蛋。个体商贩如有出售肉蛋于市之行为，必将予以追究刑责并没收其所有财产。公民中持有禽蛋者，请务必尽快将其送至所在区警局。"

《工人报》大楼顶部巨大的屏幕上，鸡的尸体已经堆积如山。穿着浅绿色制服的消防员们迅速散开，身上的标志闪闪发光，手里端着水管子，把煤油喷洒在鸡的尸体上。紧接着，屏幕上便燃起一片红色的火海，浓黑的烟雾弥漫开来，变成一团团碎片摇晃着，随后汇成一股飘散开去。屏幕上蹦出了火红的字幕："霍登卡组织焚烧死鸡"。

橱窗上挂着"禽蛋交易，质量保证"招牌的商店，平日里只有午饭和晚饭两次休息，直到半夜三点才打烊，如今都被严严实实封了起来。在周围其他商店柜台依旧灯火通明的映衬下，这些禽蛋商店宛如一个个漆黑的窟窿。标着"莫斯

---

① 即百货商场大楼，由苏格兰人阿尔其巴尔德·梅里利兹（1797—1877）和安德鲁·穆尔（1817—1899）1857年创办于圣彼得堡。1918年，百货大楼由莫斯科贸易局接管，其旗下的家具工厂被改建为"黎明"航空工业企业。百货大楼后改名为中央百货商店，是莫斯科最大的综合购物中心。
② 普塔哈-波罗修克，乌克兰姓氏，普塔哈的意思是小鸡，波罗修克的意思是小猪。
③ 姓氏拉宾诺维奇一般用来讽刺只顾自己切身利益的小人。

科卫生局，急救"字样的汽车，带着惊悚的呼号，赶超一辆辆笨重的公共汽车，刷刷地从警察身边疾驰而过，也已经成了司空见惯的事情。

"准是又有人臭鸡蛋吃坏了。"人群中有人小声议论。彼德罗夫交通路上，黄黄绿绿的彩灯把那家国际著名的大饭店"帝国风范"装扮得分外夺目。饭店里的餐桌上，便携式电话机旁，也都搁着一块块沾了甜酒污渍的硬纸招牌，上面写着："接上级指示——鸡蛋饼概不供应。新鲜牡蛎有现货。"

"埃尔米塔什"饭店里，一片昏惨惨阴沉沉的绿荫下，几盏中国式的小灯笼放着幽暗的光。然而在一个小舞台上，照明的灯光却亮得让人睁不开眼睛，施拉姆斯和卡尔曼奇科夫两位讽刺歌手正在台上载歌载舞表演着喜剧小品，这些小品还是阿尔多和阿尔古耶夫①两位诗人共同创作的。

啊呀，妈呀，我可怎么办——

鸡蛋没了啊？？

一边跳，两个人还噼噼啪啪踩着切乔特卡舞步②。

有那么一家剧院，以已故的谢沃洛德·梅耶尔霍利德③

---

① 现实中两位诗人的姓氏分别是阿尔戈（1897—1968）和阿杜耶夫（1895—1950）。布尔加科夫在小说中稍微改动了一下这两位当时名满俄罗斯的讽刺诗人的姓氏。有趣的是，这部中篇小说完稿后不久，布尔加科夫自己也成了两位诗人笔下被尖锐讽刺的对象。
② 即踢踏舞。
③ 谢沃洛德·梅耶尔霍利德（1874—1940），俄罗斯戏剧导演、演员和教育家。作者于1927年写作这部中篇时，梅耶尔霍利德还没有去世。他是在1940年才被判处死刑并枪决的。

的名字命名。他的死因已是尽人皆知。就在 1927 年，该剧院上演普希金的《鲍里斯·戈杜诺夫》，舞台的吊杆突然脱落，浑身一丝不挂饰演贵族老爷的演员们也跟着从上面掉下来，把这家伙砸死了①。如今，这家剧院打出了五颜六色的滚动式彩灯海报，宣告作家爱伦多尔格的剧本《母鸡的死》即将上演，梅耶尔霍利德的学生、共和国功勋导演库赫杰尔曼将担纲执导。② 不远处的"水族馆"公园里，露天的小舞台上，正在上演作家列尼夫采夫③的《小鸡崽子们》④。舞台被忽明忽暗的广告灯装点得流光溢彩，一个个袒胸露背的女子让人眼花缭乱，四周掌声雷动。一群马戏团的驴子，排成一溜沿着特维尔大街走来，驴子的长脸两边都挂着小灯笼，背上还驮着醒目的招牌——科尔什剧院正在恢复上演罗斯丹的《尚特克勒尔》⑤。

报童们在如织的车轮间左右逢源，无处不闻凄厉的吆

---

① 梅耶尔霍利德是十月革命后积极的文学艺术改革分子，布尔加科夫很厌恶他那一套激进的改革举措，认为他的所谓改革其实是对俄罗斯文学的扭曲和破坏。梅耶尔霍利德曾多次邀请布尔加科夫加盟他的戏剧创作，但均遭到拒绝。虽然在普希金的剧作里并没有出现过裸体的贵族，但结合二十世纪二十年代曾短暂兴起过的"裸体主义"风潮，布尔加科夫便在小说中以此挖苦梅耶尔霍利德荒唐的改革行为，而且还把他写"死"了。
② 此处暗指苏联作家爱伦堡和德国作家凯勒曼共同创作的话剧《把欧洲拿来！》，这出话剧于 1924 年被搬上舞台，导演就是梅耶尔霍利德。
③ 作家的名字是懒汉的意思。
④ 这个作家和剧本都是作者杜撰的，原本应是狗崽子们，为了突出"鸡"的话题，作者改成了小鸡崽子们。
⑤ 这是布尔加科夫为了"鸡"的话题而刻意杜撰的。法国诗人、剧作家罗斯丹的确写过剧本《尚特克勒尔》（意为公鸡），而莫斯科民营的科尔什（1882—1932）剧团从没上演过这部作品。

喝声：

"骇人听闻，地下有了新发现！骇人听闻，波兰在筹备战争！！骇人听闻，佩尔西科夫教授的实验！！"

在先前的尼基金马戏剧场里，被厚厚的棕色垫子围成一圈的演技场上，总是飘着一股让人心情愉快的粪便味道。脸上涂得跟僵尸般惨白的小丑鲍姆，对穿着花格子衣服、肿得像得了腹积水的比姆说：

"我知道，你为什么那么不开心！"

"你索索（说说）？"比姆憋着嗓子问。

"你把鸡蛋埋到了地里，可是被十五分区的警察给找出来啦。"

"哈——哈——哈——哈。"整个马戏剧场哄堂大笑。这笑声听起来令人毛骨悚然，就连古老的圆顶下，悬挂着的吊杆和蜘蛛网都轻轻晃动起来。

"啊——哈！"两个小丑一声长啸，一匹膘肥体壮的白马驮着一位绝色美女跑了出来。只见那女子双腿修长，穿的是一件深红色的紧身衣。

然而此时，不期然名声大振的佩尔西科夫正沿着莫霍瓦娅大街挤过人群走向驯马场的火钟[①]。虽然孤零零一人，但他情绪高涨，既没有看任何人，也不会在意任何人，更没有理会妓女们打情骂俏的推搡和娇声细气的勾搭。突然，就在他陷入思绪没看清周围的时候，他撞上了一个穿着过时的怪

---

① 据传火钟是中国古代的伏羲发明的。

人。佩尔西科夫的手指毫无防备地戳中了那个人挂在腰间的木制手枪套,一阵钻心的疼。

"啊,疼死了!"佩尔西科夫一声尖叫,"对不起。"

"对不起啦。"对面的人马上回应,他的声音听着让人讨厌。两个人在稠密的人流中随意地摆脱了对方。接着,教授便向普列奇斯坚卡方向迈开了步伐,这一次的碰撞旋即被他忘得一干二净。

第七章　洛克[①]

虽然很难说清楚，究竟是列佛尔托福兽医疫苗真的很管用，还是萨马拉市[②]的阻击部队确实很能干，采取了十分强硬的措施，断了卡卢加[③]和沃罗涅日[④]鸡蛋收购商们的货源；要么就是莫斯科紧急事务委员会的工作立竿见影，但有一点是众所周知的，那就是佩尔西科夫和阿尔弗雷德最近一次交谈后才过了两星期，共和国境内的家禽就被彻彻底底肃清了。也许在县级市的一些农家小院子里，还会零星散落着一些鸡毛，让人看了唏嘘不已。医院里最后一批贪吃的家伙也已经逐渐康复，不再便血和呕吐了。而且，好在整个共和国的死亡人数并没有超过一千，也没有引发大规模的骚乱。不过，沃洛克拉姆斯克[⑤]倒是蹦出来一个所谓的先知，他宣称，这次家禽大批死亡的原因没有别的，而应归咎于某些个委员，但是他的蛊惑并没有达到预期的效果。沃洛克拉姆斯克的市场上，仅有几位想要从农妇手中没收家禽的警察被揍了一顿，有人还把当地邮政局的玻璃窗给砸碎了。幸亏沃洛克拉姆斯克政府急中生智地采取了一系列举措，先是让先知住了嘴，随后很快就把邮政局的窗玻璃修好了。

疫情在北方蔓延到阿尔罕格尔斯克[⑥]的休姆金新村，便自然而然刹住了脚步。原因也十分简单，因为再往前就没地方可去了——前方就是白海，而海里是没法饲养家禽的。疫情到了符拉迪沃斯托克⑦，同样无法再前行一步，因为前方也是一片汪洋。在偏远的南方，比如奥尔杜巴特、朱利法⑧和卡拉布拉克⑨等等那些连土地都被太阳烤焦了地方，鸡瘟自然也就消停了。西部地区的情况让人感到惊讶，疫情恰好就在波兰和罗马尼亚的边境止步不前了。或许是因为那里气候完全不一样，又或许是邻国政府采取了有效的边境防疫隔离措施，总之，事实就是，疫情没有越过边境。正当国外的媒体对这次史无前例的大规模家禽死亡事件沸沸扬扬炒作得不亦乐乎时，苏维埃共和国政府却丝毫不为所动，依然马不停蹄地埋头做着自己的事情。抗鸡瘟紧急事务委员会也更名为共和国发展与振兴家禽饲养业紧急事务委员会，而且委员会成员也新增了三名紧急事务委员，共由十六位同志组成。另外还成立了一个"良禽"组织，佩尔西科夫与波尔图加洛夫均以名誉主席的身份加入了该组织。他们两位的头像出现

---

① 这是布尔加科夫故意采用的姓氏，暗示劫数来临。
② 俄罗斯的工业城市，距离莫斯科1054公里。
③ 俄罗斯欧洲部分中部城市，位于奥卡河畔，距离首都莫斯科188公里。
④ 俄罗斯中央黑土区经济区最大工业和文化中心，位于沃罗涅日河同顿河汇流处附近，距离莫斯科445公里。
⑤ 位于俄罗斯莫斯科州西北部，莫斯科西北129公里的拉马河畔。
⑥ 位于北德维纳河河口附近，历史上是俄罗斯重要的港口。
⑦ 位于亚欧大陆东面，阿穆尔半岛最南端，原名海参崴。
⑧ 这两个地方都是位于阿塞拜疆的居民点。
⑨ 哈萨克斯坦居民点。

在了报纸上，底下还配上了标题：《从国外大量购进鸡蛋》和《休斯先生阴谋破坏鸡蛋采购行动》①。记者科列奇金还专门为此撰写了一篇措辞刻薄的讽刺短文，一下子便轰动了整个莫斯科，文章结尾有这么一句话："别眼红我们的鸡蛋嘛，休斯先生——你们自己也有啊！"②。

最近三个星期以来，佩尔西科夫教授拼了命地工作，实在是累得不轻。鸡瘟事件使他脱离了日常的作息轨道，双倍的工作负荷猛地压到他的肩头。他每天晚上都不得不参加家禽委员会的会议，还时不时耐着性子应付与人没完没了的谈话，一会儿和阿尔弗雷德·布隆斯基，一会儿又是装着机械假肢的大胖子。他还要与波尔图加洛夫教授一起，带着编外副教授伊万诺夫和一个名叫波伦加尔特的人，共同解剖死鸡，并在显微镜底下寻找瘟疫杆菌。更夸张的是，他还花了三个晚上匆匆忙忙赶写了一本应急的小册子：《疫情影响下的家禽肝脏病变》。

其实佩尔西科夫对家禽领域的研究并没有十分用心，这倒是可以理解的——因为他满脑子惦记的是另外一件事情，就是那一束红光，这束红光才是最主要最重要的。只不过鸡瘟带来的灾难迫使他不得不暂时放弃。佩尔西科夫透支着本来就羸弱不堪的健康，就连睡觉和吃饭的时间都被挤出来，有时候甚至干脆不回普列奇斯坚卡的家里，而是睡在研究所

---

① 休斯先生即查尔斯·埃文斯·休斯，1921—1924年任美国国务卿。
② 作者暗指当时非常著名的记者科利佐夫（1898—1940），他也是布尔加科夫在长篇小说《大师与玛格丽特》中柏辽兹的现实原型之一。

实验室里的漆布沙发上，通宵达旦地守在暗箱和显微镜旁边。

一直到七月底，这样的节奏才稍稍有所缓解。更名后的委员会工作终于步入了正轨，而佩尔西科夫也总算回归到了被搁置已久的工作。一台台显微镜下又放上了新的样本，在暗箱的红光照射下，鱼卵和蛙卵又开始以令人难以置信的速度疯长。从柯尼斯堡①空运来一批专门定做的玻璃，七月的最后几天里，在伊万诺夫的监督下，几个机械师又安装了两台新的大暗箱，射孔中的红光足足有卷烟盒子那么粗，而投射出去的喇叭口直径居然达到了一米。佩尔西科夫兴奋地摩拳擦掌，便开始着手准备一项神秘而又复杂的实验。首先，他通过电话和教育人民委员商定了一件事情，电话那头叽里呱啦向他说了一堆客套话，又做出了种种支持的承诺。然后，佩尔西科夫给最高委员会畜牧处的负责人普塔哈-波罗修克同志去了电话。普塔哈表示一定会对佩尔西科夫的研究给予热切关注。两通电话的主要内容都与佩尔西科夫在海外的一项大宗采购有关。普塔哈在电话里说，他立刻就电报联系柏林和纽约。在这之后，竟然有一个电话从克里姆林宫打来，询问佩尔西科夫的研究进展情况。一个傲慢而又亲切的声音问佩尔西科夫是否需要一辆小汽车？

"不用了，谢谢您。我还是比较喜欢坐有轨电车。"佩尔西科夫婉言谢绝。

---

① 加里宁格勒的旧称。

不祥的蛋·狗心

"这是为什么?"这个神秘的声音似乎有点不解,宽厚地笑了笑。

与佩尔西科夫交谈的时候,大家通常不是一脸恭敬地诚惶诚恐,就是亲切有加地满脸堆笑,就像是在哄一个小孩子,虽然这个小孩子的块头着实不小。

"有轨电车还快一点呢。"佩尔西科夫解释说。于是,这个洪亮的男低音就在电话那头说:

"好吧,那就恭敬不如从命了。"

又过了一星期,佩尔西科夫已经逐渐淡忘那些同样被人逐渐淡忘的家禽问题,已然全力以赴地投身于红光的研究。一个又一个不眠之夜和过度的疲倦,让他的脑门子看上去锃亮,似乎变得透明而又轻巧。两只眼睛里的血丝怎么都不肯褪去,佩尔西科夫几乎每一个夜晚都睡在研究所里。不过有一次,他离开了这个动物学的避难所,那是因为他要去位于普列奇斯坚卡大街的科学家生活改善中央委员会①的大厅作报告,宣讲他的红色光束及其对卵细胞的作用。这一次,这位动物学怪人众望所归地站上了辉煌的巅峰。廊柱式大厅里经久不息的掌声似乎把天花板上什么东西都震落了,嗤嗤作响的电弧灯把光芒洒在与会科学家黑色的晚礼服和女士们洁白的裙子上。主席台的讲台旁,放着一张玻璃桌子,桌子上的盘子里蹲坐着一只湿乎乎的青蛙,这只青蛙全身暗灰,体型竟然有猫那么大,正大口喘着粗气。有人时不时往主席台

---

① 1920 年底,由列宁授意高尔基筹办成立。

上扔小纸条。其中有七张纸条居然是求爱的，佩尔西科夫随手就撕了。科学家生活改善中央委员会的主席使劲把他拽到主席台上，让他向观众鞠躬致意。佩尔西科夫情绪激动地鞠躬，两只手上全是汗水，湿乎乎的，黑色的领带也没有端端正正挂在下巴底下，而是被甩到了左耳的后方。面对几百张黄澄澄的脸和男士们胸前雪白的衬衫，他仿佛被呼吸的浓雾裹挟了。突然，一只黄色的手枪皮套一闪而过，顷刻便消失在白色的廊柱后。佩尔西科夫心里掠过一丝不安，可随即便忘得一干二净。可就当他作完报告打算离开，踩着深红色地毯走下楼梯的时候，突然感觉一阵不适。就么一瞬间，门厅里耀眼的吊灯被黑暗遮住了，佩尔西科夫意识变得模糊，一阵恶心涌了上来……他似乎闻到了一股焦糊味，又仿佛觉得脖颈里的血液变得黏稠，变得滚烫……教授颤抖的手一把抓住了楼梯的护栏。

"您觉得不舒服吗，弗拉基米尔·伊帕季奇？"紧张不安的问询从四面八方包围了他。

"没事，没事。"佩尔西科夫强打起精神，"我只是太累了……对了……请给我一杯水。"

* * *

八月的这一天，阳光异常明媚。但是阳光会干扰教授的工作，所以窗帘被放了下来。一盏曲腿的反射灯投出一道刺眼的强光，照在堆满工具和玻璃器皿的玻璃桌子上。佩尔西科夫仰靠到旋转扶手椅上，全身瘫软地抽着烟。透过一缕缕烟雾，他看着暗箱那扇微微敞开的门，双眼虽然因为疲倦而显得干巴巴,但却浮漾着满足的神色。一道红光,正静悄悄卧在暗箱里,为实验室本就闷热而又污浊的空气又增添了一丝暖意。

有人敲了敲门。

"有事吗?"佩尔西科夫问。

门咯吱一声轻响,潘克拉特走了进来。只见他两只手紧紧贴牢裤缝,看见这位尊神,害怕得脸都变白了,他说了这么一句话:

"教授先生,外面有位洛克来找您。"①

学者撇撇嘴角,似乎是笑了笑。他眯起眼睛说:

"听上去倒是挺有趣。不过我现在忙着呢。"

"他们说,有克里姆林宫的公文给您。"

"麻烦还能带公文?② 这倒是不多见啊。"佩尔西科夫逗趣道,接着便吩咐,"好吧,让他进来吧。"

"好的。"潘克拉特答应着,立刻就消失在了门外。

一分钟后,门又咯吱一响,有个人跨过门坎走了进来。佩尔西科夫吱地转动一下扶手椅,侧着脑袋从镜片上方盯住了来人。虽然佩尔西科夫对生活没有丝毫兴趣,跟现实也脱节太远,但来人的基本体貌特征还是立刻吸引了他的注意力。此人穿着打扮可谓奇特而又落伍。要是在1919年,他的这身打扮在首都的大街上还比比皆是,到了1924年年初,穿

---

① 这句话听起来可以理解为:"外面有麻烦来找您。"
② 洛克的名字 Рокк 与俄语单词"麻烦:Рок"发音相同。教授故意调侃地使用了"Рок"一词。根据小说情节的发展,教授在劫难逃了。

成像他这样的就已经看不到几个了,而现在是1928年,这样的装束是会吓到别人的。就连现在的面包师,作为最后进的无产阶级,也开始西装革履了。而且在1924年年末,就连弗伦奇式军装在莫斯科也已经被彻底淘汰,不算时髦了,偶尔才能看到那么一两个。而来人穿的是一件双排扣皮革上衣,绿颜色的裤子,脚上还裹着绑腿,踩一双半高跟皮鞋。腰间还别着一把老式的特大号毛瑟手枪,套着破旧发黄的枪套。来人的脸给佩尔西科夫留下了极为糟糕的印象,其实每个人看到这张脸都会心生厌恶。两只小眯缝眼看什么东西都一副莫名惊诧的样子,但同时又透着自信。两条腿很短,大脚板却是扁平的,显得此人多少有些不拘小节。脸上刮得泛青。佩尔西科夫立刻双眉紧蹙,他毫不客气地嘎吱嘎吱转着扶手椅,两眼已经不再从镜片上方,而是透过镜片直视对方,开口说道:

"您是带了公文来的?公文呢?"

来人显然是被他眼前所见惊呆了。按理说,这种人平时很少会表现出难为情的样子,可此刻他却失态了。从他的眼神来看,他是被整整十二排架子的书柜吓到了。这个书柜直直顶到了天花板,架子上不留缝隙地塞满了书。当然,还有那几台暗箱,暗红色的光线被透镜放大后,宛若地狱里的鬼火般若隐若现。反射镜又把红光的尖端投射出来,而旋转扶手椅里的佩尔西科夫本人恰好又湮没在纤纤光束旁的阴暗里,让他的样子看上去相当诡异而又庄严。来人凝神注视着教授的眼睛,自信非凡的目光中传递出钦佩和尊重的火花。

不祥的蛋·狗心 | 067

但他并没有递上任何公文,而是开始自我介绍起来:

"我叫亚历山大·谢苗诺维奇·洛克!"

"嗯哼?那又怎么样?"

"我被任命为'红光'国营示范农场的负责人。"来客接着介绍。

"那又如何?"

"我来找您,同志,有一件机密的事情。"

"听上去好像挺有趣。不过,请您长话短说。"

来人这才解开上衣的排扣,掏出一份打印在十分精致的厚纸上的密令。他伸手把密令递给佩尔西科夫,接着不等对方邀请,便自说自话坐到了旋转凳子上。

"不要推桌子。"佩尔西科夫一脸厌恶。

来人吓了一跳,转脸看了看桌子。只见桌子的另一侧固定着一个潮湿晦暗的小孔,里面正有一双不知道是什么动物的眼睛,绿宝石般,呆滞地一闪一闪。让人看了心里发毛。

佩尔西科夫刚念完公文,就从凳子上一跃而起扑向了电话。几秒钟拨通电话,只听他满腔怒火结结巴巴冲电话里说:

"抱歉……这我就不明白了……怎么能这样做?我……我没同意过,没和我商量过……这,可是,鬼知道会造成什么样的后果!!……"

这时,来访的陌生人在凳子上转过身来,一脸的委屈。

"实在对不起啊。"他抱怨,"我只是负……"

但是佩尔西科夫晃了晃勾起的指头,不容他说下去,接着打电话：

"对不起，我实在不明白……我，肯定，坚决反对。我绝不会同意用鸡蛋做实验……我自己都还没拿鸡蛋做过测试呢……"

电话那头传来一阵唧唧呱呱的说话声，还伴随敲打的声音，甚至老远就能听明白，那是一个宽宏大量的人在说话，那语气就像是在训诫一个小娃娃。这一通电话有了结果，只见佩尔西科夫满脸紫涨，啪地撂下听筒，挨着电话冲着墙壁说：

"我金盆洗手，不干了。"

他回到桌前，拿起公文，两眼越过镜片上方，从头到尾读了一遍，然后又透过镜片，从尾到头读了一遍，突然大叫：

"潘克拉特！"

就好像是坐着歌剧院的升降梯冒出来的那样，潘克拉特立刻出现在了门口。佩尔西科夫看了他一眼，随即一声怒喝：

"滚出去，潘克拉特，滚！"

潘克拉特立刻就消失了，脸上没有一丝一毫对此表示惊讶的表情。

佩尔西科夫这才转过身，对来人说：

"那既然这样……我只好从命了。不过这事情和我没关系。而且我也没兴趣。"

教授的话与其说得罪了来人，倒不如说让他吃惊不小。

"我很抱歉。"他探询地问道，"难道您不是，同志？……"

"您怎么开口闭口就是同志……"佩尔西科夫没好气地嘟囔，不过并没有继续说下去。

洛克的脸上写着一个大大的"但是"。

"对不……"

"那就这样吧，您请看好了，"佩尔西科夫打断了他，"这里是一个球形弧光灯。你们可以通过目镜的位移把它发射的光线聚成，"佩尔西科夫啪嗒敲了一下暗箱顶盖，暗箱看上去很像一台照相机，"一束。然后通过物镜的位移把这束光线收集起来，你看，这是 1 号……那是反光镜 2 号。"佩尔西科夫掐灭了这束光线，接着重新在暗箱的石棉底盘上点亮，"在这块底盘的光线里，你们可以分别放置所有你们想要实验的对象，然后进行实验。非常简单吧，对不对？"

佩尔西科夫本想用揶揄的语气好好挖苦一下对方，没想到来人根本就没在意，他正目光如炬地盯着暗箱呢。

"不过，我要警告您，"佩尔西科夫继续说，"手不要伸到光线里去，因为据我的观察，光线会引发表皮增生……增生结果是良性还是恶性，我，很遗憾，还没法确定。"

听见这话，来人赶忙把手缩回去藏到了背后，连手里的皮帽都掉到了地上。他下意识瞥了一眼教授的双手。那双手已经被碘酒烧得焦黄，右手腕还缠着绷带。

"那您自己怎么对付，教授？"

"您可以去库兹涅茨桥那边的施瓦贝店里买一些橡胶手

套。"教授被问得心头火起,"我可没义务替你们操心。"

这时,佩尔西科夫却像对着放大镜一样,仔细看了一眼来人。

"您到底从哪儿冒出来的?再说了……为什么派您来?……"

这下洛克终于发脾气了。

"对不……""我总归要搞清楚,这到底是怎么回事吧!……为什么您就缠着这束光线不放呢?……"

"因为,这是一项宏图伟业……"

"啊哈。还宏图?那样的话……潘克拉特!"

可是,当潘克拉特再次出现的时候:

"你等一下,我再想想。"

于是潘克拉特再次温顺地消失了。

"可是我,"佩尔西科夫说,"还是不能理解:为什么要搞得那么匆匆忙忙,还那么神秘?"

"您哪,教授,您已经把我搞得不知道从哪儿说起好了。"洛克回答说,"您是知道的,眼下鸡都死得一只不剩了。"

"那又怎么样啊?"佩尔西科夫大叫起来,"难道你们想一夜之间让它们全复活了吗?而且,为什么要借助这种还没研发完善的光线?"

"教授同志,"洛克回答,"说实话,您真的把我搞糊涂了。我这么说吧,目前我们必须重振国内的家禽饲养业,因为国外的媒体已经把我们说得很不堪了。就是这么回事。"

"那就让他们说去好啦……"

"呵,这可是您自己说的。"洛克故作神秘地摇了摇头。

"我倒是想知道,到底是谁出的这个主意,用处理过的鸡蛋孵小鸡……"

"就是我……"洛克回答。

"呵呵……那么,那么……我倒要请教,有什么理由吗?您是怎么知道光线有这种特性的?"

"我嘛,教授,听过您的报告啊。"

"可我还没用鸡蛋做过任何实验!……我只不过是有这个打算而已!"

"请您相信,一定会成功的。"洛克突然变得信心满满,他诚恳地说,"您的红光已经无人不晓,哪怕就是大象都能培育出来,不光是小鸡崽子呢。"

"您这叫什么话。"佩尔西科夫问道,"您是动物学家吗?不是吧?太可惜了……您倒是可以成为一个非常勇敢的实验家……真的……只不过您这是在铤而走险……您不会成功的……而且是在浪费我的时间……"

"我们会把暗箱还给您的。怎么会浪费您的时间?"

"什么时候?"

"放心,只要第一批小鸡孵出来就还给您。"

"您真是站着说话不腰疼啊!那好吧。潘克拉特!"

"我自己带人来了。"洛克说,"还有保安……"

黄昏刚近,佩尔西科夫的实验室已经冷冷清清……桌子上也空空荡荡。洛克带来的人搬走了三台大暗箱,只给教授留下那台小的,也就是一开始用来做实验的那台。

七月的暮色渐渐笼罩下来,阴暗占据了研究所,顺着走廊扩散开去。实验室里传来单调的脚步声——佩尔西科夫还在里面,他没有打开电灯,只一味地在空旷的屋子里走来走去,从窗口到门口……说来也怪:一种难以名状的焦虑情绪在这个夜晚控制了所有在研究所里过夜的人,也包括动物。癞蛤蟆不知道中了什么邪,就像开起了演唱会,一个个格外忧伤地长吁短叹,似在吟咏内心的不安,又像在警示不祥的未来。一条黄颔蛇从笼子里溜了出来,潘克拉特不得不在各个楼道里追捕它。好不容易逮到了,却发现这条蛇的神态很奇特,似乎是打算逃走,逃到哪里都无所谓,只要能离开这里就行。

深夜,佩尔西科夫的实验室里响起了铃声。潘克拉特立刻出现在了门口。他看到了一个奇特的情景。科学家孤零零站在实验室的中央,正眼巴巴地望着桌子。潘克拉特咳嗽了一下,便一动也不敢动了。

"潘克拉特,你看啊。"佩尔西科夫用手指着空荡荡的桌子。

潘克拉特惊呆了。夜幕下,他似乎窥见了教授噙着热泪的眼睛。这可太不同寻常了,太可怕了。

"看到了。"潘克拉特带着哭腔应和,内心却在说:"你还不如冲我大喊大叫呢!"

"你看啊。"佩尔西科夫又说了一遍,嘴唇哆嗦起来,就像一个孩子，被不由分说夺走了心爱的玩具。

"你知道吗，亲爱的潘克拉特。"佩尔西科夫说着，把头转向窗外，"我的那个老婆，十五年前离家出走，后来进了轻歌剧院，可现在，她死啦……真是一言难尽啊，亲爱的潘克拉特……有人写信告诉我了……"

在蛤蟆的连连哀叫声中，暮色吞没了教授，夜……就这样降临了。莫斯科……不知道在什么角落里，几盏雪白的球灯，在窗外亮了起来……潘克拉特心疼起教授来，一时害怕得不知所措，两手贴紧了裤缝……

"去吧，潘克拉特。"教授语气沉重，摆了摆手，"去睡觉吧，乖，亲爱的，潘克拉特。"

黑夜降临。潘克拉特走出了实验室，连自己都搞不清为什么，竟然踮着脚尖跑回了小房间。在屋子角落里的一堆破烂里翻刨一阵，找出一瓶已经开了封的俄罗斯伏特加酒，往肚子里咕嘟咕嘟灌下一茶杯左右。随即嚼了几口撒了盐的面包，眼里这才有了些许笑意。

临近午夜时分，灯光幽暗的门厅里，潘克拉特光着脚坐在长条凳上，和因为值班而睡不着的圆顶礼帽聊天，一只手还伸进印花衬衫挠着胸脯。

"还不如杀了我呢，真的……"

"他真的哭了？"圆顶礼帽很好奇。

"真……真的啊……"潘克拉特深信没有看错。

"真是个伟大的科学家。"圆顶礼帽表示赞同，"不过可以理解，毕竟青蛙没法取代老婆。"

"那当然。"潘克拉特表示同意。

他想了想，又说：

"我倒是想把婆娘的户口迁到这里来……真的，她在乡下待着有什么意思。只不过这些爬虫她肯定忍受不了……"

"那还用说，那些家伙看着就恶心。"圆顶礼帽附和道。

科学家的实验室里一点动静都没有。甚至没有开灯，因为门底下没有一丝光线透出来。

第八章 国营农场事件

再没有什么比风姿绰约的八月更让人赏心悦目的了,就算是斯摩棱斯克省①也是如此。1928年的夏天让所有人都记忆犹新,在那个美妙的季节,不但春雨行得及时,炽热的阳光普照终日,庄稼的收成也尤为喜人……先前谢列梅捷夫家的庄园里,苹果熟透了……树林成片地抹上了绿色,田野里的耕地一块块泛着金黄……在大自然的怀抱里,人都会精神焕发。亚历山大·谢苗诺维奇的样子看上去已经不像在市区里那样让人厌恶了,身上也没穿那套难看的衣服。他的脸被晒成了时尚的黝黑色,印花衬衫敞开着,露出了胸膛上浓密的黑毛。腿上套一条帆布裤子,就连眼神也不再那么锐利,有了些许善意。

亚历山大·谢苗诺维奇兴冲冲一溜小跑跨过廊柱下的台阶,径直朝一辆客货两用的小汽车跑去。廊柱上钉着一块招牌,"红光农场"几个字就写在一颗红星下面。这辆小汽车在保安的押送下,运来了三台黑漆漆的暗箱。

为了把三台暗箱安装在先前的冬日花园里,也就是谢列梅捷夫家的温室里,亚历山大·谢苗诺维奇和他的助手们七手八脚忙了一整天……临近傍晚时分,才一切安装到位。玻璃天花板下亮起了一盏白色的磨砂球灯,暗箱被固定在砖头地基上,跟随暗箱一起来的机械师噼啪一阵捣鼓,又拧了拧几枚闪亮的螺丝,黑乎乎的暗箱里便出现一道神秘的红光,照射在石棉底盘上。

亚历山大·谢苗诺维奇又手忙脚乱地爬上梯子去检查电线线路。

次日,那辆客货两用的小汽车又一次从车站驶了回来。这次卸下的是三个箱子,清一色华丽而又光滑的贴面板包装,四周还贴了好些标签,黑底白字写着:

——Vorsicht:Eier!!②

"小心轻放:蛋品!!"

"怎么才寄来那么一点?"亚历山大·谢苗诺维奇觉得奇怪,不过他没怎么多想就忙着开始拆卸鸡蛋的包装了。拆包的工作仍旧是在温室里进行的,参与拆包的有:亚历山大·谢苗诺维奇本人;他那肥得不可思议的老婆玛尼娅;先前谢列梅捷夫家的独眼花匠,现如今他是农场里杂七杂八什么活儿都干的门卫;这辈子都打定主意赖在国营农场不走了的警卫;还有清洁工杜妮娅。这里不是莫斯科,所以农场里四处洋溢着更为朴实的气息,有一种家庭式的和睦氛围。亚

---

① 俄罗斯省份,距离莫斯科360公里。
② 德文。

不祥的蛋·狗心 | 077

历山大·谢苗诺维奇正在发号施令,他爱惜地看着这些包装得像高档礼品盒一样的箱子,欣赏着落日余晖透过温室的玻璃天花板轻柔地洒在箱子上。

"您别这么大大咧咧,好不好。"他对警卫说,"小心一点啊。您没看见——这是鸡蛋?……"

"没事儿。"这个农村来的当兵的一边钻孔,一边呼哧呼哧地说,"马上就好……"

突噜——噜——噜……粉尘散落下来。

鸡蛋的包装相当考究:木制的顶板下敷着一层蜡纸,然后又是一层吸水纸,下面还铺了一层厚实的碎屑,再底下用刨花盖着,透过刨花才能隐隐看见鸡蛋白白的壳。

"看看人家外国的包装,"亚历山大·谢苗诺维奇一边赞叹,一边用手在刨花里翻腾着,"可不像我们这里。玛尼娅,小心一点啊,别碰碎了。"

"亚历山大·谢苗诺维奇,你是不是犯傻啦?"老婆不买账,"这又不是金子,瞧你那德行。我难道从来没见过鸡蛋?哇!……好大个儿的蛋啊!"

"看看人家国外的鸡蛋吧。"亚历山大·谢苗诺维奇一边说着,一边把鸡蛋一个个放到木头桌子上,"再看看我们的鸡蛋,一个个土里土气……这大概全是婆罗门鸡产的蛋吧,真他妈漂亮!德国人就是……"

"那还用说嘛。"警卫欣赏着鸡蛋,也表示赞同。

"不过,我有点纳闷,为什么这些蛋看着都脏兮兮的呢……"亚历山大·谢苗诺维奇觉得奇怪,"玛尼娅,你小心看着点。让他们接着卸,我得去打个电话。"

于是亚历山大·谢苗诺维奇穿过院子,走到农场办公室打电话去了。

晚上,动物研究所的实验室里猛然间电话铃声大作。佩尔西科夫教授恼得抓乱了头发,只好走过去接电话。

"喂?"他问。

"省里有人来电找您。"听筒里一个女性压低了声音回复他。

"好吧。请问哪位?"佩尔西科夫心烦意乱地对着黑洞洞的电话发问……电话那头传来一阵咔嚓声,然后在遥远的地方响起一个男性紧张不安的声音:

"鸡蛋需要清洗吗,教授?"

"什么意思?什么?您在问什么?"佩尔西科夫心头火起,"您从哪儿打的电话?"

"是尼科尔斯克,斯摩棱斯克省。"电话那头解释道。

"我没听明白。我不知道什么尼科尔斯克。您是哪位?"

"我是洛克。"电话里的声音非常生硬。

"哪个洛克?——啊,是的……原来是您啊……您要问什么?"

"鸡蛋要不要清洗?……从国外给我寄来一批鸡蛋……"

"怎么了呢?"

"……鸡蛋上有一些脏兮兮的斑点……"

"什么,您没搞错吧……您说的我没听懂,鸡蛋怎么会有脏兮兮的斑点？嗯，当然啦，也许是会有一点的……鸡粪干了留下的……也许还有其他什么脏东西……"

"那就不用洗了？"

"当然，不用洗……您，这是，已经打算用暗箱处理鸡蛋了？"

"马上就要处理。是的。"电话那头回答。

"呵。"佩尔西科夫干笑了一声。

"回头见。"咣当一声，电话挂了。

"回头见。"佩尔西科夫恨恨地重复了一遍，然后转身对编外副教授伊万诺夫说，"彼德·斯捷潘诺维奇，您觉得这家伙靠谱吗？"

伊万诺夫哈哈大笑。

"原来就是他啊？可以想象，他肯定会把那些鸡蛋烤糊了。"

"是……是……是啊……"佩尔西科夫余怒未消，"彼德·斯捷潘诺维奇，您也能想象得到了……嗯，那太好了……其实，很有可能，光线对鸡蛋次胞原生质的作用就跟对蛙卵的作用一模一样。很有可能，他真的能孵出小鸡来。但是，您也好，我也好，谁都没法预测，那会是些什么样的鸡……也许，这些鸡一点屁用都没有。也许，这些鸡过两三天就死了。也许，这样的鸡肉根本就不能吃！我又没法担保，它们出生后就能独立谋生。也许，鸡的骨骼会很脆弱。"佩尔西科夫越说越激动，挥舞起手掌，手指又勾了起来。

"您说得太对了。"伊万诺夫表示赞同。

"彼德·斯捷潘诺维奇,您能担保,这些鸡会繁衍后代?也许,这家伙孵出来的都是些骟鸡呢。体型也许能赶上狗,可要它们繁衍后代,大概要等到基督第二次降世了吧。"

"确实没法担保。"伊万诺夫同意。

"就这种冒冒失失的态度。"佩尔西科夫越说越伤心,"简直胆大妄为!而且,您看看,竟然有人关照我要对这个下流货色进行指导……"佩尔西科夫指了指那张洛克送来的公文(它就被随手甩在实验操作台上),"这个问题连我自己都还不能解答,让我怎么去指导这个门外汉。"

"就不能回绝他吗?"伊万诺夫问。

佩尔西科夫立刻紫涨了脸,抄起那张公文递给了伊万诺夫。对方读完后,满脸揶揄地笑了。

"嗯——那就没办法了……"他意味深长地表示理解。

"还有,您想想……我自己订购的货等了已经足有两个月时间,还没有一点动静呢。这家伙倒好,买几个鸡蛋就立刻寄过来了,还处处有人配合他……"

"他是做不成什么屁事的,弗拉基米尔·伊帕季奇,顶多就是把暗箱还给您了事。"

"但愿能尽快吧,要不然我这里的实验都被耽搁了。"

"是啊,简直糟糕透了。我这里一切都已经准备就绪了。"

"您已经拿到防护服了?"

"是的,今天刚拿到。"

佩尔西科夫闻言，心里踏实了许多，情绪也好转了。

"啊哈……我想，我们可以这么做。手术室的门可以封死，然后再打开一扇窗户……"

"当然啦。"伊万诺夫赞成。

"有三个防护面罩吗？"

"是的，三个。"

"嗯，那就好……您用一个，我用一个，再另外随便找一个大学生吧。第三个就给他用。"

"可以找格林穆特。"

"就是那个现在在您手下研究蝾螈的？……嗯……这人还不错……虽然，不是我说他坏话哦，春天的时候他还没搞清楚裸齿鱼的鱼鳔结构呢。"佩尔西科夫还记得别人的短。

"不会吧，他很不错……是个好学生。"伊万诺夫赶紧袒护。

"看来，我们得熬一个通宵了。"佩尔西科夫继续说，"不过还有件事儿，彼德·斯捷潘诺维奇，您得去检查一下毒气，要不然鬼才知道，他们那帮化工志愿者①会干出什么事情来。万一输送来的是劣质毒气呢。"

"不会的，不会的。"伊万诺夫连忙摆了摆手，"我昨天已经试过了。这还是不要冤枉他们，弗拉基米尔·伊帕季奇，毒气的质量非常棒。"

---

① 指支援化学工业建设志愿协会，成立于1924年5月19日。旨在宣传和教育民众在遇到化学武器攻击时如何进行防御。托洛茨基是该协会的主要创办者和领导人。

"您拿什么试的?"

"我就用普通的蛤蟆试了一下。稍一通气——蛤蟆立刻就死了。对了,弗拉基米尔·伊帕季奇,我们还得多做一手准备。您给国家政治保安局发一封函吧,让他们给您寄一把电枪来。"

"我可不会用这玩意儿……"

"电枪交给我负责就行。"伊万诺夫说,"我们去克利亚济马河的时候用过电枪,那时候只是为了好玩……有一个保安局的人就住在我隔壁……这玩意儿特别好用。效果立竿见影……发射的时候一点声音都没有,百步以内一枪致命。我们用来打寒鸦了……我觉得,有了电枪,毒气都可以不用了。"

"嗯……这个主意非常不错……不错。"佩尔西科夫走到屋角,拿起电话,呱呱地对着听筒盼咐……

"给我接那个,叫什么来着……卢比扬卡……"

* * *

白天的天气热得出奇。地面上蒸腾着厚厚一层透明的暑气,显得分外晃眼。但是夜晚却美好、撩人、荫绿。先前的谢列梅捷夫庄园在如洒的月光下,美得难以名状。宫殿般的农场办公楼,如同结晶的糖块,雪亮剔透。花园里树影婆娑,池塘则被染成黑白两色——斜长的白色是皎洁的月影,另一半却是黑暗的深渊。月色的光斑中,几乎可以毫不费力地阅读《消息报》,只有用六磅小铅字撰写的象棋专栏无法看清。只不过,在如此美好的月夜里,自然不会有人看什么《消息报》……清洁工杜妮娅此时此刻就在农场后面的那片小树林里，无巧不成书的是，农场那台破旧不堪的客货两用汽车的红胡子司机竟然也在那里。他俩在那里做了什么，谁都不知道。可他们就在稀疏的榆树荫下，舒舒服服地躺在司机就地铺开的皮大衣上。厨房的灯还亮着，两个菜农正在吃晚饭。洛克太太身穿一件宽大的白色连衣裙，坐在廊柱凉台上，仰望着美不胜收的圆月，浮想联翩。

晚上十点整，农场后面的孔佐夫卡村已经悄无声息，田园美景变成了一段悠扬悦耳的长笛声。乐曲回荡在树林里，回荡在谢列梅捷夫殿堂昔日的廊柱上，天籁夜景相得益彰，美得无以言表。那笛声似乎是《黑桃皇后》中莉莎娇俏柔弱的歌声，伴着波丽娜激情四溢的咏叹，融合成了二重唱，悠悠飘向九霄的广寒①。此情此景，犹如旧日的时光再现，而那充满无限美好的往昔早已远逝，既叫人如痴如醉，也不免无奈唏嘘。

消散了……消散了……

悠扬不断的长笛婉转起伏，叹惜声声。

小树林被乐声陶醉了。林中女妖般邪魅的杜妮娅也听呆了，她把脸颊紧紧贴住了红胡子司机雄性粗糙的脸庞。

"这狗东西，吹得挺不错嘛。"司机忍不住夸奖，一边伸出粗壮的手臂搂紧了杜妮娅的纤腰。

吹长笛的，正是农场主管亚历山大·谢苗诺维奇·洛克

---

① 《黑桃皇后》是普希金创作的短篇小说，小说中莉莎是女主人公，波丽娜是一位公爵小姐。

本人。说句公道话，他的吹奏水平的确相当高。事实上，吹奏长笛本就是亚历山大·谢苗诺维奇以前的专业。一直到1917年，他还供职于著名音乐大师佩图霍夫的演奏团。那时他住在叶卡捷琳诺斯拉夫市①，每天晚上都在豪华的"魔力梦幻"影院②休息室里，演奏和谐轻快的曲子。然而，伟大的1917年断送了无数人的前程，亚历山大·谢苗诺维奇也由此踏上了崭新的人生旅途。他离开了"魔力梦幻"，舍弃了休息室里沾满灰尘的假缎面星花礼服，毅然投身于革命和战争的汪洋大海中，长笛也就此换成了可以屠戮生灵的毛瑟枪。他被革命大潮无休止地抛来掷去，一会儿被送去克里姆③，一会儿被卷到莫斯科，一会儿又被冲到了突厥斯坦④，甚至还被浪头拍到了符拉迪沃斯托克。为了充分展现自己的才能，革命斗争成为了亚历山大·谢苗诺维奇真实的需求。事实证明，此人的确非池中之物，也绝不可能坐在"魔力梦幻"影院的休息室里自甘寂寞。其奋斗细节，无需在此赘述，单表此人1927年和1928年年初在突厥斯坦的经历，便足以管窥。在当地，他先是负责编辑一份颇有影响力的报纸，随后又出任最高农业委员会的地方委员，因极为出色地

---

① 第聂伯罗彼德洛夫斯克的旧称。
② 一直到1930年之前，这家影院的名称都是带有浪漫情感色彩的"魔力梦幻"，1930年以后被改名为"阿芙乐尔"。从现在的立场来看，改名后容易让人联想到1917年炮轰冬宫的巡洋舰。如今巡洋舰已经没入历史，取而代之的，是曙光女神"阿芙乐尔"最初的形象。
③ 指位于俄罗斯西南部的克里米亚半岛，是一个自治共和国。
④ 指中亚锡尔河以北及毗连的东部地区。苏联境内曾经存在的一个自治共和国，后逐步分成五个加盟国，苏联解体后成为现在的中亚五国。

解决了突厥斯坦边疆土地灌溉问题而声名大振。1928年，洛克来到莫斯科，并顺理成章地获得了一次休假机会。这个乡下来的泥腿子把一张组织上颁发的会员证光荣地掖在口袋里，而这个组织的最高委员会因为高度评价他的成就，所以又任命了他一个既清闲又风光的职务。只不过，可惜呀！可惜呀！亚历山大·谢苗诺维奇热得发烫的头脑还就是冷静不下来，这对共和国来说无疑是一件可悲的事情。洛克在莫斯科无意中听说了佩尔西科夫的发明。在位于特维尔大街的"红色巴黎"酒店，亚历山大·谢苗诺维奇坐在套间里，头脑里竟然冒出了一个想法，打算在一个月内借助佩尔西科夫的红光重振共和国的家禽饲养业。畜牧委员会听取了洛克的汇报，批准了他的方案。于是，洛克就携着硬纸公文找到了这位性格乖僻的动物学家。

这场以波光粼粼的水面、小树林和花园为舞台的音乐会眼看着就要接近尾声，可似乎突然发生了什么事情，迫使音乐会不得不提前结束了。原来，孔佐夫卡村的狗忽然一个个令人毛骨悚然地吠叫起来，而平常小狗们在这个时间本该早就睡着了的。渐渐地，狗叫声汇成了一片揪心的哀嚎。越来越响亮的哀嚎声传向四野，突然，池塘里的青蛙也大声聒噪起来，无数的蛙鸣合成一台演唱会，像在应和那哀嚎声。这一切都使人不寒而栗，甚至让人觉得，神秘而又魅力无穷的夜色陡然变得狰狞起来。

亚历山大·谢苗诺维奇放下长笛，来到了凉台上。

"玛尼娅，你听到了吗？你说，这些该死的狗……大半夜的发什么疯啊？"

"我怎么知道？"玛尼娅依然望着那一轮圆月。

"玛尼娅，我看，我们还是一起去看看鸡蛋吧。"亚历山大·谢苗诺维奇提议。

"我的天啊！亚历山大·谢苗诺维奇，你是真的被鸡和鸡蛋勾去魂了啊。你就歇一会儿吧！"

"这可不行，玛尼娅，一起去看看吧。"

温室里的球灯照得雪亮。杜妮娅也来了，脸上仍泛着潮红，两眼放光。亚历山大·谢苗诺维奇轻轻打开监控玻璃，大家都探头朝暗箱里面张望。满是斑点的鸡蛋被照得通红，一个个整齐列队被摆放在洁白的石棉底盘上，暗箱里一点声音都没有……倒是头顶 15000 坎德拉①的球灯发出微弱的咝咝声……

"哈，我要孵出小鸡来了！"亚历山大·谢苗诺维奇难掩内心的兴奋，他一会儿从侧面看看监控窗，一会儿又从顶上透过宽宽的通风孔朝里张望，"等着瞧吧……你说什么？我孵不出来？"

"亚历山大·谢苗诺维奇，您还不知道吧？"杜妮娅笑着打趣，"孔佐夫卡村里的庄稼汉们都在议论呢，说您是个敌基督②。他们还说，您的鸡蛋肯定是妖魔鬼怪。哪有用机

---

① 发光强度单位。
② "敌基督"一词在《圣经》中出现过 4 次，且均在约翰书信中。约翰认为"有好些敌基督的出来"是末世来临的标志。约翰也告诫说，最后还有一位敌基督，同样是否定耶稣为基督的，将来必会出现。

器孵蛋的，罪过啊。他们想杀了您呢。"

亚历山大·谢苗诺维奇浑身一个哆嗦，对着老婆转过身来。脸都吓黄了。

"听听，你们听听？这都是些什么人哪！拿这样的人能有什么办法？啊？玛涅齐卡①，该召集人开个大会了……明天我找几个县里的工作人员来。我要亲自发表演讲。是时候做一些工作了……不然这样一个鸟不拉屎的地方真是……"

"愚昧。"警卫靠着温室门框，舒舒服服垫着自己的军大衣，突然接了茬。

第二天是标志性的一天，发生了几件最为诡秘也无法解释的事情。一大早，太阳刚刚探出头来，通常迎接这个星球的，是树林里连珠炮般嘹亮而又不停歇的鸟鸣。可这一天，迎接它的却是一片死寂。这个现象立刻就被所有人注意到了。这情景倒是很像雷雨前的沉寂，可是雷雨根本连个影子都没等到。亚历山大·谢苗诺维奇听着农场里的议论纷纷，竟然觉得这些话都带着弦外之音。尤其是孔佐夫卡村那个大叔，脑子转得快是出了名的，成天唯恐天下不乱，人送外号山羊脖子。他宣称说，似乎看到了所有的鸟都集结成群，天亮之前就离开谢列梅捷夫庄园，眨眼就往北方飞去了。说这种话简直愚蠢透顶。亚历山大·谢苗诺维奇心烦意乱，他花了一整天的时间和格拉乔夫卡镇②通电话。镇上的人最后向

---

① 玛尼娅的爱称。
② 俄罗斯居民点。

他保证，过两天一定会派几个能说会道的人来，专程就两个主题做一次演讲——国际形势和"良禽"组织的相关问题。

到了傍晚，又闹出了意料不到的事情。如果说，一大早树林子没了声音，树丛中寂静一片，这已经够让人疑窦丛生脊背发凉了，到了中午，麻雀们也都从农场的殿堂一溜烟地飞走了，可及至傍晚，连谢列梅捷夫庄园的池塘里也没了动静。简直太让人震惊了，因为这方圆四十俄里①的郊县，谢列梅捷夫庄园闻名遐迩的蛙鸣，是无人不知无人不晓的。如今，这些蛙就像一下子全都死绝了。池塘里一丁点声音都没有，就连苔草都静静地竖着。这下，亚历山大·谢苗诺维奇彻底没了主意。这些诡异的事件开始四处传播，又以讹传讹，越传越难听。当然，谣言都是背着亚历山大·谢苗诺维奇散播的。

"真的好奇怪啊。"亚历山大·谢苗诺维奇吃饭的时候问老婆，"我搞不懂啊，这些鸟儿怎么就全都飞走了呢？"

"我怎么知道啊？"玛尼娅也不明白，"莫非和你的光有关系？"

"呵，你呀，玛尼娅，真是个最最没用的笨女人。"亚历山大·谢苗诺维奇气得扔掉了勺子，"你呀，跟庄稼汉们没啥两样。这和光线能有什么关系？"

"我真的不知道啊。你别惹我。"

晚上，又发生了第三件意外的事情——孔佐夫卡村的狗

---

① 1俄里等于1.6公里。

又大声吼叫起来，而且，叫声和以往大不相同！月色中的原野上，狗儿们哀怨地嚎个不停，声嘶力竭，焦虑而又绝望。

而亚历山大·谢苗诺维奇却在此时意外地有了一点小小的惊喜，这个惊喜正来自于温室。暗箱中被照得通红的鸡蛋里，发出了连续的啄击声。笃笃……笃笃……笃笃……笃笃……一会儿是这个蛋，一会儿是那个蛋，一会儿第三个蛋也敲了起来。

蛋里的啄击声，在亚历山大·谢苗诺维奇听来，无疑是旗开得胜的捷报。他立刻把树林和池塘里发生的那些怪异事件抛到了脑后。大家都聚集到了温室里：玛尼娅来了，杜妮娅来了，门卫来了，警卫把来复枪靠在门边，也来凑热闹了。

"嗯，怎么样？你们还有啥好说的？"亚历山大·谢苗诺维奇俨然一副胜利者姿态。大家都好奇地把耳朵贴到暗箱的小门上。"这些小鸡，是要破壳了呢。"亚历山大·谢苗诺维奇神采飞扬地继续说，"你们还说我孵不出来吗？说不出口了吧，亲爱的各位。"他意犹未尽地拍拍警卫的肩膀，"我孵出来的这些小鸡，你们看到会哇哇大叫呢。不过现在你们要给我仔细盯紧了。"他换了一副严肃的面孔，"只要稍微一破壳，立刻就来通知我。"

"好的。"门卫、杜妮娅和警卫异口同声回答。

笃笃……笃笃……笃笃……第一台暗箱里，一会这只蛋，一会儿那只蛋，敲击声越来越强劲。有一个小生命很快要从微微透着光的薄壳里诞生，能亲眼看到这样的场景，的确让人乐在其中。于是，大家在倒置的空箱子上坐了好久，观察这些蛋在忽闪的神秘光线照耀下渐渐孕育成熟。大家分头散开去睡觉时，已经很晚了，农场上空和周边的郊县都已沉浸在微微泛青的夜色里。这个夜是神秘的，甚至可以说是骇人的。也许，正是时不时从孔佐夫卡村传来的阵阵犬吠，打破了无垠的静谧。那一声声毫无缘由就爆发的哀嚎，痛苦而又无奈，听了让人心头发紧。这些可恶的狗崽子们是不是疯了——真是搞不懂。

清晨，等待亚历山大·谢苗诺维奇的是一个坏消息。警卫慌张得不知所措，两只手按住心口，赌咒发誓说他没睡着，但是真的什么状况也没发现。

"这实在太奇怪了啊。"警卫极力为自己辩护，"我真的没做错什么啊，洛克同志。"

"谢谢您了，我可真得好好谢谢您啦。"亚历山大·谢苗诺维奇对着他劈头盖脸一顿训斥，"您在想什么呢，同志？让您杵在这里是干吗的？是让您盯紧了。那请您现在告诉我，小鸡都去哪儿了？不是已经孵出来了吗？这下倒好，都逃走啦。明明就是您没有把门关好，所以才一个个都溜走了。快去把小鸡给我找回来！"

"我哪儿都不去。我又不是不知道我的职责。"当兵的终于忍不住发火了，"洛克同志，您不能这样无缘无故指责我！"

"那小鸡跑哪儿去啦？"

"我上哪儿知道去。"当兵的几乎要气疯了，"难道我是来看护小鸡的?派我来干吗的。我是来守着暗箱的,不让别人给偷走了,我一直都在履行自己的职责。现在暗箱都还在。替您抓小鸡,我可没这样的法定义务。谁知道您孵出来的小鸡是什么样的,说不定,骑着自行车都追不上呢!"

亚历山大·谢苗诺维奇被抢白,一下子说不出话来,不过他还是小声骂了几句,接着便陷入了深深的诧异。这事情的确非常蹊跷。第一台暗箱是最先启动的,里面有两颗放置最靠近光源的蛋已经完全破裂。其中一个蛋壳甚至还滚到了一边,躺在石棉底盘上,暴露在红光下。

"难道是见了鬼。"亚历山大·谢苗诺维奇嘟哝着,"窗户都关严了,总不能从屋顶飞出去吧!"

他抬起头,看了看屋顶。屋顶的玻璃窗格子之间,敞着几条宽宽的缝。

"您瞎想些什么啊,亚历山大·谢苗诺维奇。"杜妮娅被他的动作吓了一跳,"您可真是的,小鸡还会飞起来啊。它们肯定还在这里……唧唧……唧唧……唧唧……"她学起了鸡叫,在温室的各个角落里查看起来。可是那里只有一些积了灰尘的花盆,还有一些木板和破烂。哪儿都没听到鸡叫的声音。

所有工作人员在农场大院里跑了整整两个小时,四处搜寻灵活的小鸡,然而哪里都没找到。这一天过得极为亢奋。暗箱的警卫又增加了一个人,而且还给他下达了最严厉的命令,每过一刻钟就要观察一次暗箱的玻璃小窗,稍一有情况就必须通知亚历山大·谢苗诺维奇。警卫用膝盖夹住来复枪，拉长了脸坐在门边。亚历山大·谢苗诺维奇忙前忙后地团团转，直到午后一点多才吃上了饭。饭后他找了个荫凉的地方，在先前谢列梅捷夫家的土耳其沙发上小睡了一小时，醒来喝饱了农场用面包干自酿的克瓦斯①，接着又去温室巡视了一遭，确信那里现在万无一失了。门卫老汉正趴在粗席子上，眨巴着眼睛盯着第一台暗箱的监控玻璃，警卫则精神抖擞地守在门口，寸步未离。

不过，也有新消息：最后启动的第三台暗箱里，传出咂巴嘴的声音，还有短促的嘤嘤声，就像是有人在蛋里哽咽哭泣。

"哈，快孵出来啦。"亚历山大·谢苗诺维奇说，"马上就孵出来啦，我总算能亲眼看见啦。怎么样？"他转头问门卫。

"是啊，这可是件大好事呢。"门卫晃着脑袋，明显话里带着话。

亚历山大·谢苗诺维奇在暗箱边上蹲了一会儿，但是却没有小鸡当着他的面破壳而出。于是他站起身，舒展了一下筋骨。吩咐说，他不会离开庄园，他哪儿也不去，只是先去池塘泡个澡，一旦有什么情况发生，立即把他叫来。他随即跑进了宫殿的卧房，那里有两张窄窄的弹簧床，上面有几件皱巴巴的内衣，地上堆放着青苹果，垒成一座小山，还有几堆黍米，这是为新孵出的小鸡准备的。他扯了一块蓬松厚实

---

① 克瓦斯是一种用面包、糖和酵母酿制的俄罗斯传统饮料，酒精含量很低。

的毛巾，转念一想，又顺手带上了长笛，这样就能趁着空闲时间在风平浪静的水面上吹奏一曲。他兴冲冲跑出宫殿，穿过农场大院，沿着一条柳荫小径直奔池塘。洛克一路走得意气风发，挥舞着手里的毛巾，腋下夹着长笛。老天爷穿过柳树枝叶的缝隙，把酷热倾注下来，身体已经被烤得牢骚满腹，迫不及待想要泡进水里。洛克的右手边是一丛丛长势正旺的牛蒡，他路过时向草丛里吐了一口唾沫。就在这时，那盘根错节的深处，传来一阵沙沙的响动，就好像有人拖动了木头。亚历山大·谢苗诺维奇心头一紧，刹那间有了一种不祥的感觉，他扭头去看草丛，一脸惊讶，因为池塘已经整整两天没有任何响动了。可沙沙声却停止了。越过牛蒡就可以隐约看到波澜不兴的诱人湖面，还有更衣棚灰蒙蒙的屋顶了。几只蜻蜓在亚历山大·谢苗诺维奇眼前一飞而过。他本来都已经打算拐个弯走向木头跳板了，却突然再次听到了草丛中传来的沙沙声，而且这次还伴着一种短促的咝咝声，就好像蒸汽机车在排油或者排气。亚历山大·谢苗诺维奇顿时警觉了，开始仔细打量起眼前这堵密不透风的杂草墙来。

"亚历山大·谢苗诺维奇！"就在这个当口，洛克听到老婆在叫他。只见她白色的短衫闪了一下，便不见了，接着又在马林果丛里闪了一下。"等等我，我也要洗个澡。"

老婆朝着池塘奔了过来。但亚历山大·谢苗诺维奇没顾得上吭声，他正全神贯注凝视着牛蒡草。只见一根灰不溜秋的橄榄色圆木从茂密的草丛中升起来，眼看着越长越高。亚历山大·谢苗诺维奇似乎还看到很多湿乎乎的浅黄色斑块，密密麻麻布满了圆木的表面。圆木开始向上伸展，扭曲着，颤动着，越长越高，越长越高，竟然超过了低矮而又七歪八扭的柳树……接着，圆木的顶端开始弯折，微微向下倾斜，亚历山大·谢苗诺维奇的头顶就像是竖起了一根高度和莫斯科路灯杆子差不多的东西。不过这东西比路灯杆子还要粗两倍，而且看上去漂亮得多，因为表面有鳞片状的花纹。亚历山大·谢苗诺维奇脑中一片空白，全身变得冰凉，当他抬头望向这根骇人木头的顶端时，顿时连心跳也停止了几秒钟。他感觉自己似乎在骄阳似火的八月夏日里遭到了寒冬腊月的奇袭，眼前也变得昏暗一片，就像蒙着一条夏季的薄裤子看太阳。

原来那根圆木头的顶端竟是一个脑袋。这个脑袋平平扁扁，有一个尖尖的嘴，头部也是橄榄色，点缀着几块黄色的圆斑。头顶长着两只狭长的眼睛，没有眼睑，赤裸裸瞪在外面，凶光毕露，眼里一闪一闪地抛射着令人魂飞魄散的狰狞。这时，脑袋突然做了个动作，就像是在空气中啄了一下什么，整个杆子猛地缩回了牛蒡丛里，只露出一双眼睛，一动不动紧盯着亚历山大·谢苗诺维奇。出了一身黏糊糊的汗的亚历山大·谢苗诺维奇不由自主说了一句话，这话也就被吓破胆的人才会脱口而出。而草丛中的那双眼睛实在是太漂亮了。

"开的什么玩笑……"

紧接着，他脑海里下意识地回忆起了江湖术士……是的……是的……还有印度……编筐和彩图……他们嘴里还念念有词说着咒语。

眼看着那个脑袋又一次盘旋着升了起来,接着是整个躯体。亚历山大·谢苗诺维奇赶紧把长笛凑到嘴边,"哗"的一声脆响,吹奏起来。虽然他呼吸急促大口喘着粗气,但还是吹奏起了《叶甫盖尼·奥涅金》里的华尔兹来。绿草丛中那双眼睛立刻喷出了狂怒的火焰,似乎对这出歌剧早已恨之入骨。

"你犯傻呀,大热天吹什么笛子?"那是老婆玛尼娅开心地走了过来,亚历山大·谢苗诺维奇用眼睛的余光在右侧扫见了白色的光影。

说时迟那时快,只听一声撕心裂肺的尖叫划过了整个农场,继而向四周散去,向空中飘去。华尔兹舞曲就像是被打断了一条腿,有了一跳一跳的节奏。绿草丛中的脑袋忽地向前窜了出去,两只眼睛抛下了亚历山大·谢苗诺维奇,留下他一个人发自肺腑地虔心忏悔。这条蛇长约十五俄尺①,有一个成人的身体那么粗,只见它像弹簧一样,猛地弹出了牛蒡丛。小道上立刻扬起了尘雾,华尔兹也停止了演奏。巨蛇闪电般从国营农场负责人的身边掠过,朝着小道上白色光影的方向窜了过去。洛克眼睁睁看着:玛尼娅的脸已经吓得蜡黄没了血色,她长长的头发一根根像铁丝一样竖起半俄尺多高。当着洛克的面,巨蛇刹那间张开了血盆大口,叉子般的

---

① 1俄尺等于0.711米。

信子在嘴边一闪，突如其来地用牙齿咬住了正倒向尘土里的玛尼娅的肩膀，随后猛地把她甩到了一俄丈①多高的空中。临死前的玛尼娅又一次发出了刺耳的惨叫。巨蛇迅速把躯干盘成一个五俄丈粗的螺旋，尾巴卷起一股旋风，紧紧缠住了玛尼娅。玛尼娅再也没能发出一点声音，只有洛克亲耳听到了她的骨头被挤碎的声音。玛尼娅的头在空中高高昂起，驯服地贴住了巨蛇的脸颊。她的嘴里鲜血喷涌而出，一条断臂被抛了出来，指甲缝里也如注般冒着鲜血。接着，巨蛇扭了扭腮帮，张开大嘴，脑袋一下子就罩住了玛尼娅的头，随即就像手套一点点套上手指一样，开始一口口吞咽起来。巨蛇呼出的气息，在周围激起滚滚的热浪，甚至烫到了洛克的脸，蛇尾巴也差点把他甩到路边呛人的尘土里。洛克的头发就是在这一刻全然变白了。他原先犹如靴子般乌黑油亮的头发，先是左半边，接着是右半边，完完全全变成了一头银丝。恶心的感觉让他生不如死，他好不容易挣扎着逃离了那条小道，眼里已经看不见任何人和东西，对着田园发出了一声狂野的嘶吼，便一路飞奔起来……

---

① 1 俄丈等于 2.134 米。

第九章　蠕动的粥

国家政治安保局驻杜吉诺①站点的特派员，名叫休金，是个英勇无畏的人。他此刻正若有所思地和自己的同事，长着红胡子的波莱提斯商量：

"嗯，要不，我们去一趟吧。啊？去把摩托车推来吧。"随后他停顿片刻，又转身对坐在长条凳上的人说，"这长笛，您就放下来吧。"

可是，这个满头白发的家伙坐在国家政治安保局杜吉诺站点里的长条凳上，只是浑身筛糠似的哆嗦，非但没有把长笛放下，反倒像牛一样嚎啕大哭起来。这下休金和波莱提斯明白了，长笛非得夺下来不可了。可手指就像长在了长笛上一样。休金本来就蛮力惊人，和马戏团大力士有一拼，他用力一根根掰开手指，直到全部掰完，才把长笛拿下放到了桌子上。

这是玛尼娅死后的第二天，一个阳光明媚的早晨。

"您跟我们一起去吧。"休金对亚历山大·谢苗诺维奇说，"您给我们指路，告诉我们情况。"可洛克却惊恐地躲开了他，两手捂住了脸，活像在躲避恶鬼。

"您必须得去指认啊。"波莱提斯没好气地说。

"不用了,就让他留下吧。你看,这个人已经失去理智了。"

"把我送到莫斯科去吧。"亚历山大·谢苗诺维奇哭着央求。

"您就再也不打算回农场了?"

洛克并没有回答,而是再次把脸埋进了手掌,恐惧从他的眼里溢了出来。

"嗯,好吧。"休金做了决定,"您的确力不从心……我看得出来。一会儿通信员要去莫斯科,您就跟着他一起走吧。"

随后,站点的门卫倒了一大杯水端到了亚历山大·谢苗诺维奇嘴边,趁着他的牙齿在全是豁口的蓝色杯子上碰得哒哒响,休金拉着波莱提斯商量了一会儿。波莱提斯认为,这样的事情根本就是无稽之谈,完全是因为洛克精神失常而产生了可怕的幻觉。不过休金则倾向于另外一种观点,格拉乔夫卡镇上现在有个马戏团在巡演,也许是从那里逃走了一条大蟒蛇。洛克听见这两个人半信半疑的嘀咕,欠起了身子。他已经稍微恢复了镇定,只见他像《圣经》里的先知那样,向前伸出两手说:

"你们先听我说,听我说。你们怎么就不愿意相信我?真的有条大蛇啊。要不然我老婆去哪儿了呢?"

休金一脸严肃地不说话了,他立即给格拉乔夫卡镇拍了

---

① 俄罗斯居民点。

一封电报。然后,他叮嘱第三位特派员,一定要寸步不离地守在亚历山大·谢苗诺维奇身边,并把他护送到莫斯科。而他本人和波莱提斯便开始准备赴现场调查。两个人只有一把电枪,不过用它来自卫已经完全够用了。这把五十发电枪是1927年的型号,法国科技的骄傲,专门用于近身防卫。虽然这把枪的射程只有一百步,却能形成2米直径的电场,动物只要落入这个电场,就会被立刻击毙,几乎不可能失手。休金把这个引人注目的电子玩意儿佩带到身上,而波莱提斯则带了一把普通二十五发的轻型机枪,又拿上了几盒弹夹。两个人骑上一辆摩托车,趁着清晨朝露未退,披着习习凉风,沿着公路向农场疾驰而去。从站点到农场有20俄里地,摩托车一刻钟就到了(可是这段路洛克却走了整整一夜。因为被吓破了胆,一路上时不时地躲进路边的草丛里)。当阳光开始灼人时,从托普小溪蜿蜒环抱的小山坡上,已经能依稀看到隐在绿荫丛中那座雪亮的廊柱式宫殿了。四周一片死一样的寂静。临近农场的时候,两位特派员赶超了一个驾着马车的农民。那人四平八稳地赶着马车,驮着几个口袋,很快就落到了后面。摩托车越过一座小桥时,波莱提斯吹响了号角,以为农场里面有人听见就会走出来。可是却没有任何回应,只听到远处孔佐夫卡村狂怒的犬吠。摩托车减慢了速度,在门口一对已经发绿了的铜狮子旁停了下来。满身尘土的特派员,穿着黄色的鞋套跳下了车,把摩托车的锁链拴到栅栏上,便走进了大院。出奇的安静让他们倍感意外。

"喂,这里有人吗!"休金大声喊道。

没有人理会他的男低音。两位特派员在院子里转了一圈，越来越觉得气氛诡异。波莱提斯皱起了眉头。休金开始认认真真查看起来，两道金色的眉毛锁得越来越紧。两人透过关着的窗户向厨房里张望，里面一个人影也没有，只有散了一地的白色餐具碎片。

"我觉得，他们这里确实出了事故。而且，还是灾难性的。"波莱提斯说道。

"喂，那里有人吗！喂！"休金大叫，但回应他的只是厨房拱顶下的回声。

"这些人真见鬼！"休金抱怨道，"真是的，一条蛇能把他们全都给吞了啊。大概都被吓跑了吧。我们进去看看吧。"

宫殿的廊柱式凉台上大门敞开着，里面同样是空无一人。两位特派员甚至到阁楼上也看了看，所有的门都敲遍了，也都打开查看了，结果一无所获。于是他们从寂静无声的门廊里走了出来，又来到院子里。

"我们到周边看看。去温室吧。"休金吩咐，"等全都检查完了，还能在那里打电话汇报。"

两人沿着砖头铺的小径，经过花坛，走向后院。穿过后院，就看到了温室亮闪闪的玻璃棚。

"喂，等一下。"休金低声叫住同事，从腰间解下了电手枪。波莱提斯也察觉到了异样，摘下了轻机枪。有一种奇特而又响亮的声音从温室里和温室的后方传出来。听着就像蒸汽机的嗤嗤声。嗖——嗖……嗖——嗖……咝——咝——

咝——咝——咝……整个温室都在咝咝作响。

"啊,喂,你可要小心点。"休金压低了声音,两人尽量不让鞋底弄出声响,蹑手蹑脚地靠近玻璃棚,向温室里张望。

波莱提斯不看不要紧,一看就倒退了一步,脸都白了。休金的嘴张得大大的,手握电枪怔住了。

整个温室活似一大锅蠕动的粥。温室的地板上正游走着无数巨蛇,有的像线球般蜷曲缠绕成团,有的翻腾着咝咝作响,有的摇晃着脑袋嗅来嗅去。碎了一地的蛋壳被巨蛇的躯体压得咔吧脆响。顶上的大功率球灯发出惨白的光,看上去竟有了奇特的电影照明效果。地上散放着三台黑漆漆的大暗箱,外形很像摄像机。其中两台被挪动过,歪歪斜斜躺在一边,已经没了亮光。第三台里还亮着深红色的光斑,十分显眼。一条条大小各异的蛇顺着电线向上攀爬,接着又沿着屋顶的窗框,从窗口爬到外面。球灯上面还挂着一条巨蛇,通身漆黑,长满了斑点,足有好几俄尺长,头颅紧靠着球灯像钟摆一样来回晃动。咝咝的声响中,还夹杂着叮当的撞击声,温室中飘出一股怪异的腐臭味,像极了沼泽地里的气味。两位特派员还隐约看到几堆白色的蛋,散落在屋子积满灰尘的角落里,有一只体型奇特的长腿大鸟正一动不动地躺在暗箱旁。门口还有一具穿着灰色衣服的尸体,旁边丢弃着一把来复枪。

"快撤。"休金大吼一声,朝后退去。他左手把波莱提斯推出去,右手举起了电枪。他迅速地一连射出九枪,只听一阵嗤嗤声响过,温室边闪起一片绿色的光波。可是,温室里的动静骤然变大了,休金的枪击使得整个温室疯了似的活动起来,一个个扁平的蛇头从屋子的各个缝隙和角落里探了出来。雷鸣般的枪声刹那间席卷了整个农场,墙上也顿时火花四溅。咔——咔——咔——嗒,波莱提斯一边向后撤退,一边用轻机枪猛烈扫射。一只四爪动物,发着诡异的唰唰声闪到了他的背后,波莱提斯发出一声可怕的大叫,便仰面倒了下去。这只动物浑身棕绿色,四只爪子向外翻着,长着大大的脑袋和尖利的嘴,尾巴像齿梳,看上去像一只蜥蜴,但体型却大得可怕。它从大棚的角落里窜出来,恶狠狠地一口就咬断了波莱提斯的腿,把他掀翻在地。

"救命。"波莱提斯大叫,可这时他的左手已经落入了怪物的血盆大口中,发出一声折裂的脆响,而右手仍拖着地上的机枪,拼命地想要举起来,却已是徒劳的挣扎。休金转过身来,急得团团转。他只来得及射出一枪,因为担心会把自己的同志也击毙,他远远地射偏了。第二枪是冲着温室射击的,因为他看到许多小小的蛇头中探出一个巨大的橄榄色蛇头,这条巨蛇的躯体径直地朝他扑了过来。他这一枪击毙了巨蛇,便又在波莱提斯的身边闪转腾挪起来,可这时波莱提斯在大鳄鱼的嘴里已经奄奄一息了。他情急之下选中了一个射击点,既能射杀可怕的怪兽,又可以不伤到特派员。终于,他成功了。电枪接连射出两发,照得四周一片翠绿,大鳄鱼蹦了一下,便挺直了身子,倒在地上一动不动,松开了波莱提斯。鲜血从波莱提斯的袖子和嘴里汩汩地往外流,他健全的右手还支撑着身体,拖着折断的左腿,可眼神已经涣散了。

"休金……快跑。"他哽咽着低声吼道。

休金又朝着温室开了几枪,几块玻璃被震裂飞了出来。但就在这时,一条橄榄色的巨蛇,像一根巨大的弹簧一样从他身后地下室的窗户里窜了出来,柔软的身躯足有五俄丈长,只见它飞快地掠过地面,瞬间就把院子撑得满满当当,以迅雷不及掩耳之势缠住了休金的双腿,一下子就把他甩到地上,那把漂亮精致的电枪被摔到了一边。休金声嘶力竭地大叫一声,就咽了气。巨蛇一圈又一圈地淹没了他,只把头颅露在外面。紧接着,巨蛇便箍住了他的头,头皮被扯了下来,头骨随之啪的一声裂开了。农场里再也没有枪声响起。铺天盖地的咝咝声淹没了一切,只有远远的哀嚎随着风儿从孔佐夫卡村飘来,不过现在已经分不清,那究竟是狗叫,还是人在叫。

第十章 灾祸

深夜的《消息报》编辑部里，一盏盏球灯照得雪亮，脑满肠肥的出版编辑正守着一堆《加盟共和国巡礼》的电稿，在铅字桌上拼排报纸的第二版面。一条校样映入了他的眼帘，他戴着夹鼻镜仔细看了看，便忍不住哈哈大笑起来。于是他把周围几个校对处的审校人员和排版工人一起叫过来，把校样给他们看。细长的校样墨迹尚未干透，上面写着：

"格拉乔夫卡镇，斯摩棱斯克省。县里出现巨型母鸡，高大如马，会尥蹶子。鸡尾状如资产阶级太太们的羽饰品"。

几个排版工笑得前仰后合。

"想当年，"出版编辑笑得合不拢嘴，"我在《俄罗斯言论报》的瓦尼亚·瑟京[①]手下干活，有人曾经喝得烂醉，胡说八道说看到过大白象[②]，这是真有其事。现在倒好，大白象变鸵鸟了。"

排版工们又是一阵哄笑。

"啊，可不是嘛，真的呢，就是鸵鸟吧。"一位排版工说，"那就登出去吧，伊万·沃尼法齐耶维奇？"

不祥的蛋·狗心 | 105

"这怎么可以,犯什么傻。"出版编辑不同意,"我就奇了怪,这秘书是怎么审的稿——明明就是有人喝醉了发来的电稿啊。"

"肯定是喝得开心过了头。"排版工们纷纷同意他的观点。于是那位排版工就从桌子上撤走了关于鸵鸟的报道。

所以,第二天出版的《消息报》一如往常地报道了一大堆奇闻异事,但对格拉乔夫卡镇的鸵鸟却只字未提。天天都坐在实验室里认真阅读《消息报》的编外副教授伊万诺夫,合上了报纸,打了个哈欠,随口说道:"真是没劲。"他站起身,穿上了白大褂。过了一会儿,实验室里点起了煤气灯,青蛙也一个接一个哇哇叫起来。而佩尔西科夫教授的实验室里却已经乱成一团。吓坏了的潘克拉特两手紧贴裤缝站在那里。

"明白了……您尽管吩咐。"他说。

佩尔西科夫把封了火漆印的口袋递给他,说道:

"你直接去畜牧处,找到那个负责人普塔哈,你就当面告诉他,他是一头猪。就说是我,佩尔西科夫教授,是我这么说的。再把口袋交给他。"

"这差事可真不错……"一脸苍白的潘克拉特心里嘀咕,接过口袋一溜烟走了。

---

① 《消息报》的编辑部就坐落在特维尔大街18号即前《俄罗斯言论报》大楼内。伊万·瑟京(1851—1934),俄罗斯著名出版家,一生出版过各类刊物多达5亿册,瓦尼亚为其小名。
② "喝醉了看到大白象"是一句俄罗斯民谚,意为醉后满嘴胡言。

佩尔西科夫雷霆大怒。

"真是见了鬼,这算怎么一回事。"他一边在实验室里来来回回走动,一边气冲冲地抱怨,两只戴了手套的手不停地搓着,"这简直就是对我的羞辱,是动物学的奇耻大辱。这些该死的鸡蛋运起来倒是一堆接一堆的,可我要的东西都两个月了还没送到。难道我这里比美国还远!总是那么乱糟糟,那么不成体统。"他掰着手指头计算:"算上打猎……嗯,那也不会超过十天吧,嗯,好吧,就算它十五天……嗯,算了,顶多二十天,再加上两天空运,从伦敦到柏林要一天……从柏林到我们这里也就六个小时……太不像话了,真是无话可说……"

他怒不可遏地冲向电话机,开始打电话。

为了开展一些神秘而又危险的实验,他实验室里的准备工作早就已经一切就绪。用来封门窗的纸条都已经一张张裁好,带呼吸管的潜水帽盔也摆放停当,几个高压钢瓶像水银般闪闪发亮,上面贴着"支援化学工业建设志愿协会""不准触碰"的标签,还有一幅骷髅图,上面画有两根骨头打着的大叉叉。

至少花了三个小时,教授的情绪才恢复正常,开始着手处理一些小事情。他也正是这么做的。通常在研究所里,他总是要工作到晚上十一点钟,所以他对浅黄色院墙外所发生的事情一无所知。尽管有关巨蛇的荒唐谣言在莫斯科已经传得沸沸扬扬,尽管报童大声吆喝说晚报上刊登了一则稀奇古怪的电讯,他都一概没有听见。因为那天编外副教授伊万诺夫正在艺术剧院观看《费奥多尔·约安诺维奇》①，所以也没人能把这些新闻告诉教授。

直到半夜，佩尔西科夫才回到普列奇斯坚卡的家中。他躺在床上读了一篇刊登在《动物学通报》上的英文学术文章，这份杂志还是从伦敦寄来的。然后才倒头睡去。他进入了梦乡，一直忙忙碌碌到深夜的莫斯科也进入了梦乡。唯独特维尔大街上那栋灰色的高楼无法入睡，《消息报》的轮转印刷机在院子里开足了马达，响声震得大楼直晃。出版编辑的办公室里人仰马翻乱成了一锅粥，他本人也差不多要精神失常了，两眼熬得通红，像热锅上的蚂蚁一样团团转，不知道该干什么，不管见到谁都破口大骂。一个排版工跟在他身后，满嘴哈着酒气劝他：

"还能怎么办啊，伊万·沃尼法齐耶维奇，这也不是什么大不了的事情，明天再出一份号外就行了啊。总不能把已经发印的报纸都从机器上撤回来吧。"

排版工人们谁都没有回家，而是像牲畜一样，三五成群凑作一堆地审阅着电讯稿件。而整个夜里，电讯稿件已是不间断地传递过来，几乎每一刻钟就会发来一份，内容也一篇比一篇更惊悚更可怕。阿尔弗雷德·布隆斯基的尖顶圆帽子在印刷厂刺眼的粉色照明灯光中时隐时现，这个装了假肢的大胖子嘎吱嘎吱地瘸着腿，一会儿出现在这里，一会儿又现

---

① 俄罗斯作家阿·康·托尔斯泰（1817—1875）的剧作《费奥多尔·约安诺维奇》（1868）。

身别处。楼下的大门被拍得山响，不断有采访记者进进出出。印刷厂十二部电话机的铃声就没有停过，对所有神秘的来电，总机一律近乎机械地回复"占线"、"占线"。彻夜不眠的接线小姐们面前，信号铃声犹如号角般不厌其烦地吹奏，吹奏……

排版工人们缠住了假肢大胖子，于是这位远洋船长就告诉他们：

"现在只能派几架飞机把毒气运过去了。"

"没别的办法了。"排版工人们说，"这祸闯得可够大啊。"紧接着就是此起彼伏的一片骂娘，不知道谁抬高了嗓门叫道：

"这个佩尔西科夫真该枪毙。"

"这和佩尔西科夫有什么关系。"人群中有人反对，"农场的那个狗崽子倒是应该毙了他。"

"本来配一队警卫不就没事了吗。"又有人大声地事后诸葛亮。

"就是啊，不过，也许那根本就不是鸡蛋呢。"

印刷机的转轮发出轰鸣，把整幢大楼震得来回摇晃，让人觉得这幢丑陋不堪的灰色大楼遭到了雷劈，失了火。

虽然白天电灯都已经熄灭，可就是繁忙的白天也没能挽救这场火灾，倒反而推波助澜地让火势愈发猛烈起来了。摩托车和小汽车争先恐后一辆接一辆地驶进铺了沥青的院子。整个莫斯科已然苏醒，一张张雪片般的报纸像小鸟一样为城市披上了新衣。报纸一片片飘落，在每一个人的手里沙沙作响。虽然《消息报》当月的出版发行量已经达到一百五十万份，可还不到上午十一点，报童手里的报纸就已经告罄了。佩尔西科夫教授从普列奇斯坚卡的家中出来，坐上公共汽车来到了研究所。有个好消息正在等候他。一共有三个木箱子，已经摆放在门厅里，用金属条捆扎得严严实实。写着德文字样的外国标签密密麻麻贴满了箱子，而标签的上方则用粉笔霸道地写了一行俄文字："小心轻放——蛋品。"

教授立刻喜上眉梢。

"终于来了啊。"他大声说，"潘克拉特，快把箱子拆了，当心一点，别碰碎了。送到我实验室来。"

潘克拉特毫不迟疑地执行了指令。一刻钟后，教授的实验室里已是满地的碎木屑和碎纸片，可却传来他怨气冲天的怒骂。

"他们这是想干吗，这不是在羞辱我吗。"教授大吼大叫，挥舞着拳头，手里还攥着鸡蛋："他不是普塔哈，他就是个十足的畜生。我绝不允许别人这么侮辱我。这是什么东西，潘克拉特？"

"蛋啊。"潘克拉特一脸沮丧。

"可这是鸡蛋啊，明白吗，是鸡蛋啊，让他们统统见鬼去！我要这些鸡蛋有什么鬼用。这该送到那个混账东西的国营农场去！"

佩尔西科夫扑向了电话，可他没能来得及打这个电话。

"弗拉基米尔·伊帕季奇！弗拉基米尔·伊帕季奇！"研究所走廊里响起伊万诺夫滚雷一样的呼叫。

佩尔西科夫离开了电话，潘克拉特立刻像子弹一样闪到一边，为编外副教授让路。伊万诺夫冲进实验室，也顾不上自己的绅士风度了，连歪到了后脑勺的灰色礼帽也没脱，手里还攥着一张报纸。

"您快看看，弗拉基米尔·伊帕季奇，出大事儿了。"他大声嚷嚷着，在佩尔西科夫眼前挥了一下报纸，只见上面有一行标题："紧急号外"，版面正中的一张色彩鲜艳的照片格外显眼。

"不，您先听我说，看看这些家伙都干了些什么。"佩尔西科夫没听对方说话，先自个儿大声抱怨，"亏他们想得出，拿这些鸡蛋来给我惊喜。这个普塔哈真是个地地道道的白痴，您来看看！"

伊万诺夫顿时呆住了。他一脸惊惧地盯住了打开的箱子，继而又看了看报纸，眼珠子几乎要从脸上蹦出来了。

"原来是这样啊。"他的呼吸变粗了，"这下我明白了……不，弗拉基米尔·伊帕季奇，您快看。"他一把摊开报纸，哆哆嗦嗦地指给佩尔西科夫看那张彩图。照片上，一条像消防水管一样可怕的橄榄色巨蛇，身上布满了黄色的斑点，盘曲着身子，它身边的绿草已经被压得一片稀烂。这应该是一架轻型飞行器小心翼翼地在巨蛇头顶划过时，从空中拍下了这张照片。"您看这是什么动物，弗拉基米尔·伊帕季奇？"

佩尔西科夫把眼镜推到额头，又挪回到眼睛上，仔仔细细看了看图片，顿时大惊失色：

"见鬼啦。这……这可是森蚺啊，一种水生蟒蛇啊……"

伊万诺夫扔掉了礼帽,一屁股跌坐到椅子上,拳头捶着桌子一字一句地说:

"弗拉基米尔·伊帕季奇,这条森蚺就在斯摩棱斯克省啊。这简直太可怕了。您明白了吗,这个混账东西没有孵出小鸡,他孵出来的是蛇啊,您是知道的啊,这些蛇和青蛙一样,产卵能力极其惊人啊!"

"这到底是怎么回事?"佩尔西科夫涨红的脸透出黑色来,"您不是在开玩笑吧,彼德·斯捷潘诺维奇……他怎么可能孵出蛇来?"

伊万诺夫有那么一瞬间失语了,过了一会儿才缓过神来,手指戳着拆开的箱子。箱子里铺着的黄色木屑中,又白又圆的鸡蛋隐约可见。

"这才是他的鸡蛋啊。"

"什么?!"佩尔西科夫大叫一声,开始明白过来了。

伊万诺夫挥舞起紧握的双拳,确信无疑地大声说:

"肯定是这样。他们把您订购的蛇蛋和鸵鸟蛋运到农场去了,却把鸡蛋误送给您了。"

"上帝呀……我的上帝呀。"佩尔西科夫绝望地连声大叫,脸都变绿了,瘫坐到了旋转凳子上。

潘克拉特站在门边已经听傻了,他一脸惨白,说不出话来。伊万诺夫跳起来,一把抓过报纸,用尖尖的指甲划着一行字,凑着教授的耳朵大声叫道:

"哼,这下他们可有好戏看了!……这娄子会捅多大,我简直不敢想象。弗拉基米尔·伊帕季奇,您看吧。"接着他扯开嗓门,在皱巴巴的报纸上随意挑了一段念起来,"巨蛇成群结队地朝莫扎伊斯克①行进……所到之处产下的蛇卵多得不可胜数。杜霍夫斯克县②也发现了蛇卵……还发现有鳄鱼和鸵鸟。特种部队……国家政治安保局的部队不得不焚毁维亚济马郊区③的树林,阻止了这些畜生的前行,这才得以平复城里恐慌不安的民心……"

佩尔西科夫的脸上走马灯般变换着颜色,青一阵白一阵,眼神已经全然像个疯子,他从凳子上站起来,气喘吁吁地大喊:

"森蚺……森蚺啊……水生蟒蛇啊!我的上帝!"教授此刻的神态,无论是伊万诺夫还是潘克拉特,都从没见过。

教授一把拉掉领带,实验大褂上的几粒纽扣也被他扯掉了,脸上出现了瘫痪病人才有的可怕的暗红色,只见他瞪着两只玻璃球一样毫无生气的眼珠子,踉踉跄跄夺门而出,一下子就跑得没了影。只听见他的呼号在研究所大理石的圆顶下四散回荡。

"森蚺……森蚺啊……"回声四起。

"快去抓住教授!"潘克拉特吓得手脚已经不听使唤,可伊万诺夫却回过神来冲他厉声喝道,"快给他喝水……他中风了。"

---

① 位于俄罗斯莫斯科以西约 110 公里处。
② 即现在的谢尔盖耶夫镇,距离莫斯科市区 71 公里。
③ 位于俄罗斯斯摩棱斯克东部的维亚济马河畔,距离莫斯科不到 200 公里。

第十一章　战斗与死亡

当夜，疯狂的灯火点燃了整个莫斯科。家家户户的电灯彻夜不熄，而且没有哪一户人家的灯泡是没有被摘掉了灯罩的。莫斯科人口有四百万之众，但每家每户除了天真懵懂的孩子，没有一个人能安稳入睡。每户人家用餐也都是随意将就，有什么吃什么，有什么喝什么。时不时能听到谁家里传出惊惧的叫声，分分钟都有一张张因恐惧而扭曲了的脸从各个楼层探出来，查看着窗外，盯向被探照灯的光柱切割得体无完肤的夜空。天空中时不时闪烁起一束束雪亮的灯光，宛如一个个苍白的圆锥体，抛撒在莫斯科的上空，随即便融化、消散、熄灭了。超低空飞行的飞机在头顶不断轰鸣。特维尔-亚姆大街上的情景最为骇人。位于这条大街上的亚历山大火车站，每隔十分钟就有列车进站。不管是货运车厢里，还是各个等级的客运车厢里，甚至是油罐车上，都人头攒动，挤满了失去理智的人群。于是人群便在特维尔-亚姆大街上乱成了一锅粥，有人跳上了公共汽车，有人爬上了无轨电车的顶棚，人群倾轧推搡中，便有人跌到了车轮下。火车站里，砰砰的枪声时不时在人群的上空惊心动魄地响起——这是军事部队在平息人们的恐慌情绪，而这些人正是沿着铁轨从斯摩棱斯克省一路逃难来到莫斯科的。火车站上接二连三响起车窗碎裂的声音，一阵阵轻微的啜泣伴随着玻璃碎片飞出窗外，所有的机车头都长鸣不止。街道上遍地都是被丢弃的告示，任人践踏，而没有被丢弃的告示则在灼热的深红色反光灯照射下漠然注视着眼前的一切。这些告示的内容已经尽人皆知，早已不会引起任何人的注意。告示上明明白白写着，莫斯科已进入战时状态，禁止人群制造恐慌，宣布已派遣配备毒气的红军部队分批进入斯摩棱斯克省。但告示没能挡住这个夜晚爆发的群情。每家每户都有人碰坏打碎了餐具和花瓶，有人四处奔逃撞上了墙角，有人闷头打包行李，系上了绳结又手忙脚乱地解开，异想天开地希望自己能冲破人群赶往卡兰切夫广场①，在亚罗斯拉夫火车站或者尼古拉耶夫火车站搭上逃亡的列车。只可惜，所有往北和往东发运列车的火车站早已被步兵部队里三层外三层围得水泄不通。一个个大箱子高高地垒满了大型载重卡车，铁链被震得哐啷哐啷直响，箱子上还端坐着清一色戴尖顶头盔的军人，手中挺起的刺刀对准了各个方向。其实，一辆辆大型载重卡车运走的是财政人民委员部地下金库里储藏的金币，可箱子上的贴条却写着："小心轻放。特列季亚科夫画廊藏品"②。汽车哇哇乱叫着，在莫斯科遍地横冲直撞。

在天际的尽头，火光瑟瑟地摇曳，不断传来隆隆的炮

---

① 后改名为共青团员广场，为莫斯科最繁忙的交通枢纽之一。
② 特列季亚科夫画廊是俄罗斯最著名的艺术博物馆。

声,震撼着这个八月浓重而又黑暗的夜色。

莫斯科总算熬过这个不眠之夜,迎来了黎明,可城里的灯却一盏都没有熄灭。一支浩浩荡荡的骑兵部队沿着特维尔大街迤逦而来,数不清的马蹄敲击着路面的木砖,摧枯拉朽般把迎面遇到的人群毫不留情地扫入道路两边的门洞和柜台,甚至挤碎了橱窗玻璃。深红色的帽耳在身着灰色军服的骑兵们背后飘扬,长枪尖尖的矛头直刺蓝天。看到队伍所向披靡的气势,惊慌失措的喧哗人群似乎在片刻间恢复了神志。这支长驱直入的队列,似乎一路扫清了业已泛滥成灾的疯狂情绪。人行道上的人群中,响起了终于迎来希望的欢呼声。

"骑兵军万岁啊!"几个女人大喜过望地叫道。

"万岁!"男人们跟着一起哄叫。

"别挤!……别挤啦!……"有人怒骂。

"救命啊!"人行道上有人呼救。

一盒盒卷烟、一枚枚银币、一块块手表,纷纷从人行道上被掷向队伍中。几个女人窜到路当中,冒着被踩断骨头的危险,从侧面紧随着马队,揪住马镫亲吻起来。在一片嘈杂的马蹄声中,偶尔响起几个排长干脆响亮的号令:

"勒紧缰绳!"

有人带头唱起了欢快而又豪迈的歌,马背上歪戴着深红色军帽的士兵们,在时明时暗的广告霓虹中,好奇地朝道路两边张望。在这些没有戴面罩的骑兵队伍里,时不时穿插着一些装束奇特的骑兵,他们的脸都用怪异的面纱裹住,背后不仅扛着排气管,还用皮带绑着几个气罐。他们身后,是一队缓慢行进的油罐车,载着长长的软管和水龙头,和消防车别无二致。再后面跟着的,则是笨重的全封闭式坦克,一辆接一辆忽闪着细小的炮眼,履带爪子勒着地面隆隆碾过,几乎要把路砖压碎。骑兵队伍中还夹杂着几辆小汽车,全都用灰色的装甲从上到下裹得密不透风,车上也载有管子,一根根竖在外面,车身两侧画着白色的骷髅,标注着"毒气"和"支援化学工业建设志愿协会"。

"救救我们吧,弟兄们。"人行道上有人大喊,"干掉那些畜生……拯救莫斯科啊!"

"母亲啊……母亲……"歌声在队伍中一浪接一浪地响起。一盒盒卷烟在万家灯火的夜空中翻腾飞跃,马背上的士兵们咧着嘴,朝痴迷的人群露出一排排洁白的牙齿。一排排队伍里回荡起深沉而又荡气回肠的歌声:

……也从不靠 AKJQ,
我们勇往直前打大怪,
甩四张炸弹凯歌还……①

这时,隆隆的"乌拉"② 如同滚雷般席卷了整个惶恐不安的人群。因为有个小道消息传了开来。就在骑兵队伍的前

---

① 这是作者在《国际歌》乐谱的基础上自己编写的歌词,内容看似描写打扑克牌,实际暗喻因此事件引发的高层政治利益"洗牌"。
② 俄语中常用于欢呼,表示"胜利"或"万岁"之意的口号。

不祥的蛋·狗心 | 117

列,同样骑着马,和士兵们戴着同样深红色军帽的,就是这支蔚为壮观的骑兵部队的指挥官,虽然他上了年纪,头发也已经斑白,可他早在十年前就是一位传奇的英雄了①。一旦内心的恐惧稍稍退去,人群便无法抑制地沸腾起来,"乌拉……乌拉……"的欢呼声响彻了天际。

* * *

研究所里的灯光晦暗不明。外面发生的事件传到所里,也只剩下语焉不详的只言片语和毫无意义的说三道四。只有一次,从驯马场附近的火钟下传来一阵激烈的扫射,枪毙了几个妄图在沃尔洪卡大街民宅里趁火打劫的人。研究所附近的车辆也少了很多,因为大多都挤到火车站去了。教授的实验室里,只亮着一盏灯,把一束微弱的光线投射到桌子上。佩尔西科夫坐在那里,两只手托着脑袋,一言不发。烟雾在他四周绕了一圈又一圈。暗箱里的光也已经熄灭了。饲养箱里的青蛙也默不作声,因为都睡着了。教授既不工作,也没有阅读。他左胳膊肘的下面,压着一张窄窄的长条形晚间电讯报道,刊登着斯摩棱斯克省已经没入一片火海的消息,炮兵部队正在对莫扎伊斯克森林进行切割式区块轰击,以期将分散在潮湿峡谷中各个角落里的鳄鱼卵清剿干净。另有消息说,航空大队在维亚济马郊区的行动十分奏效,已经在全县范围内施放了毒气,只不过,因为地区居民没能正确有序地

---

① 作者暗示此人是1917年从高加索回到莫斯科的苏联红军早期领导人之一的托洛茨基。

撤离，而是在恐惧的气氛中三三两两地四散逃命，并且由于惧怕而无视了风险，逃离时又漫无目的，所以该地区的人员伤亡也难以计数。还有一支高加索骑兵独立师，在莫扎伊斯克地区剿灭鸵鸟的战斗中大获全胜，不仅杀灭了所有的鸵鸟，而且还一个个地击碎了数量极为庞大的鸵鸟蛋。在此一役，骑兵师的伤亡甚微。政府方面也有消息称，一旦无法把爬虫挡在离首都200俄里以外的地带，那么整个首都就必须全城撤离。公务人员与工人应当保持冷静。政府将采取最严厉的举措，以确保斯摩棱斯克省的事件不再重演。在当地，由于数千条响尾蛇的突然袭击，引发了全省范围的恐慌，人们为了逃命，丢下了点燃的炉灶，导致城里四处火光冲天，遍地哀鸿。据称，莫斯科的粮食储备至少可以保证半年的供给，部队总司令手下的苏维埃准备采取紧急措施，将居民住宅全都装甲化。一旦红军、飞机和航空部队都无法阻止爬行动物的入侵，那么在首都与这些畜生们进行殊死搏斗的贴身巷战将在所难免。

可教授并没有去阅读这些消息，他只是瞪着两只玻璃球般的眼珠子看着前方，嘴里叼着烟。除了他以外，研究所里只剩下两个人了——一个是潘克拉特，另一个就是整天以泪洗面的女管家玛丽亚·斯捷潘诺夫娜。虽然暗箱不再发光，但是无论怎么劝，教授都不愿意离开这台唯一保留下来的暗箱，所以女管家已经连着熬了三天的夜，晚上就睡在教授的实验室里。现在，她就蜷缩在漆布沙发上，躲在屋角的阴影里，一肚子悲伤压得她说不出话来，她两眼盯着支在三脚架上的茶壶，煤气灯已经把为教授烹煮的茶水烧得沸腾。虽然研究所里静悄悄的，但一切的发生却是那么地突然，没有丝毫征兆。

人行道上突然传来一声声怨气冲天的怒喊，玛丽亚·斯捷潘诺夫娜一下子跳了起来，尖叫了一声。外面出现了好几个晃眼的手电筒，门厅里传来了潘克拉特的声音。听到争吵的声音，教授还没反应过来。他抬了抬头，自言自语地嘀咕："干吗发那么大脾气……我是真的没什么办法啦。"说完又陷入了呆滞的状态。只是这状态没能维持下去。面向赫尔岑大街的研究所铁皮大门被撞得山响，连四周的围墙都一起震动起来。随即，隔壁实验室里一块厚厚的反光玻璃被砸碎了。接着，教授实验室里的玻璃窗也被哗啦一声打穿，玻璃碎了一地，一块灰色的鹅卵石飞进了窗户，砸烂了玻璃实验台。饲养箱里的青蛙受到惊吓，一个个蹦起来，哇哇乱叫。玛丽亚·斯捷潘诺夫娜吓得手足无措，她大声尖叫起来，扑向教授，抓住他的手大喊："快逃吧，弗拉基米尔·伊帕季奇，快逃啊。"教授从旋转凳子上站起身，挺直了腰杆，手指弯成了小钩。这一刻，他的两眼突然间又射出了以往那犀利的目光，似乎先前那个才高七步的佩尔西科夫又回来了。

"我哪儿也不去。"他振振有词地反驳，"这简直太荒唐了。这帮人像疯了一样到处滋事……呵，要是整个莫斯科都发了疯，我逃到哪儿去不都一样。还有，请您不要再大喊大叫。再说，这事情和我有什么相干，潘克拉特！"他边叫边按下了按钮。

也许，他原本是想让潘克拉特不要再闹了，因为他本来就不喜欢惹这样的麻烦。但是潘克拉特已经什么都做不了了。撞击声戛然而止，研究所的大门被砸开了，远远地听见几声枪响，紧接着整个砖砌的研究所里便响起了奔跑的脚步声、叫喊声、玻璃哗啦啦破碎的声音。玛丽亚·斯捷潘诺夫娜紧紧拽住佩尔西科夫的袖子，想拉着他逃出去。可他却一把挣脱开来，挺起了身子，就像平时披着白大褂去工作一样，出门来到了走廊里。

"什么事？"他质问。门被人群冲开了，首先出现在门口的是一个军人的背影，他佩戴着深红色的袖章，左袖上还有一颗星。他被暴怒的人群挤压着倒退到门里，无济于事地空放了几枪，然后便拔腿逃跑了。跑过佩尔西科夫身边时，对他叫道：

"教授，快逃命吧，我实在挡不住啦。"

他的话音刚落，就传来玛丽亚·斯捷潘诺夫娜的大声尖叫。那个军人从佩尔西科夫身边一溜烟跑过，转眼便顺着弯弯曲曲的走廊消失在黑暗的另一头。而佩尔西科夫却仍像雕塑一样站着不动。人们冲进大门，大声怒吼：

"打他！打死他……"

"打死这个罪魁恶棍！"

"爬虫都是你放出来的！"一张张扭曲的脸，一件件撕裂的衣服在走廊里跳动，有人开了一枪，眼前一根根棍棒挥舞起来。佩尔西科夫稍稍往后退了两步，挡住了通往实验室的门，而此时玛丽亚·斯捷潘诺夫娜就在门后，惊恐万状地跪在地上。他展开双臂，就像被钉在了十字架上一样……他想阻止人群进屋，大声怒斥：

"你们这群十足的疯子……你们这帮没有人性的野兽。你们想干什么？"他大叫，"都滚出去！"他怒气冲冲喊出的最后一句话，是大家耳熟能详的："潘克拉特，把他们赶出去！"

可是潘克拉特此时谁也赶不走了。他已经被打得脑浆迸裂，身体也被人群践踏、撕裂得血肉模糊，一动不动地躺在门厅里。一群又一群的人冲进来，从他的尸体旁跑过，根本不理会外面警察的鸣枪示警。

一个小矮子，长着两条猴子一样的罗圈腿，上身的外衣已经被扯烂，胸襟也被撕破，歪到了一边。他拼命越过众人，跑到佩尔西科夫面前，抡起棍子照着教授的脑袋狠命砸了过去。佩尔西科夫全身一晃，侧着身子倒在了地上。咽气前，他说的最后一句话是：

"潘克拉特……潘克拉特……"

全然无辜的玛丽亚·斯捷潘诺夫娜也被打得血肉四溅，横尸实验室。没能再次发光的暗箱被人们砸得稀烂，吓蒙了的青蛙被一个个打死踩死，饲养箱也被砸烂，玻璃实验台被敲得粉碎，反光镜也被砸碎。一小时后，研究所燃起了大火。研究所院墙外东倒西歪躺着几具尸体，手持电枪的武装人员排成队列把他们围了起来。消防车从水箱里吸了水，把水柱灌进一扇扇窗户里。而此时的窗口正呼啦啦地往外喷吐着长长的火舌。

第十二章　冬神来袭

1928年8月19日和20日，一场严寒突然袭来。就连上了年纪的本地居民都没遇到过这样的事情。突来的严寒肆虐了整整两昼夜，气温降到了零下18度。这下，处于癫狂状态的莫斯科也关了窗，锁上了门。一直到第三天快要过去，人们才恍然醒悟到，正是这场严寒拯救了首都，也拯救了首都辖下的这一片广袤无垠的大地。1928年，正是这片土地经历了一场突如其来的可怕灾难。莫扎伊斯克郊区的骑兵军队已经损失了四分之三的兵力，几乎丧失了战斗力。投放毒气的航空部队也没能阻挡住丑陋不堪的爬行动物前行的步伐。当时，爬虫已经从西面、西南面和南面对莫斯科形成了合围之势。

然而，一场寒流把它们冻死了。这些奇丑无比的畜生们没能扛住持续两天零下18度的气温。及至八月下旬，严寒过去，只留下潮湿与温润，留下了空气中的水分，留下了被突袭的寒冷冻得蔫巴巴的绿色树叶，而战斗的对象已然没有了。灾难过去了。森林里，原野上，一望无际的沼泽地里，还四处堆积着色彩斑驳的蛋。蛋壳上的图案看上去稀奇古怪，人间罕有。如今已经消失得杳无音信的洛克，当初还曾以为那是蛋壳上的脏东西。只不过,现在这些蛋已经没有任何威胁了,它们都被冻死了,壳里的胚胎也失去了生命力。

无边无际的田野上,无数鳄鱼和巨蛇的尸体腐烂了很久。正是赫尔岑大街那一双天才的眼睛发现了红光,才诱生了这些畜生,不过现在它们不再危险了。它们原本都栖居在腐朽而又炎热的热带沼泽,所以经不起剧烈的气候变化,才两天就死得一干二净,把刺鼻的恶臭和烂肉脓疮留给了三个省份的田野。

不过,因畜生和人类尸体而引发的大规模传染病却持续了很长时间。军队也执行了很长时间的任务,不过不是配备毒气的军队,而是配备了工兵器械、煤油油罐车和消防软管的部队,他们的任务是清理土地。清理工作一直到1929年的春天才宣告结束。

1929年春天,莫斯科恢复了生机,处处都是星星点点的灯火,随处可见五彩绚烂的霓虹,马路上车流滚滚,来来往往川流不息。基督大教堂的穹顶之上,宛如用线挂住一般,吊着一弯镰月。在1928年8月被烧毁的两层楼研究所的原址上,重新盖了一幢新的动物学殿堂。担任这座殿堂负责人的,就是编外副教授伊万诺夫。不过,此时佩尔西科夫已经不在人世了。从此再也没人见过那根霸道的弯成小钩状的手指,也没有人再听见过他刺耳的蛤蟆一样吱哇乱叫的声音。关于红光和1928年的那场灾祸,全世界还议论纷纷了好久,不过渐渐地,弗拉基米尔·伊帕齐耶维奇·佩尔西科夫的名字便像蒙上了一层烟雾,最终消散了,正如四月里那个夜晚他亲自发现的红色光束,最终也熄灭了。此后,这束红光便没能被再次获得,尽管现在已是编内教授的彼德·斯捷潘诺维奇·伊万诺夫做过几次尝试,但这位风度翩翩的绅士最终还是放弃了。第一台暗箱在佩尔西科夫被杀的当夜,就被狂怒的人群毁掉了。另外三台暗箱则在航空部队与爬虫的第一次作战中,焚毁于尼科尔斯克的"红光"国营农场,而且也一直没能再重新复制。尽管伊万诺夫做出了努力,尽管玻璃镜片和反光光束的搭配其实非常简单,但最终还是没能再次找到正确的组合方式。显然,除了科学知识以外,还必须拥有一些特殊的能力才能窥见其奥秘,而这种才能只有一个人拥有过,那就是已故的弗拉基米尔·伊帕齐耶维奇·佩尔西科夫教授。

莫斯科,1924 年 10 月

狗心

第一章

呜——呜——呜——呜——呜——呼——呼 呵——呼 呜！噢，看看我吧，我要死了。暴风雪在门缝底下嘶吼，像是在为我送终祈祷，我也跟着它一起哀嚎。我完了，完了。那个戴着脏帽子的坏蛋——国民经济中央委员会职工标准伙食食堂的厨师——一桶开水泼来，烫伤了我左半边身子。十足的恶棍，还无产者呢。老天啊，我的上帝——好痛啊！开水烫到了骨头里。我现在只能嚎啊，嚎啊，可干嚎又有什么用呢。

我给他添乱了吗？我不过是在泔水池里刨点吃的，就能把国民经济委员会吃穷了？小肚鸡肠的畜生！你们要是能看到他的那副嘴脸：横着要比竖着宽。这就是个一脸正经的小偷。唉，人啊，人都一样。就在中午，这个戴圆帽子的用一桶开水款待了我，现在天也暗了，闻着普列奇斯坚卡消防队传来的洋葱味，就知道差不多是下午四点了。每个人都知道，消防队员晚饭喝的是粥。不过这是最差劲的伙食了，就像蘑菇。听普列奇斯坚卡那边认识的狗说起过，涅格林大街上有一家"酒吧"饭店，卖的现成菜好像就是蘑菇，配上辣味白芷酱，3卢布75戈比一份。那东西也就能凑合糊弄一下

不祥的蛋·狗心

喜欢吃的人，反正味道跟舔胶鞋差不多……呜——呜——呜——呜——呜……

半边身子疼得受不了，自己的下场我已经看得一清二楚：明天伤口就会溃烂，但问题是，我拿什么治疗呢？要是在夏天，还能跑一趟索科尔尼基公园，那里有一种很不错的特效草药。另外，还能找到些香肠头，可以免费地大嚼特嚼。人们到处乱扔的油纸，也可以舔个饱。要不是那个扫兴的糟老头子，老是在月光下的草地上没完没了地唱《亲爱的阿伊达》[1]，唱得我一点情绪都提不起来，那就太完美了。可现在我还能去哪里呢？你们没被靴子踢过？踢过。你们没被砖头砸到过肋骨吗？这些苦头算是吃够了。我什么罪都受了，我也认命了。现在我哭鼻子，是因为实在又疼又冷，毕竟我的精神还没死啊……狗的思想可是相当活跃的。

可是我的身体已经被折腾垮了，到处是伤，人们把它糟蹋够了。最主要是冷不丁泼来的那桶开水，把毛底下的皮烫坏了，这么一来，左半边身子连一点儿保护也没了。我很容易得肺炎啊，真要是得了，先生们，我可就要活活饿死了。得了肺炎就该好好躺在正门口的楼梯下，可是又有谁会为我这条病倒的孤零零的狗东奔西跑在垃圾箱里找吃的呢？要是肺炎严重起来，我就只能爬了，然后慢慢虚弱下去，如果再碰上个懂行的，准会一棍子把我打死。那些佩戴号牌的清洁工就会提起我的腿，一把甩到四轮车上……

---

[1] 指歌剧《阿伊达》。

所有无产者里，清洁工是最下流的废物，这帮人渣是最低等的货色。厨师还有好坏之分。就拿普列奇斯坚卡那边已经去世的弗拉斯来说吧，他救过多少条狗命啊。其实生病的时候，最重要的就是饱饱地大吃一顿。老狗们就常说，弗拉斯一甩手就扔出一根骨头，那上面的肉足有一两多。就凭他是个真正的好人，凭他是托尔斯泰伯爵家里老派作风的厨师，而不是什么标准营养会的人，他也该进天国。那帮家伙搞的标准营养算什么名堂——我这狗脑子根本就搞不懂。可就是他们，这些恶棍，居然用发了臭的腌肉熬汤，而可怜的人们却根本不知道。急急忙忙跑来一通大吃，末了还把盘子舔个精光。

那个天生丽质的女打字员才拿九级工资，也就 45 卢布，不过，她的那个情人倒是会送她一双麻纱裤袜。可是为了这双裤袜，她得遭多少罪啊。他可不是用一般的姿势和她做爱，而是用法国人的方法。嘘……我们私下里说说，这些法国人啊。虽然他们吃喝不愁，还顿顿有红酒。可是……她也会跑到食堂里来，那 45 卢布可不够去"酒吧"饭店的。她连电影都看不起，可看电影偏偏是女人唯一的乐趣。她浑身发抖，皱着眉头，却还拼命往下咽……想想吧：40 戈比两个菜，其实那两个菜加在一起都不值 15 戈比，那剩下的 25 戈比就被总务主任揣兜里去了。难道她真的喜欢那种伙食？她的右上肺本来就不好，法国式做爱的日子一久还得了妇科病，请病假被扣了工资，食堂里还净吃些烂菜。瞧，就是她，她过来了……

她穿着情人给的裤袜跑进门洞。两腿冰冷，风灌进肚子里，因为她身上的毛皮大衣就跟我身上的毛一样，只要看看暴露在外面的花边，就知道她还穿着单裤。那些破洞是为了取悦情人。可要是让她换一条法兰绒裤子试试，那家伙一准会大声训斥：谁让你穿这么俗气！我家那个马特廖娜已经让我受够了，一看见法兰绒裤子就烦。现在我走运了，当上了主任，不管捞到多少好处，我都花在女人身上，花在大虾仁上，花在阿布劳久尔索①香槟上。年轻的时候我已经挨饿挨够了，那种日子我也过怕了，我可不相信有什么来世。

我可怜她，真的可怜！但我更可怜我自己。倒不是因为我自私，噢，不是的，而是因为我们的处境确实不一样。她好歹还有个暖和的家，我呢，可我呢……我能上哪儿去啊？呜——呜——呜——呜——呜！……

"咕唧，咕唧，咕唧！沙利克，嘿，沙利克……小可怜，你在抱怨什么啊？谁欺负你了吗？哟……"

干巴巴的暴风雪像个恶婆娘，把大门拍得山响，还抄起笤帚痛揍千金小姐的脸蛋。她的裙子被掀到了膝盖上，露出了肉色的裤袜，能看见没洗干净的花边内衣系着窄窄的吊带。她的话被风呛了回去，狗也披了一身雪。

"我的上帝啊……什么鬼天气……哟……肚子痛。准是腌肉作怪！这日子什么时候是个头啊？"

千金小姐低下头，冲锋一样跑了出去。她刚撞开大门，

---

① 俄罗斯地名，也是香槟品牌。

街上的暴风雪就把她吹得团团转，团团转，她东倒西歪的身影紧接着被漩涡一样的风雪裹住，看不见了。

狗留在了门洞里，因为半边身体的伤痛，它紧紧贴住冰冷的墙壁，喘着粗气。它铁了心，哪儿也不去，死也要死在门洞里。它陷入了绝望，心里充满忧伤和痛苦，孤独和恐惧，禁不住一颗颗疱疹大小的狗泪夺眶而出，却立刻就干了。

一撮撮冻硬了的毛球黏在受伤的半边身体上，把身体绷得僵直，中间露出鲜红狰狞的伤口。这些厨师实在太混账，太愚蠢，太残忍。而她居然叫它"沙利克"……它算什么"沙利克"？沙利克——是那种圆滚滚、营养过剩、傻头傻脑、舔着燕麦粥的良种狗后代。可它只不过是条流浪狗而已，一身乱蓬蓬的长毛，又高又瘦，脖子又细又硬。不过，这个名字饱含善意，倒是该谢谢她。

街对面的店门被砰的一声推开了，灯光耀眼的商店里走出来一位公民。是的，正是公民，而不是同志，甚至——确切地说，应该叫他先生。他走得越近——看得越清楚——的确是一位先生。你们以为，我是看着大衣做出判断的？胡扯。现在就连很多无产阶级也穿大衣。当然了，领子不一样，这一点不用多说，但是从远处看一样很容易把他们搞混。但是如果看眼睛——那无论远近都不会搞错了。噢，眼睛可太重要了，就像气压表。哪个冷酷无情麻木不仁，哪个会没事找事用靴子尖踢你的肋骨，哪个胆小如鼠见谁都怕，都能一眼就看得清清楚楚。如果逮到机会在胆小的人脚踝上咬一口,那才叫开心呢。越是怕我,就越要咬你。既然你害怕,那就只配挨咬……噜——噜——噜……汪——汪……

只见这位先生踏着有力的步子,穿过风雪肆虐的马路,朝门洞走来。是的,是的,这位先生的气度是一目了然的。发臭的腌肉他是肯定不会吃的,要是哪里给他端来这样的菜,他准会大发雷霆,还会写信给报社:我,菲利普·菲利波维奇,食物中毒啦。

正是他,越走越近了。这位先生看上去衣食无忧,他不会去偷东西。这位先生不会用脚踹狗,而且他谁也不怕,他不怕,是因为这辈子都不愁吃喝。他是一位从事脑力劳动的先生,留着尖尖的法式络腮胡子,灰白的胡髭浓密而又厚重,一副法国骑士的模样。但是一股讨厌的医院的气味却在暴风中扑鼻而来。还有雪茄味。

真是活见鬼,他怎么会到中央经委的合作商店来?

他就在我身边了……他在找什么?呜——呜——呜——呜……他在这个小破店里有什么可买的,难道狩猎商行里的东西还不够他选?一股什么味道?是香、香——肠啊!这位先生啊,您要是能亲眼看见这香肠是用什么做的,恐怕都不会靠近这家店吧。要不要把香肠送给我。

狗拼尽最后一点力气,发了疯一样从门洞爬向人行道。头顶上的暴风雪像开枪一样噼啪作响,把亚麻布的宣传画掀起老高,上面硕大的字写着"变得年轻,可能吗?"。

当然了,当然可能。香肠的气味立刻让我变得年轻了,我的肚子也不再趴在地上。这气味像阵阵热浪,把我空了两宿的胃一下子给收紧了。这气味，战胜了医院的恶臭，这是马肉糜拌大蒜和胡椒的味道，这是天堂的气味啊。我能感觉到，我知道——香肠就在他大衣右边口袋里。而他正高高在上。噢，我的主人啊！看看我吧。我快要死了。我们注定是奴才的命，是卑贱的种群！

狗泪流满面，像条蛇一样，肚子贴地爬了过去。您快看看那厨师干的好事儿吧。看您的样子，是无论如何都不会把香肠给我的。噢，我真是太了解你们这些有钱人了！本来嘛，您要那香肠干吗？烂马肉您拿去有什么用？哪里的香肠不比莫斯科农产品加工厂的烂货强。您今天不是已经吃过早饭了嘛，您可是男性生殖腺方面的世界级名人啊。呜——呜——呜——呜……这世界究竟是怎么了？看来，离死还早着呢，可绝望的感觉——实在太痛苦了。去舔舔他的手吧，实在没有别的法子了。

这位神秘的先生朝狗弯下了腰，金丝箍圈的眼镜嗖地一闪，便从右边口袋里掏出一个白色的长圆形纸包。他没有脱下手套，便打开了纸包。暴风雪立刻把纸片占为了己有。只见他掰下一块这种名为"克拉科夫"的特制香肠，扔给了狗。

哇，慷慨的好人啊！呜——呜——呜！

"咻——咻。"先生吹起了口哨，接着又威严地说：

"吃吧！沙利克，沙利克！"

又是沙利克。怎么您也认准了叫我沙利克呢。既然您的行为有再生之德，您爱怎么叫就怎么叫吧。

狗一眨眼就撕开了香肠皮，哽咽着紧紧咬住克拉科夫香肠，三口两口就吞了下去。香肠和雪噎得它眼泪直流，因为吞得太过着急，差点没把绳头也吞下去。让我再次，再次舔您的手吧。

让我吻您的裤腿，我的救命恩人！

"现在只能吃那么多了……"这位先生一字一顿地说，仿佛是在下命令。他向沙利克附下身，试探着看了看它的眼睛，突然用戴着手套的手亲昵而又温柔地摸了一下沙利克的肚子。

"啊哈，"他意味深长地念叨，"没有颈圈，这可太好了，我要的就是像你这样的狗。跟我来吧。"他打了个响指，"咻——咻！"

跟您走？哪怕是去天边呢。您就是用毡毛高筒靴踢我，我也绝不吭一声。

整条普列奇斯坚卡街的路灯都已经被拆掉了。虽然半边身子疼得要命，沙利克却能暂时忘却疼痛，它满脑子现在只有一个念头——千万别在拥挤的人群中失去那个穿毛皮大衣的美妙身影，还得想法向他表示爱戴和忠诚。沿着普列奇斯坚卡街一直走到奥布赫夫胡同，它一共做了七次表白。它在缪尔特威胡同旁亲吻了一次先生的高筒靴，为了开路，它一声怒吼，把一位夫人吓得跌坐在石墩子上，两次低吠撒娇，用来保持先生对自己的同情心。

有一只下贱的流浪猫，佯装成西伯利亚种猫的同类，从下水道里蹿了出来。虽然大雪飘飘狂风烈烈，可这只猫竟还是嗅到了克拉科夫香肠的气味。沙利克顿时两眼发黑，暗自心想，这个有钱的怪人能收留门洞里受伤的狗，说不定也会大发善心，把这只贼猫带回家去，真要这样，它就不得不和这只猫分享莫斯科农产品加工厂的食品了。所以它冲着猫把牙齿磕得吱嘎响，那猫被它吓得活像一根漏水的皮管子，咝咝地倒抽冷气，顺着管道就蹿到二楼去了。

"弗——噜——噜——噜……汪！滚！"莫斯科农产品加工厂的食品储备再多，也不够喂普列奇斯坚卡街上这些游手好闲的无赖们。

这位先生非常欣赏它的忠诚，所以路过消防队时，一扇窗子里传出了圆号悦耳的咕咕声，先生就在这扇窗边赏了狗第二块香肠。不过这次稍微小一点，半两不到。

唉，真是个怪人。这是在诱惑我吧。您放心好了！我自己都不想跑呢。只要您说去哪儿，我就跟着您去哪儿。

"咻——咻——咻！过来！"

去奥布赫夫胡同？当然可以啊。这条胡同对我们来说可太熟悉了。

咻——咻！走这里？没问题……哎，不对，等一下。这里有门卫啊。这世上没有什么比门卫更坏的了，他们要比清洁工危险得多，全都是一帮凶神恶煞，比猫还要可恶。就是一群穿镶金边制服的刽子手。

"你别怕，过来。"

"您好，菲利普·菲利波维奇。"

"你好，费奥多尔。"

原来他是大人物啊。上帝啊,这是让我撞见谁了啊,我的狗运要好转了!他是什么样的大人物,居然能从门卫身边把流浪狗带进住宅合作社的大楼?你们看呐,这个下流坯一句话也不敢说,一动也不敢动!虽然他的眼神透着阴险,不过,好在金边帽圈下的表情看上去像是一脸无所谓。就仿佛这一切都是应该的。他毕恭毕敬啊,先生们,他居然那么毕恭毕敬!嗯,我和大人物是一起的,我就跟着他了。怎么,被你碰到了?咬我啊。

我要是能在这个无产者长了老茧的脚上咬一口,那才叫过瘾呢。谁让你们这些门卫老是欺负我们。你用刷子揍过几回我的狗脸,啊?

"走吧,走吧。"

听见啦,我听见啦,您不用担心我。您去哪儿,我就去哪儿。您只要给我指路就行,我不会落下的,哪怕半边身子再疼呢。

他走上楼梯后转身冲着底下问:

"费奥多尔,没我的信吗?"

底下对着楼梯讨好地回答:

"一封都没有,菲利普·菲利波维奇,"紧接着又压低了嗓门,亲昵地报告了一个消息,"住宅合作社的人搬进3号公寓啦。"

狗的恩人在台阶上猛地转过身来,从栏杆上探出身子,惊讶地问:

"什——么?"

他的眼睛瞪得溜圆,连胡须都根根直竖起来。

门卫在底下仰起头,巴掌拢在嘴边确认:

"千真万确,一共四个家伙呢。"

"我的上帝啊!难以想象,房间会成什么样。那么他们现在在干吗?"

"好像也没干啥——吧。"

"费奥多尔·巴夫洛维奇干吗去了?"

"去买屏风和砖头了。打算做几个隔断。"

"鬼知道,这究竟是怎么了!"

"今后所有房间里都要安排人住进去呢,除了您的那套,菲利普·菲利波维奇。刚刚开完会,新选举了合作社,原先的班子——被赶下台了。"

"这叫什么事嘛。哎——呀——呀……咻——咻。"

来——啦,我赶得上。您看,半边疼痛的身子不会让我走神的。让我舔舔您的靴子吧。

门卫的镶金边制服在楼下消失不见了。暖气管在大理石楼道平台上散发着热气,再转个弯,瞧——到二楼了。

不祥的蛋·狗心 | 139

第二章

学会识字根本没啥用,因为肉的味道一俄里以外就能闻到。不过(如果您就住在莫斯科,脑子也还凑合管用的话),不管愿不愿意,您多少都能认识点字,而且还不用专门去上学。莫斯科有四万多条狗,不知道"香肠"这个词是怎么拼写的,恐怕只有极个别最白痴的狗。

沙利克的启蒙教育是从颜色开始的。那时候它刚满四个月,莫斯科到处挂满了蓝绿色的招牌,上面写着МСПО[①]——肉铺。再强调一遍,识字这种事情学了根本没啥用,因为肉的气味太容易分辨了。然而也发生过一次误会:沙利克站在一块刺眼的浅蓝色招牌旁时,它的嗅觉被发动机的废气味道蒙蔽了,以至于它把肉铺街上戈鲁比兹涅尔兄弟的电器用品商店错当成肉铺,一头蹿了进去。于是小狗在兄弟们那里领教了绝缘电线的滋味,那东西比马车夫的鞭子可要厉害得多。这个刻骨铭心的时刻应当算是沙利克接受教育的开端。逃到人行道上的时候,沙利克便转眼醒悟过来,原来"浅蓝色"并非永远代表着"肉"。它忍着剧烈的疼痛,用后腿夹起尾巴,一边哀号着,一边记起了所有肉铺招牌上,左起首字母都是一个金色或者棕黄色叉开两腿的人,很像一副雪橇②。

接下来的事情就越来越顺利了。字母"A"是在青苔路拐角处"渔业总局"的招牌"Главрыба"上认识的,接着又认识了字母"Б"——"鱼"③ 这个字从末尾开始认对它来说更容易些,因为起首的地方总有个警察站着④。

连角落都贴着方形瓷砖的地方,在莫斯科永远意味着"С-ы-р"⑤。 Чичкин⑥的首字母像极了乌黑的茶炊水龙头,这不仅意味着奶酪铺原先的老板姓奇奇金,同时也意味着成堆的荷兰红奶酪、痛恨狗的凶恶伙计、满地的木屑,还有臭气熏天令人大倒胃口的砖形干酪。

要是有人拉手风琴——比《亲爱的阿伊达》听起来好一点儿,还飘出小泥肠的香味,那白色招牌上的一长串字可就太容易辨认了,肯定是"不说脏话,谢绝小费"。这里时不时会发生不可开交的斗殴,有的时候——会用拳头招呼对方的脸,少有的时候——也会使用餐巾布或者靴子。

要是窗口挂着风干的火腿肉,窗台上还摆着橘子……汪——汪……哈……食品店。如果有深色的瓶子,装着难闻的液体……喂-咦-喂-内-啊——酒……那就是原先耶里谢耶

---

① 莫斯科大众消费合作社的俄语缩写。
② 指俄语字母 M,M 是俄语单词肉的首字母。
③ 俄语单词"鱼"的拼写为"рыба"。
④ 商店招牌起首的地方站着一个警察,所以狗总是小心翼翼从右边靠近,这样就习惯了从单词末尾开始认字。这也说明狗本来就很聪明。
⑤ 俄语单词奶酪的拼写为"сыр",这里表示狗由此认识了这三个字母。
⑥ 俄语姓氏奇奇金。

夫兄弟的商铺。

陌生的先生把狗带到了二楼自家豪华公寓的门口，按响了门铃。那狗立刻抬起眼睛，看到了一块黑底金字的牌子，挂在宽敞的粉色波纹玻璃大门一侧。前面三个字母它一眼就认出来了："П-Р-О——ПРО"。后面那个字母长得像个腰间有两坨赘肉的怪胎，不知道是啥意思。"难道是无产者的意思？"沙利克暗自诧异……"这不可能啊。"他抬起鼻子，又一次把大衣嗅了个遍，随即便放了心："不，他身上没有无产者的气味。也许是个科学名词，天晓得啥意思。"①

粉色玻璃门后面突然亮起了喜气洋洋的灯光，把黑牌子映衬得更加暗了。门被悄无声息地推开，狗和先生的眼前出现了一位年轻美丽的女子，她身穿白色花围裙，还戴着花边头饰。狗顿时嗅到了扑面而来的暖意，沁人心脾，而且那女子的短裙还散发着类似铃兰的气息。

"太棒了，这地方我喜欢。"狗心想。

"请吧，沙利克先生。"先生用调侃的语气邀请它，于是沙利克便摇着尾巴虔诚地走了进去。

不计其数的物品堆满了华丽的前厅。狗一进门便记住了那面落地式穿衣镜，因为镜子里面立刻映出了另一条精疲力竭、遍体鳞伤的沙利克。高处安放着一副怪吓人的鹿角，无数毛皮大衣和胶鞋，还有天花板下乳白色的郁金香吊灯。

---

① 这里的单词应为"ПРОФЕССОР"，意思为教授。

"您从哪儿捡来的这条狗,菲利普·菲利波维奇?"那女子一边笑着问,一边帮忙脱下那件蓝光闪闪的厚重的玄狐皮大衣,"老天啊!它浑身都是疥疮啊!"

"不要瞎说。哪里来的疥疮?"先生板着脸一字一句地反问。

他脱下大衣,里面是一套英国呢料的黑西服,一条金链子垂在肚子上,忽明忽暗地闪着,就像在开心地眨眼。

"等一下,你别乱转,咻……别乱转啊,小傻瓜。嗯!这不是疥……你站好了,见鬼……嗯!啊——啊。这是烫伤。哪个坏蛋把你烫成这样的?啊?你快乖乖站好!……"

"是厨师,那个坏蛋厨师!"狗用哀怨的眼神控诉着,低低吠了一声。

"季娜,"先生开始发号施令,"马上带它去检查室,再给我拿一件白大褂来。"

那女子便吹了声口哨,打了个响指。狗稍稍迟疑了片刻,随即跟着她走了。他们穿过狭窄而又昏暗的过道,路过一扇漆亮的门,来到过道尽头,然后向左一转,便走进一间黑暗的斗室。一股不祥的气味刹那间让狗心生反感。黑暗啪的一声变成了刺眼的白昼,周围的一切开始闪闪发光,变得耀眼起来,眼前一片亮白。

"哎,这可不行,"狗在心里大叫起来,"对不起,我可不上当!你们和你们的香肠都见鬼去吧。这是把我骗到狗医院来了呢。他们肯定会给我灌蓖麻油,然后用刀子把整个伤口横七竖八地割开,那里本来就碰不得啊。"

不祥的蛋·狗心

"喂,别跑,你去哪儿?!"那个名叫季娜的女人大喊。

狗灵活地躲开了她,随即弓起了身子,用没受伤的半边身子猛地朝房门撞去,碎裂声震撼了整套公寓。紧接着,它又向后一跳,在原地转起了圈,活像挨了鞭子抽的陀螺,顺带还撞翻了一只白桶,把里面的棉花球撞得四处飞。在团团转的时候,狗只觉得排满了柜子的墙壁连同亮闪闪的器械在眼前飞来飞去,还有一件白色围裙和女人扭曲了的脸在晃动。

"你要去哪儿,长毛鬼……"季娜被逼急了,"你这该死的家伙!"

"他们家的消防楼梯在哪儿?……"狗暗自琢磨。他拉开了架势,抱着找到另一扇门的希望,蜷成一团不假思索地朝一块玻璃撞去。伴随一声巨响,玻璃碎片四处飞散。一只装着红褐色不明液体的大肚瓶飞了出来,刹那间液体流得遍地都是,散发出一股刺鼻的气味。这时,真正的门被推开了。

"别动,畜——畜生,"那是先生在叫,只见他身上的白大褂还只穿了一个袖子,手忙脚乱地扯住了狗的两条后腿,"季娜,快按住它的脖子,这个混球!"

"老——老天爷,这条狗也太疯了!"

门被开得更大了,又冲进来一个穿白大褂的男性。只见他踩着一地玻璃碎片,没有奔着狗去,而是径直跑去一把拉开了柜门,房间里顿时充满一股清甜而又恶心的气味。然后他转过身来,居高临下地把狗压在了肚子底下,与此同时,狗也在他鞋带上方的部位拼命地咬了一口。只听那人叫了一声，但他并没有失控松手。

让人恶心的液体让狗感到窒息，脑袋里一阵天旋地转，接着便四肢摊开，歪歪斜斜地向一边倒去，没有了知觉。

"真是谢谢你们了。"它直挺挺地栽倒在尖锐的碎玻璃上，内心却坠入了幻想：

"别了，莫斯科！我再也看不到奇奇金的铺子和无产者了，再也看不到克拉科夫香肠了。我受尽了狗的劫难，我要进天堂。弟兄们，屠夫们，你们为啥要这样对待我？"

刚想到这里，它就侧着身子彻底瘫软了，什么都不知道了。

* * *

等它再次起死回生时，脑袋仍稍有晕厥感，肠胃也有一点点犯恶心。受伤的半边身子就像没有任何感觉了一样，正美滋滋地沉默着。狗微微睁开倦怠的右眼，眼角瞥见自己的腰间和腹部已经被绷带缠得严严实实。"到底还是被他们修理了，这帮狗崽子，"它迷迷糊糊地想，"不过，说句心里话，这样其实挺舒服的。"

"从塞维利亚到格林纳达……在那寂寥的苍茫夜色里。"① 它的头顶响起一个懒散而又不成调的声音。

狗惊讶不已，干脆睁开了双眼，看见两步开外的白色凳

---

① 这是柴可夫斯基抒情歌《唐璜情歌》中的一句歌词，暗示教授的职业与情色有关——他把性欲的"青春"还给年迈的客户。

子上搁着一条男人的腿。裤腿和衬裤都向上提着,裸露着小腿黄色的皮肤,上面有干涸的血迹,还涂了碘酒。

"这帮马屁精!"狗在心里暗骂,"这么说,我咬的就是他了。真的是我干的啊,这下他们可饶不了我了!"

"'情歌缠绵,刀剑铿锵!'你这条野狗,你为什么把大夫给咬了?啊?为什么把玻璃给砸了?啊?"

"呜——呜——呜。"狗开始可怜兮兮地讨饶。

"好吧,既然回心转意了,那就算了,躺着吧,笨蛋。"

"菲利普·菲利波维奇,您是怎么把这么一条疯狗哄回来的?"一个男人悦耳的声音问道,花呢衬裤随即滑了下来。弥漫起一股烟草的味道,柜子里响起了玻璃器皿的声音。

"爱抚呗。这是和动物打交道唯一可行的办法。不管动物进化到了哪个阶段,恐怖手段对它们都不会有任何作用。关于这一点,我以前确信无疑,现在确信无疑,将来仍然会确信无疑。那些人徒劳地认为,恐怖手段会有所帮助。不会的,不会的,不管是白色恐怖,还是红色恐怖,甚至是咖啡色恐怖,都不会有所帮助!恐怖手段只会麻痹神经系统。季娜!我给这个下流货买了1卢布40戈比的克拉科夫香肠。等它不恶心了,劳驾您喂给它吃。"

一阵稀里哗啦扫碎玻璃的声音,只听一个女人娇滴滴地抱怨:

"还克拉科夫香肠呢!老天,肉铺里买个20戈比的下脚料喂它就可以了。克拉科夫香肠不如留给我吃呢。"

"你敢。我看你敢吃!吃到胃里不中毒才怪。你都是个大姑娘了,怎么还像个小孩子一样,什么脏东西都往嘴里塞。不准吃!我警告你:要是你吃坏肚子,我也好,博尔缅塔尔①大夫也好,都不会陪着你折腾……'谁说还有别的姑娘能和你相比,那些人……'②"

这时,一阵细碎的门铃声响彻了整套公寓,远远地从前厅不断传来说话的声音。电话铃也响了。季娜走了出去。

菲利普·菲利波维奇把烟头扔进桶里,系上白大褂的扣子,对着墙上的小镜子理了理浓厚的胡髭,然后对狗招呼道:

"咻——咻。嗯,还不错,还不错。我们去接待客人。"

狗晃晃悠悠站了起来,摇了摇脑袋,又抖了抖身子,但它很快就站稳了,跟在菲利普·菲利波维奇晃动的下摆后面走了出去。狗再次经过那条狭窄的过道,但这次过道被顶灯照得通明。那扇漆亮的门被打开,狗跟着菲利普·菲利波维奇走进了办公室,里面的装饰便立刻震惊了狗。办公室里处处灯光闪耀:雕花天花板上,桌子上,墙壁上,玻璃柜子里。灯光把无数陈设照得透亮,那只踩在墙面树枝上的大猫头鹰最为惹人注目。

"躺下。"菲利普·菲利波维奇命令道。

对面的雕花房门被打开了,那个被咬的人走了进来。但

---

① 博尔缅塔尔,姓氏,俄语由"硼"和"薄荷醇"组成。
② 这也是《唐璜情歌》中的歌词。

此刻在明亮的灯光下,他看上去非常英俊年轻,留着尖尖的络腮胡子。他递过一张纸,说:

"还是那个人……"

说完便无声地走了出去。菲利普·菲利波维奇撩起白大褂的下摆,在巨大的写字桌后面坐定,便立刻显得异常傲慢而又仪表堂堂。

"不对啊,这不是狗医院,我准是到了别的什么地方,"狗心下慌乱,紧挨着沉重的皮沙发,在花地毯上躺了下来,"那只猫头鹰是怎么回事,我会搞清楚的……"

门被轻轻推开了,进来一个人,此人的样子让狗吃惊不小,它忍不住叫出了声,不过声音不算大……

"闭嘴!叭——叭,您这样子都让我认不出来了,亲爱的。"

来人的态度非常恭敬,他腼腆地向菲利普·菲利波维奇鞠了个躬。

"嘿——嘿!您真是个法力无边的巫师啊,教授。"来人一脸窘迫。

"把裤子脱了,亲爱的。"菲利普·菲利波维奇一边发号施令,一边站起身。

"上帝耶稣啊,"狗暗自讶异,"这家伙长得太奇怪了!"

只见那家伙头顶上的毛发居然是碧绿色的,而后脑勺的头发却是一抹锈褐的烟草色。那家伙的脸上已经爬满了皱纹,可脸色看上去却像婴儿一样粉嫩。左腿不能弯曲,只能在地毯上拖着走,右腿一跳一跳,活像装了弹簧的儿童玩具。华丽的西装衣襟上别着一颗昂贵的宝石,看上去像一只瞪大的眼睛。

狗的好奇心大炽,竟完全忘记了恶心。

"咔,咔!……"它轻轻叫了两声。

"闭嘴!睡眠还好吗,亲爱的?"

"嘿——嘿。这里就我们两个吧,教授?这简直太奇妙了,"来人显得很不好意思。"千真万确①——已经 25 年没有过这样的事情了,"那家伙说着就要解开裤子的纽扣,"您相信吗,教授,我每天夜里都梦见一群群裸体的女孩子,简直欲仙欲死。您真是个魔法师啊。"

"呵。"菲利普·菲利波维奇倒是显得不无担忧,查看起来人的瞳仁。

那人终于顺利地解开扣子,脱下了条纹西裤。里面是一条稀奇古怪的衬裤。裤子本身是奶油色,上面竟用丝绸绣了几只黑猫,还散发出一股香水味。

狗见不得猫,狂吠了一声,吓得那家伙蹦了起来。

"哎哟!"

"小心我撕了你的皮!您别怕,它不咬人。"

"我不咬人吗?"狗觉得很奇怪。

来人的裤子口袋里掉出了一个小信封,跌落到地毯上。信封上面画着一个长发披肩的美女。那家伙立刻跳上前去,弯腰把它捡了起来,脸立刻变得通红。

---

① 原文为法语。

"您哪,自己看着办吧,"菲利普·菲利波维奇阴沉了脸,伸出一根手指警告,"您还是当心为妙,不要纵欲过度了!"

"我没纵……"那家伙越发窘迫,一边吞吞吐吐地辩解,一边继续解开衬裤,"我,亲爱的教授,我只是尝试一下。"

"那又怎么样呢?效果如何呢?"菲利普·菲利波维奇神情严肃。

那家伙极度兴奋地挥了挥手。

"25年哪,我向上帝发誓,教授,从没有过这种事。最后一次还是1899年,我在巴黎和平路①的时候。"

"您的头发怎么变绿了?"

来人的神情立刻黯淡下来。

"都是可恶的日尔科斯基②!您想都想不到,教授,那些家伙闲得没事做了,故意把什么东西当成染发剂给了我。您看看啊,"那家伙一边嘟囔着,一边东张西望地寻找镜子,"真该扇他们几个耳光!"他满脸怒气地说,"我现在该怎么办,教授?"随即又哭丧起脸来。

"嗯,去剃个光头吧。"

"教授啊。"来人怨气冲天地叫了起来,"头发再长出来也还是白色的啊。再说了,剃光头就更没法在单位里露脸

---

① 原文为法语。
② 日尔科斯基指化妆产品托拉斯。

了,就现在这样子,我都已经三天没去了。唉,教授啊,如果您能再发明一种让头发也变得年轻的方法就好了!"

"慢慢来,慢慢来,我亲爱的。"菲利普·菲利波维奇含含糊糊地敷衍。

他俯下身,透过闪闪的镜片仔细查看了病人光溜溜的肚子:

"嗯,还行,——很不错,一切正常。说实话,我自己都没料到效果会这么好。'鲜血不止,歌声不停啊……'① 把衣服穿上吧,亲爱的!"

"'没人比她更美,我只为她一个人啊!……'②"病人扯开破锣般的嗓门,跟着唱了起来,随即便兴高采烈地开始穿衣服。衣服穿好后,他又带着那股香水的味道,一跳一跳地来到跟前,数出一叠白色纸币交给菲利普·菲利波维奇,然后轻柔地握住了他的双手。

"您两个星期可以不用来了,"菲利普·菲利波维奇说,"不过我还是要提醒您:千万把握分寸。"

"教授!"那家伙在门外兴奋地叫道,"您就彻底放心吧。"又听他开心地嘿嘿一笑,便消失了。

一阵门铃声响彻公寓的每个角落,漆亮的门又被推开了,被咬的人走进来,递给菲利普·菲利波维奇一张纸,汇报说:

---

① 《唐璜情歌》歌词。
② 同上。

"年龄写得不对。估计该有五十四五岁了吧。心音较弱。"

说完便走了,眼前换了一个太太,浑身衣裙窸窣作响。只见她气宇轩昂地歪戴一顶圆帽,松弛而又满是皱纹的脖子上挂着一条珠光宝气的项链。眼睛下面垂着两个黑得出奇的眼袋,脸颊却像玩具娃娃一样绯红。她看上去情绪相当激动。

"夫人!您多大年纪?"菲利普·菲利波维奇厉声问道。

女士被吓了一跳,绯红的粉底下脸都白了。

"教授,我,我发誓,您要是知道我受的是什么苦!……"

"您的年纪,夫人?"菲利普·菲利波维奇的语气更加严厉了。

"说实话……嗯,45岁……"

"夫人,"菲利普·菲利波维奇大声叫起来,"其他人还等着我呢。请您不要耽搁我的时间。我不是只有您一位病人!"

女士的胸脯剧烈地鼓了起来。

"您是科学界泰斗,我只告诉您一个人。但我发誓——这太可怕了……"

"您多大年纪?"菲利普·菲利波维奇怒不可遏地尖声质问,眼镜后面闪过一道光。

"51岁!"女士被吓得哆嗦了一下。

"把裤子脱了,夫人。"菲利普·菲利波维奇缓和了语气,指了指墙角一张白色的高脚凳。

"教授,我发誓,"女士继续唠叨着,一边用手指颤颤巍巍地摸索着解开腰间的扣子,"这都怪那个莫里兹……我对您都坦白了吧,就当我是做忏悔……"

"从塞维利亚到格林纳达……"菲利普·菲利波维奇漫不经心地哼着小调,踩下了大理石洗漱盆的踏板。水哗哗地流了出来。

"我向上帝发誓!"女士脸颊上原有的色斑挣脱人工的粉底,显露了出来,"我明白——这是我最后一次坠入情欲了。可他居然那么混账!噢,教授!他就是个,是个赌棍,整天沉溺于纸牌,这在莫斯科已经尽人皆知。他甚至不会放过任何一个无耻的女时装师,不就因为他有魔鬼一样年轻的身体嘛。"女士一边唠叨着,一边从窸窣作响的裙子底下扔出一团揉皱的花边布片。

狗在一边完全看蒙了,只觉得脑袋里一片混乱,理不出头绪。

"你们都给我见鬼去吧,"狗的脑袋一阵发昏,实在不愿意看到眼前不堪的一幕,便把头搁在爪子上,索性打起盹来,"管它是怎么回事呢,我才没心思去搞明白——反正我也搞不明白。"

可狗还是被一阵响动惊醒了,它看见菲利普·菲利波维奇把几根闪闪发光的管子扔进盘子。

脸上老年斑横行的女士双手按在胸口,一脸希冀地望着菲利普·菲利波维奇。教授则皱起了眉头,坐到桌子后,记录了些什么。

"夫人,我给您移植一套猴子的卵巢。"他神情严肃地看了看对方,郑重宣布。

"啊,教授,真的要用猴子的吗?"

"是的。"菲利普·菲利波维奇的语气没有商量余地。

"那什么时候手术呢?"女士一脸苍白,有气无力地问。

"'从塞维利亚到格林纳达'……嗯……星期一吧。您一大早就去医院,我的助手会帮您安排的。"

"啊,我不想去医院。就不能在您这里做吗,教授?"

"您听我说,只有极为特殊的情况下,我才会在这里做手术。而且这会很贵——500卢布呢。"

"我同意,教授!"

又响起一阵水流声,这次是一顶插着羽毛的圆帽子晃了进来,紧接着出现了一颗盘子一样光溜溜的秃头。那颗秃头拥抱了一下菲利普·菲利波维奇。狗还在打盹,恶心过去了,半边身子也已经止痛。此时它享受着暖气,甚至打起了呼噜,还做了一个小小的美梦:仿佛它从猫头鹰的尾巴上扯下了整整一撮羽毛……可是,一个情绪激动的声音偏偏在头顶嚷了起来。

"我在莫斯科太出名了啊,教授。我还能怎么办?"

"先生们,"菲利普·菲利波维奇气愤地大叫,"不能这样啊。一定要克制自己。她多大了?"

"14岁,教授……您也明白,这事情张扬出去我就毁了。这几天我还要去国外出差。"

"我可不是法律顾问,亲爱的……好吧,您再等上两年就娶了她吧。"

"我有老婆,教授。"

"啊,先生们,先生们哪!"

门不断被推开,脸也换了一张又一张,柜子里的器械响个不停,菲利普·菲利波维奇就这样一刻不歇地工作着。

"原来这里是个淫窝啊,"狗想,"不过这里的确是个好地方!可也真是见鬼了,我对他有什么用呢?难道想要收留我?真是个怪人!其实他只要使个眼色,就能搞到一条绝顶的好狗!也许,我真的够帅吧。看来,我真的走运了!唯独那只猫头鹰是个贱货……真看不惯它那副蛮横的样子。"

到了夜幕降临时分,门铃不再作响,狗也终于清醒了。而此时,门里却走进几个特殊的访客。一下子来了四个人。全都是年轻人,衣着也都很朴素。

"这些人想要干吗?"狗心下诧异。菲利普·菲利波维奇接待这些客人的态度远远谈不上友好。他站在写字桌边,望着来人,就像一个统帅注视着敌人。

他那鹰钩鼻的鼻孔气鼓鼓地不停翕动。来人在地毯上跺了跺脚。

"我们是来找您的,教授。"其中一人先开了口,他一头浓密的鬈发堆得足有半尺高,"想跟您说件事……"

"先生们,这种天气不穿胶鞋可不太明智。"菲利普·

菲利波维奇用教训人的口吻打断了他，"首先，容易得感冒，而且，你们还踩脏了我的地毯，我所有的地毯可都是波斯进口的。"

头上一堆鬈发的人不吭声了，四个人全都吃惊地盯住菲利普·菲利波维奇。冷场了几秒钟。菲利普·菲利波维奇用手指敲了敲桌子上彩绘的木制漆盘，这才打破了沉默。

"首先，我们不是什么先生。"终于，四人中最年轻的桃子脸说话了。

"首先，"菲利普·菲利波维奇打断了他，"您是男性还是女性？"

四个人又一次张大嘴愣住了。不过这次，头上一堆鬈发的最先反应过来。

"这有什么区别吗，同志？"他傲慢地问道。

"我——是女性。"穿着皮夹克的桃子脸年轻人坦白，脸也随即涨得通红。不知为什么，来客中一个戴着毛皮高帽的金发男人也跟着紫涨了脸。

"那样的话，您可以不用脱帽。但是您，阁下，劳驾您把帽子脱掉。"菲利普·菲利波维奇的语气威严。

"我不是您的什么阁下。"金发男人气冲冲地反驳，一把摘下了毛皮高帽。

"我们来找您。"长着一堆黑色鬈发的人又开口了。

"首先——我们是指谁？"

"我们——就是这栋楼里新上任的房管委。"黑头发显然克制着怒火，"我叫施翁德尔，她叫维亚岑斯卡娅，这两位是佩斯特鲁辛和沙罗夫金同志。我们想……"①

"就是你们搬进了费奥多尔·巴夫洛维奇·萨布林的家?"

"正是。"施翁德尔回答。

"上帝啊,这下卡拉布赫式②的楼完蛋了!"菲利普·菲利波维奇两手一拍,发出了绝望的感慨。

"您说什么,教授,您在取笑我们吗?"施翁德尔气呼呼地说。

"我还有心思取笑?!我已经彻底绝望了。"菲利普·菲利波维奇大叫起来,"那以后暖气还会有吗?"

"您在挖苦我们吗,普列奥布拉任斯基③教授?"

"你们找我有什么事情?有话就快说吧,我要去用餐了。"

"我们,也就是房管委,"施翁德尔一脸凶相,"刚才召集楼里的住户开了大会,讨论了住房缩编的问题,所以来找

---

① 施翁德尔有刚愎自用、做事盲目的意思;维亚岑斯卡娅由俄罗斯地名维亚济马演变而来,是女性的姓氏,当地盛产一种饼干,其包装上印有美女照片,作者暗示该女子貌美,但只是男人的附属品;佩斯特鲁辛有妍头的意思;沙罗夫金有刨土的意思,暗示此人没有文化。有研究者认为,从小说中给出的种种细节描写来看,这四个来访者指向了包括托洛茨基在内的四位政府要员。
② 1904年由著名设计师卡卢金建造的五层住宅楼,位于普列奇斯坚卡大街。十月革命以前,布尔加科夫的舅舅曾住在这里,他是一位著名的产科医生,也是小说主人公的现实原型之一。布尔加科夫刚搬来莫斯科的时候,就住在他家里。"这下卡拉布赫式的楼完蛋了"——这句话后来几乎成了莫斯科群众的口头语,用来表达绝望的情绪。
③ 小说中第一次出现主人公的姓氏,这个姓在俄语中有改头换面、沧海变桑田、转变的意思,具有强烈的宗教意味。作者暗示主人公的能力强大,至少在狗的眼里,他就是万能的上帝。

您……"

"讨论了什么问题?"菲利普·菲利波维奇毫不客气地提高嗓门,"劳驾您把来意说得明白些。"

"讨论了住房缩编的问题。"

"够了!我明白了!你们知不知道,根据今年8月12日的决议,我的公寓不在任何缩编和搬迁之列?"

"这个我们知道。"施翁德尔回答,"但全体大会讨论过您的问题,我们得出结论,总的来说,您一个人占用了太多的面积。实在是太多了。你一个人就占了七个房间。"

"当然是七个房间,因为我不但要住,而且还要工作。"菲利普·菲利波维奇没有退缩,"我还想要第八个房间呢,因为我还缺一间图书室。"

四个人哑口无言。

"第八个房间!呵——呵。"脱了帽子的金发男人在一边小声调侃,"不过,想得倒是很美。"

"简直不可思议!"女扮男装的年轻人忍不住叫起来。

"我的一间房间是候诊室——请注意——也兼作图书室,一间餐厅,还有我的办公室——这就三间了。检查室——四间,手术室——五间,卧室——六间,还有仆人的房间——七间。一句话,根本不够用……就是这么回事,不过,这并不重要。我的公寓你们管不着,谈话到此结束。我可以去用餐了吗?"

"对不起。"第四个人发言了,此人长得活像一只健壮的甲虫。

"对不起,"但是他却被施翁德尔打断了,"我们来的目的,正是想和您谈谈餐厅和检查室。全体大会请求您遵守劳动纪律,自愿地让出餐厅。现在莫斯科没人家里还有餐厅。"

"甚至连伊莎多拉·邓肯①都没有。"女人的嗓门又清脆又响亮。

菲利普·菲利波维奇的神情开始有了变化,他的脸色缓缓地变成了深红色。但他不发一言,静候事态的发展。

"而且请您把检查室也腾出来。"施翁德尔继续说,"检查室和办公室完全可以合并。"

"哦呵。"菲利普·菲利波维奇怪声怪调地搭腔,"那我在哪里用餐呢?"

"卧室。"四个人异口同声地回答。

菲利普·菲利波维奇紫涨的脸上又添了些许灰色。

"在卧室用餐。"他的声音微微有些喑哑,"在检查室里看书,在候诊室里穿衣服,在仆人的房间里做手术,在餐厅做检查。很有可能,伊莎多拉·邓肯就是这么干的。也许,她在办公室里用餐,还在浴室里解剖兔子,也许真是这样。可我不是伊莎多拉·邓肯!……"他突然咆哮起来,紫涨的脸随之变得蜡黄,"我就是要在餐厅用餐,在手术室里做手术!请把这一点转告全体大会,也恳请你们几位回去做好自己的事情。请让我有用餐的机会,就像所有正常人一样,在

---

① 美国著名舞蹈家,曾嫁给诗人叶赛宁,在俄罗斯生活。

餐厅,而不是在前厅,也不是在儿童室。"

"那样的话,教授,既然您要固执地顽抗,"施翁德尔情绪激动起来,"那我们只好向上级投诉您了。"

"啊哈,"菲利普·菲利波维奇毫无惧色,"这样啊?"他的语气变得假惺惺地客气起来,"请你们几位稍等片刻。"

"这才是好样的呢。"狗佩服得五体投地,"就跟我一模一样。噢,他马上就要给他们颜色看了,噢,要出手了。只是不知道他——有什么绝招,但肯定会给颜色看……揍他们!一口咬住那个长腿的家伙,就咬靴子上方的后腿腱子肉……噜——噜——噜……"

菲利普·菲利波维奇啪的一声从电话上摘下听筒,对着电话说:

"请接……对……十分感谢。请彼得·亚历山德洛维奇接电话。我是普列奥布拉任斯基教授。彼得·亚历山德洛维奇吗?很高兴找到您。谢谢您,我身体很好。彼得·亚历山德洛维奇,您的手术取消了。什么?彻底取消了。其他手术也一样,统统取消了。我告诉您为什么:因为我在莫斯科,乃至整个俄罗斯,都要歇业了……现在有四个人来找我,其中一个还是穿着男人衣服的女人,另外两个还配着左轮手枪。他们恐吓我,想要收走我的部分房间。"

"您等一下,教授。"施翁德尔吓得脸色都变了。

"对不起……我无法重复他们刚才所有的话。我对废话没兴趣猎奇。说明一点就够了,他们建议我腾出检查室,换句话说,他们迫使我在迄今为止仍用来解剖兔子的房间里为您做手术。那样的条件下，我不仅不能工作，更没有权力工作。所以我只能歇业，关闭公寓，我要去索契①了。钥匙我可以交给施翁德尔。就让他来做手术吧。"

四个人僵住了。他们靴子上的雪在溶化。

"没办法啊……我自己也搞得不开心……怎么？噢，不，彼得·亚历山德洛维奇！噢不。老这样可不行，我不同意，我的耐心已经耗尽了。8月份以来，这已经是第二次了。怎么？哼……都行啊，哪怕这样也行啊。但我只有一个条件：不管是谁签字，也不管什么时候签，更不管签什么，但是我要这样一份文件，施翁德尔也好，其他人也好，都不准再靠近我公寓大门半步。这必须是一份最终的、管用的、铁板钉钉的文件！白纸黑字的担保。让他们从此连我的姓名都不要提起，当然了，就当我死了。是的，是的，麻烦您了。谁签字？啊哈……好吧，那我就放心了。啊哈……好的。我这就把电话给他。劳驾。"菲利普·菲利波维奇一脸阴险地转向施翁德尔，"请您接电话。"

"等一下，教授，"施翁德尔的脸一会儿红，一会儿又变白，"您歪曲了我们的意思。"

"还是请您不要使用这样的措辞吧。"

施翁德尔惊慌失措地接过电话：

"是我。对……房管委主任……我们确实照章办事……教授的情况已经够特殊的了……我们了解他的工作……想留

---

① 俄罗斯海边度假胜地。

给他整整五个房间呢……那,好吧……既然这样……好吧……"

他满脸通红地挂上电话,转过身来。

"臭骂一顿啊!真是好样的!"狗钦佩不已,"难道,他,会念什么,神奇的咒语?现在您可以随意打我,想怎么打就怎么打,反正我不会离开这里了。"

三个人张开了嘴,看着被骂得无地自容的施翁德尔。

"简直是奇耻大辱!"只听他心有余悸地说。

"要是现在有机会辩论,"女人不甘心地插话,激动得两颊通红,"我一定向彼得·亚历山德洛维奇证明……"

"抱歉打断一下,您不会现在就想开始这场辩论吧?"菲利普·菲利波维奇显得彬彬有礼。

女人的两眼喷出了火。

"我明白,教授,您是在挖苦我,我们这就走……不过,我作为公寓文化处负责人……"

"女——负责——人。"菲利普·菲利波维奇纠正。

"我想建议您,"女人说着,从怀里掏出几本色彩鲜艳的杂志,却已经被雪打湿了,"为了救济德国儿童,您就买几本杂志吧。50戈比一本。"

"不,我不买。"菲利普·菲利波维奇瞟了一眼,干脆地回绝了。

无以复加的惊讶表情写在了那几个人脸上,女人更是像涂了浆果一样,满脸通红。

"您为什么要拒绝?"

"我不想买。"

"您不同情德国儿童?"

"同情。"

"每本才50戈比,您还舍不得?"

"不是。"

"那是为什么?"

"我不想买。"

沉默片刻。

"我说,教授,"女人长长地叹了口气,"如果您不是欧洲的泰斗,要不是有人用极为粗暴的方式包庇您(金发男人扯了扯她的衣服,却被她甩开了)——我相信,我们会搞清楚那是些什么人——您就应该被逮捕。"

"凭什么呢?"菲利普·菲利波维奇显得有点好奇。

"因为您是无产阶级的仇人!"女人依旧不依不饶。

"说得对,我不喜欢无产阶级。"菲利普·菲利波维奇不耐烦地表示赞同,随即便按了一下按钮。不知哪里响起一阵铃声,通向过道的门被打开了。

"季娜,"菲利普·菲利波维奇叫道,"上菜吧。先生们,请便吧?"

四个人默然无语地走出办公室,默然无语地穿过候诊室,默然无语地穿过前厅。随即便听到大门在他们身后沉闷而又响亮地关上了。

狗的两条后腿直立起来,在菲利普·菲利波维奇面前做了一个像是顶礼膜拜的动作。

第三章

描着奇花异草的黑色宽边餐盘里,盛着切成薄片的鲑鱼,还有几块腌制鳗鱼。一方沉甸甸的木板上搁着一块挂着水珠的奶酪,银制的小桶壁上还敷着一层霜雪——那里面装着鱼子酱。盘子之间立着几只细腰酒杯,还有三只盛着不同颜色伏特加酒的水晶细颈玻璃瓶。所有这些器皿都摆放在一个小巧的大理石桌板上,一个硕大的橡木雕花餐柜和小桌板相得益彰地组合在一起,玻璃和银器一闪一闪放着光。房间的正中央摆放着一张像棺椁一样厚重的餐桌,已经铺上了洁白的桌布,餐桌上摆着两套餐具,还有折叠成教皇三重冠式样的餐巾布和三个深色酒瓶。

季娜端进来一只带盖的银盘子,里面还有什么在咕嘟作响。盘子里飘来的香味极具诱惑,狗的嘴里顿时溢满了稀薄的口水。"简直就是塞米拉密达花园①啊!"狗暗自赞叹,尾巴也不由自主地像棍子一样在镶木地板上敲打起来。

"端到这里来吧。"菲利普·菲利波维奇一脸饥饿地发号施令,"博尔缅塔尔大夫,我求求您,别打鱼子酱的主意。如果您愿意接受我的忠告:不要喝什么英国的烈酒,还是喝一点普通的俄国伏特加吧。"

这位被咬的帅哥此时已经脱去了白大褂,穿着一套体面的黑色西服——他耸了耸宽宽的肩膀,彬彬有礼地浅笑了一下,倒了一杯透明的白酒。

"是新福酒吗?"他问。

"您说什么呢,亲爱的。"主人回答,"这是酒精。达莉娅·彼得洛夫娜自己就能勾兑上好的酒。"

"不知道您怎么认为,菲利普·菲利波维奇,大家都断言,说30度的伏特加②相当不错。"

"但是伏特加本来就应该是40度,而不是30度,这是一。"菲利普·菲利波维奇带着教导的口气打断了对方的话,"第二,天晓得他们往里面添加了些什么。他们满脑子那些歪主意,您能料得到吗?"

"确实,他们什么都能想得出来。"被咬的人表示认同。

"我和您想法一致。"菲利普·菲利波维奇说着,一仰脖喝干了杯子里的酒,"……嗯……博尔缅塔尔大夫,求求您,一口气喝干它,要是您觉得这东西……那我这辈子都是您不共戴天的仇人。'从塞维利亚到格林纳达……'。"

他自己一边说着,一边用爪形的银制餐叉叉起一小块像黑面包一样的东西。被咬的人也照着他的样子做了。菲利普·菲利波维奇的眼睛立刻亮了起来。

---

① 塞米拉密达是传说中的亚述女王,据希腊文学作品描述,亚述国的许多次远征以及建造"空中花园"都是她的事迹。
② 1924年,1号红酒窖,即后来的"水晶"酒厂出产了第一批30度的伏特加酒。作家在日记中写道:这种酒口味不如以前,价格却贵了三倍……

"这东西不好吃吗?"菲利普·菲利波维奇一边嚼一边问,"您倒是说说看,尊敬的大夫,不好吃吗?"

"简直太好吃啦。"被咬的人真诚地赞美。

"那是当然的了……您要记住,伊万·阿尔诺尔多维奇,只有那些没有被布尔什维克赶尽杀绝的落魄地主们,才会把冷菜和汤当作下酒菜。稍稍有点自尊的人,都是用热菜下酒。而莫斯科的下酒热菜里面——这道菜是最棒的。这道菜以前斯拉夫市场做得最好。给,你也尝尝看。"

"你们在餐厅里喂狗。"传来一个女人的声音,"往后可就再也没法把它引出去了。"

"没关系。这可怜的家伙饿坏了。"菲利普·菲利波维奇用餐叉尖递给狗一些下酒菜,狗像变魔术一样,干净利落地吞了下去。菲利普·菲利波维奇随手便将餐叉当的一声丢进了洗杯盘。

紧接着端上来的盘子里,热腾腾地散发着虾肉的香味。狗蹲在桌布的阴影里,俨然一副守护火药库警卫的样子。菲利普·菲利波维奇把餐巾布的硬角折进衣领,语重心长地说:

"说到吃,伊万·阿尔诺尔多维奇,讲究可太多了。一定要懂得怎么吃,您看——大多数人其实根本就不会吃。不仅要知道吃什么,要知道什么时候吃,怎么吃,(说到这里菲利普·菲利波维奇意味深长地晃了晃勺子)更得知道吃的时候聊什么话题。对了,要是您比较关心自己的消化系统,我有个忠告——用餐的时候不要谈论布尔什维克和医学问题。还有——千万不要——在用餐前看苏维埃的报纸。"

"嗯……不过也没别的可看啊。"

"那您就什么都别看。您知道吧,我在医院里做过30例临床观察。您猜结果怎么样?没有读过报纸的病人,自我感觉特别良好。而被我强迫读过《真理报》的——体重都有所下降。"

"嗯哼……"被咬的人对这个问题饶有兴趣,因为喝了汤和红酒,他的脸也变成了粉红色。

"这还不算呢。膝跳反应也降低了,还有反胃,精神状态压抑。"

"真是见鬼……"

"这可是真的哦。不过我这是怎么了?自己倒反而讲起医学来了。"

菲利普·菲利波维奇仰身按了一下电铃,樱桃色的门帘里出现了季娜。狗得到厚厚一块发白的鲟鱼,但它不喜欢,于是马上又喂了它一大块带血的烤牛肉。消灭了牛肉后,狗突然觉得困了,想睡觉了,而且再也不想看到任何食物。"这种感觉真奇怪。"它眨巴着沉重的眼皮,"我居然对食物不感兴趣了。这些人饭后一支烟——真是愚蠢的行为。"

餐厅里充满了味道难闻的青烟。狗把脑袋搁在前爪上打着瞌睡。

"圣朱利安①——的确是好酒,"狗在半梦半醒中听见,

---

① 法国红酒品牌。

"可现在已经买不到了。"

不知从什么地方响起一阵低沉的合唱,虽经由天花板和地毯的过滤,但还是从上面和侧面钻了进来。

菲利普·菲利波维奇按响门铃,季娜走了进来。

"季奴什卡①,这是什么声音?"

"又在开大会了,菲利普·菲利波维奇。"季娜回答。

"又开会!"菲利普·菲利波维奇无可奈何地叹了口气,"唉,这下真的要完了,卡拉布赫公寓算是完了。只能搬家了,但问题是——能搬到哪儿去呢?今后这一切都是理所当然的事情了。先是每天晚上唱歌,然后厕所的水管子被冻住,再后来水暖的锅炉爆裂,没完没了。卡拉布赫公寓要大祸临头了。"

"菲利普·菲利波维奇,您可要伤心死了。"季娜微笑着打趣,随手把一摞盘子端了出去。

"怎么能不伤心?!"菲利普·菲利波维奇大叫起来,"这栋楼以前有多好——您又不是不知道!"

"您看待问题未免过于悲观了,菲利普·菲利波维奇。"被咬的帅哥反驳,"现在的情况和以前已经大不一样了。"

"亲爱的,您还不了解我吗?我难道说错了吗?我这个人只注重事实,只知道眼见为实。我一向反对没有根据的假设。我这点脾气不仅在俄罗斯尽人皆知,而且在欧洲也是出了名的。如果我说了什么,那么,肯定是基于某些事实依据

---

① 季娜的昵称。

才做出的结论。我这就可以给您举个例子：我们楼里的衣架和胶鞋柜。"

"听起来挺有趣的……"

"胡说，胶鞋柜算什么。能穿上胶鞋又不代表过好日子。"狗心下暗想，"不过这个人的确了不起。"

"就拿胶鞋柜来说吧。自1903年起，我就住在这栋楼里。您看，从那个时候一直到1917年3月，一次都没有——我得用红铅笔强调：我们楼底下的大门虽然从不上锁，但胶鞋一次都没有丢失过。您想想，楼里一共12套公寓房。就我是开诊所的。可是1917年3月的某个艳阳天，所有胶鞋竟然都失窃了，其中有两双是我的，还包括3根手杖，门卫的一件大衣和茶炊。从那以后，胶鞋柜就没有了。亲爱的！就更不用说什么暖气了，我也懒得说。随它去吧：既然社会都革命了——当然也不用取暖了。不过我还是要问：为什么历史新的一页刚翻开，大家就都穿着肮脏的胶鞋和毡靴往大理石楼梯上踩？为什么胶鞋直到现在还要上锁藏起来？难道胶鞋还得派个士兵守着，才能不让人偷走？为什么要把大门口台阶上的地毯撤走？难道卡尔·马克思禁止楼梯上铺地毯？难道卡尔·马克思哪本书里写着，普列奇斯坚卡大街卡拉布赫公寓2单元大门必须用木板钉死，要绕着大楼从后门走？到底谁愿意这么做？为什么无产者就不能把胶鞋放在楼下，而非要踩脏大理石？"

"您可要知道，菲利普·菲利波维奇，无产者是不穿胶鞋的。"被咬的人一副欲言又止的样子。

不祥的蛋·狗心 | 169

"根本不是那回事！"菲利普·菲利波维奇大发雷霆，给自己倒了杯葡萄酒，"嗯……我向来不赞成饭后喝酒：这会加重肝脏的负担，还会有其他负面作用……根本不是那么回事！那些无产者现在也穿胶鞋，而且穿的就是……我的胶鞋！就是1917年春天被偷走的胶鞋。问题是——谁偷走的？我吗？不可能。资本家萨布林？（菲利普·菲利波维奇指了指天花板。）这样的臆测未免可笑。糖厂老板波罗佐夫吗？（菲利普·菲利波维奇又指了指隔壁。）无论如何也不会是他！不会！可这些人干吗不把胶鞋脱在楼梯口呢！（菲利普·菲利波维奇的脸越说越红。）楼道里的鲜花见鬼了，干吗也要搬走？还有电，但愿我没记错，从前20年间一共断了两次，现在每个月都要定时断一次，这又是为什么？博尔缅塔尔大夫，统计数字可是铁面无情的东西。您读过我最近的一篇论文，对这一点应该比任何人都清楚。"

"局势动荡啊，菲利普·菲利波维奇。"

"不，"菲利普·菲利波维奇断然驳斥，"不。而且您，亲爱的伊万·阿尔诺尔多维奇，第一个就不该使用这样的措辞。这都是幻觉，是迷障，是假象。"菲利普·菲利波维奇用力叉开短短的手指，立刻便有两团乌龟状的手影在桌布上晃动起来，"您把什么叫做动荡？是那个挂着拐杖的老巫婆[①]吗？是她砸碎了所有的玻璃，还是她弄坏了所有的灯泡？可根本就没有什么老巫婆啊。您觉得什么才叫动荡？"菲利

[①] 指俄罗斯民间传说中的巫婆。

普·菲利波维奇转向餐柜,怒气冲冲地质问一只头朝下倒挂着的倒霉的硬纸板鸭子,随后又自问自答:"动荡不安就是:如果我,每天晚上不能做手术,而是在自己家里搞大合唱,那我家里就会动荡。如果我,去洗手间,请原谅我的粗鲁,撒尿撒在马桶外,而季娜和达莉娅·彼得洛夫娜也这么干,那么洗手间就会动荡。所以说,动荡的原因不在厕所里,而是在人的脑子里。说实话,只要听见那些男中音大喊什么'制止动荡'——我就觉得好笑。(看着菲利普·菲利波维奇的脸扭曲得不像样,被咬的人吓得张大了嘴。)我可以发誓,我真的觉得可笑!很显然,这些人个个都有必要做个开颅清理手术!只要他把脑子里各种各样的幻象都抠出去,再好好清理干净脑子里的草窝——这才是他应尽的本分——那时候动荡自然就没有了。同时敬畏两个上帝是不可能的!不可能在打扫有轨电车轨道的同时,又要安排好什么西班牙流浪汉的命运!① 这谁都做不到,大夫,更何况这些人还落后于欧洲文明 200 年,直到现在连自己的裤子还系不顺呢!"

菲利普·菲利波维奇越来越慷慨激昂,鹰钩鼻子一鼓一鼓的。

吃饱后他精力充沛,像一个古代的先知一样,声如洪钟,锃亮的脑袋银光闪闪。

他的话犹如来自地底沉闷的轰鸣,一阵阵地冲击着昏睡

---

① 西班牙流浪汉是指 20 世纪 20 年代席卷欧洲的西班牙流行性感冒。

不祥的蛋·狗心

中的狗。狗在梦中一会儿看见猫头鹰傻愣愣地瞪着黄眼珠,一会儿又看见头戴白色脏帽子的厨师可耻的嘴脸,一会儿又看见刺眼的灯泡下,菲利普·菲利波维奇趾高气扬的短髭,再后来,连这架载着梦境的雪橇也吱嘎作响地不见了踪影。狗的胃里,那块已经支离破碎的烤牛肉正在胃液中漂浮着,慢慢地消化。

"凭他的口才,在集会上演讲一定赚大钱。"狗昏昏沉沉地浮想联翩,"他的精明强干真是没得说。不过,看起来他的钱现在也已经多得花不完了。"

"警察!"菲利普·菲利波维奇大叫,"警察!——'呜呜——呜——呜!'"狗的脑袋里仿佛有气泡炸裂了⋯⋯

"警察!这是唯一的办法,不管他佩戴号牌还是头戴红帽。每一个人身边都应该配一个警察,好让他管住这些公民引吭高歌的冲动。照您说的——都要怪动荡。可我要说,大夫,只要不把那些唱歌的人管得服服帖帖,我们楼里一切都不会变好,其他任何一栋楼里也一样!只要他们不再举办演唱会了,情况自然就会好起来。"

"您说的可都是反革命言论啊,菲利普·菲利波维奇。"被咬的人半开玩笑地提醒,"上帝保佑,可别让外人听见了。"

"没什么危险的。"菲利普·菲利波维奇激动地反驳,"一点也不反革命。顺便说一下,听到这个词,我就完全受不了。根本就不明白——这个词究竟是什么意思?鬼才知道!所以我说:我的话一点都不反革命。我说的都是健全的理性，是生活的经验。"

说着，菲利普·菲利波维奇拽住白得发亮的折角，把餐巾布从领子里拉出来，揉成一团，放在那杯还没喝完的酒旁边。被咬伤的帅哥立刻站起身来道谢："梅尔西。"

"等一下，大夫！"菲利普·菲利波维奇叫住他，从裤子口袋里掏出了钱包。他眯起眼睛，点了几张白色的纸币，递给被咬伤的帅哥："伊万·阿尔诺尔多维奇，这是您今天的报酬，40卢布。您拿着。"

被狗咬了的帅哥恭敬地道了谢，红着脸把钱塞进西服口袋。

"今晚还需要我做什么吗，菲利普·菲利波维奇？"他问。

"不了，谢谢您，亲爱的。今天没有事情了。首先，兔子死了，其次，今天大剧院上演《阿伊达》。我好久没去听了。我喜欢那一段……您还记得吗？二重唱……塔哩——啦——哩。"

"您怎么还会有时间，菲利普·菲利波维奇？"医生表示钦佩。

"不徐不疾，事事如意。"主人用一副谆谆教导的口气解释，"当然啦，要是我也东跑西颠地去开会，成天像夜莺一样放声高歌，不去做自己分内的事，那我就真的来不及做任何事情了。"这时，菲利普·菲利波维奇手指下方的口袋里响起了报时的音乐声。"已经过8点了……我还能赶上第二幕……我赞成各司其职。大剧院里就该唱歌，而我就该做手术。这样多好,根本就不会动荡……对了,伊万·阿尔诺尔多维奇,还得请您多留心:一旦有符合条件的死人,立刻卸下停尸台,泡到培养液里,给我送来!"

"您尽管放心,菲利普·菲利波维奇,病理解剖师们已经答应我了。"

"太好了,那我们就先观察这条神经衰弱的流浪狗吧。等它半边身子的伤口愈合了再说。"

"这是在关心我呢。"狗心想,"他人真好。现在我知道他是谁了。他准是狗的童话故事里的魔术师、魔法家和巫师……所有的这些事情总不可能是我做梦梦见的吧。可万一——真的是在做梦呢?(狗在梦里浑身一哆嗦。)一旦我醒过来……这一切都没了。没有罩着丝绸的电灯,没有暖气,也没有饱饭吃。眼前还是那个门洞,冻死人的严寒,结了冰的柏油马路,饥饿、凶残的人们……食堂,大雪……上帝啊,那我可就惨了!……"

不过这一切都没有发生。倒是那个门洞,像噩梦一样消失了,而且再也没有出现过。

看来,动荡也不是那么可怕的。虽说是动荡时期,但窗台下手风琴一样的灰色暖气片还是每天热两次,热浪浸没了整套公寓。

现在一切都清楚了:狗抽到了一张鸿运当头的狗牌。它现在每天至少两次热泪盈眶,以表达对普列奇斯坚卡大街这位土地爷的感激之情。除此之外,所有客厅里的、候诊室橱柜之间的穿衣镜中,也都每每映照出一条幸运而又英俊的狗。

"我是一条帅狗。也许,我是不为人知的化名的狗王子呢。"端详着镜子深处那条一脸满足、正来回走动的咖啡色长毛狗,狗想入非非了,"很有可能,就是我奶奶和水上救生犬有过一段孽缘。我说呢——我的脸上怎么会有块白斑。请问,是从哪儿来的?菲利普·菲利波维奇这么一个很有品味的人——他可不会随便捡一条杂种狗回来。"

一个星期内,狗吃掉的东西能抵得上它在外面食不果腹一个半月的伙食。当然,这还仅仅是按照重量计算的。如果要说质量,那菲利普·菲利波维奇家里的食物就更不用说了。即使不把达莉娅·彼得洛夫娜每天在斯摩棱斯克市场上花18戈比买的一大堆碎肉计算在内,每晚7点喂给它的晚饭也营养足够了。尽管优雅的季娜抗议过多次,但狗仍被留在了餐厅里。正是在每次用餐的时候,菲利普·菲利波维奇实至名归地荣膺了上帝的称号。狗会两条后腿直立起来,咬住他的西服。狗还记住了菲利普·菲利波维奇按门铃的方式——接连两下响亮的铃声,那就是主人按的。它便一声犬吠,飞也似地冲到前厅去迎接。主人披着玄狐毛皮大衣迈步进门,无数晶莹的雪花闪闪发光,浑身上下散发着橘子、雪茄、香水、柠檬、汽油、花露水和呢绒的气味。他的声音也立刻像发号施令的扩音器,传遍了整套公寓。

"你这猪头,干吗把猫头鹰扯碎了?它怎么你了?怎么你了,我问你?干吗把梅奇尼科夫教授[①]的雕像也砸了?"

---

① 俄罗斯著名的生物学家。

"菲利普·菲利波维奇,这条狗就该用鞭子结结实实地打,哪怕就打一次也好,"季娜怨气冲天,"要不然它就完全给宠坏了,您看看,它把您的胶鞋咬成什么样了。"

"打可不行。"菲利普·菲利波维奇激动起来,"这一点你要永远记住。人也好,动物也好,只能劝导。今天肉喂过了吗?"

"老天,它已经把家里吃空了。您都多余问,菲利普·菲利波维奇。我就纳闷了——它怎么就撑不死。"

"它能吃就让它吃吧……猫头鹰怎么你了,坏蛋?"

"呜——呜!"狗仿佛讨好似的一声哀叫,摊开爪子,肚子贴地爬了开去。

但紧接着,伴随着一阵嘈杂,狗被揪住脖颈,拽着穿过了候诊室,一径被拖进了办公室。狗不停地低声叫着,反抗着,拽住地毯,屁股蹭地,就像是在演马戏。办公室中间的地毯上,躺着玻璃眼珠的猫头鹰,已经被开膛破肚,几根红色的布条暴露在外面,散发着一股卫生球的气味。

桌子上散落着砸碎了的雕像碎片。

"我特意没收拾,就是想让您好好看看。"季娜痛心不已地汇报,"它居然跳上桌了,混账东西!咬住猫头鹰的尾巴——咔地一下!我还没来得及反应过来,它已经把猫头鹰扯碎了。菲利普·菲利波维奇,您把它的脸往猫头鹰身上撞几下,让它知道弄坏东西的下场。"

狗开始叫起来。虽然它死死扯住地毯,可还是被拖去撞猫头鹰。于是狗便泪如雨下,心中叫苦:"打我吧,只要不把我赶出去就行。"

"今天就把猫头鹰送去给标本匠。另外,我给你8卢布,还有15戈比坐有轨电车的钱,你去缪尔百货店①给它买一副好一点的带链条的项圈。"

第二天狗就被戴上了漂亮的宽皮带项圈。刚开始的时候,一看到镜子里的自己,狗立刻沮丧不已,夹紧了尾巴跑进浴室,想方设法要在柜子或者抽屉上把项圈蹭断。但很快狗就明白了,它的这种做法实在愚蠢透顶。季娜牵着链条带它去奥布赫夫胡同溜达,狗觉得自己像个囚犯一样,满心羞愧。但沿着普列奇斯坚卡大街一直走到基督教堂后,它彻底领悟了项圈在生命中的意义。一路之上,所有遇到的狗都对它报以疯狂嫉妒的眼神。缪尔特威胡同旁,还有一条瘦高的断尾巴野狗对它一通乱叫,骂它是"老爷家的奴才"和"走狗"。穿过有轨电车轨道的时候,连一个警察也朝项圈投来善意和尊敬的目光。当他们走到家门口的时候,更是发生了闻所未闻的事情:门卫费奥多尔亲自打开了大门,把沙利克放了进去,还对季娜夸道:

"呵,菲利普·菲利波维奇的长毛狗养得真不错。肥得流油啊。"

"能不肥吗,吃得比六条狗还多。"漂亮的季娜给出了解释,她的两颊冻得通红。

---

① 莫斯科最大的购物中心ЦУМ(中央百货商店)的前身,位于彼得罗夫卡的综合商场。

"原来项圈就跟皮包一样。"狗不无俏皮地暗自得意,便晃动着屁股,老爷一样走上了二楼。

享受了项圈带来的好处后,狗造访了这个天堂里最重要的地块,也就是迄今为止仍严厉禁止它进入的地方——厨娘达莉娅·彼得洛夫娜的王国。整套公寓都比不上达莉娅王国里两寸见方的小角落。上方铺着瓷砖的黑色炉膛里,终日不断地喷着熊熊的火苗。烤箱里噼啪作响。暗红色的火苗,舔亮了达莉娅·彼得洛夫娜脸上从不褪色的热辣和饥渴的情欲。她脸上亮闪闪地泛着油腻,时髦的鬈发挂在耳边,浅色的头发在后脑勺被挽成一个髻,22颗人造钻石在上面光芒四射。金黄色的锅子贴着墙壁在挂钩上排成一溜,整个厨房充斥着各色气味,盖着盖子的容器里咕嘟的沸腾声和咝咝的冒气声不绝于耳……

"滚!"达莉娅·彼得洛夫娜一声大吼,"滚,你这个撒野的小偷!跑这里来添乱!看我用炉条打死你!……"

"你说什么呢?喂,叫什么叫?"狗讨好地眯起眼睛,"我怎么会是小偷?您没看见我戴着项圈吗?"它把脸探了进来,侧着身子钻到门里。

沙利克这条狗也许掌握了某种征服人心的秘诀。两天后它已经躺在煤篓边,看着达莉娅·彼得洛夫娜忙碌了。只见她操起锋利而又狭长的菜刀,剁掉瘫软的松鸡的头和爪子,随后,像个凶残的刽子手一样,剥下骨头上的肉,从鸡肚子里掏出内脏,又把什么东西放进绞肉机绞碎。此时,沙利克便趁机撕咬松鸡的头。达莉娅·彼得洛夫娜又从盛着牛奶的小碗里捞出几块浸透的面包，在砧板上和肉糜拌在一起，浇上奶油，撒上盐，最后在砧板上摊成一块块肉饼。炉膛里的火呼呼直冒，堪比火灾现场，平底锅里咕嘟嘟地冒着泡，油花四溅。风门不时地被火苗啪地弹起，露出火舌翻滚、烈焰辉映的可怕地狱。

晚上，火盆大口熄灭了，厨房窗口只有下面一半遮上了白色的小窗帘，而透过上半个窗口仍能看到普列奇斯坚卡大街已是浓重而又肃穆的夜色，一颗孤星在眨着眼。

厨房的地板还是湿漉漉的，锅子隐隐约约闪着神秘的光，桌子上放着一顶消防帽。沙利克躺在炉台上，活像大门口的石狮子，它好奇地竖起一只耳朵，窥视着季娜和达莉娅·彼得洛夫娜的房间。只见开着一条缝的门背后，有个腰间系着宽皮带的黑胡子男人，正激动不已地抱住了达莉娅·彼得洛夫娜。她的脸上依旧燃烧着饥渴与情欲，只是敷了太多粉底的鼻子看上去毫无生气。一道光正透过门缝落在黑胡子的脸上，他嘴里叼着的一朵复活节玫瑰花垂落下来。

"你中邪了，这么缠着我，"达莉娅·彼得洛夫娜在幽暗中嗔怪道，"快放开！季娜就要回来了。你这是怎么了，难道也做了手术变年轻了？"

"我们可用不着这个。"黑胡子气喘吁吁，难以克制自己的激情，"您就是一团火啊！"

普列奇斯坚卡大街的那颗星星，每天晚上都会被沉重的窗帘遮住。如果大剧院没有上演《阿伊达》，如果全俄罗斯外科医学协会也没有召开例会，那么这个时候上帝就应该深深陷在办公室的扶手椅里。此时天花板下的灯关着,只有桌子上亮着一盏绿色的台灯。

而躺在地毯上阴影里的沙利克,刚好全神贯注地目睹了一些可怕的事情。在几个盛有刺鼻难闻的浑浊浆液的玻璃容器中,浸泡着人的脑髓。上帝的双手戴着褐色胶皮手套,臂肘裸露在外。只见他滑腻腻圆滚滚的手指在曲折的脑回中游走。

上帝还时不时拿起小巧锃亮的手术刀,轻轻地切开富有弹性的黄色脑髓。

"驶向尼罗河神圣的彼岸。"上帝咬着嘴唇,回想起大剧院里金碧辉煌的景象,轻声哼唱了一句。

暖气管这时烧到了最热的温度。热量通过管子直达天花板,再从天花板延伸到整个房间,狗的皮毛一下子恢复了光亮,尽管菲利普·菲利波维奇还没有亲自给他梳毛,但是已经可以预见,跳蚤早晚难逃一死。地毯压低了公寓里的声响。随后入口处的门,远远清脆地响了一阵。

"琴卡①看电影去了。"狗暗自盘算,"等她回来,就能吃到夜宵了。今天,应该会有小牛排吧!"

* * *

这是可怕的一天,沙利克一大清早就被不祥的预感刺痛了。于是它便猝然哀嚎起来。半碗燕麦粥和昨天吃剩的羊骨头就是它的早餐,它也吃得味同嚼蜡。它百无聊赖地走进候

---

① 季娜的昵称。

诊室，对着自己在镜子里的影子低低吠了一声。但是，除了白天季娜牵着它去林荫路遛了一次弯以外，这一天过得倒也没什么特别的。今天没有门诊病人，因为周二本来就是不接诊的。所以上帝坐在办公室里，几本印有五颜六色插图的厚厚的书摊开着放在桌上。大家都在等待用餐时间。狗一想到今天的第二道菜是火鸡——这是它在厨房获取的可靠情报——它的心情多少有点好转了。经过过道的时候，狗听见菲利普·菲利波维奇的办公室里突然响起了刺耳的电话铃声。菲利普·菲利波维奇拿起听筒，仔细听了一会儿，立刻变得兴奋起来。

"太好了。"这是他的声音，"现在您就送过来，马上！"

接着他便手忙脚乱起来，按响电铃，对进来的季娜下达了立刻用餐的命令。

"上菜！上菜！上菜！"

餐厅里顿时响起盘子的碰撞声，季娜来回奔忙，而厨房里却传来达莉娅·彼得洛夫娜的抱怨，说火鸡还没有熟。狗的心里再次有了紧张不安的感觉。

"我讨厌家里乱哄哄的。"狗忐忑不安起来……它刚这么一想，乱哄哄的气氛骤然变得更加令人紧张了。这全都得怪先前被它咬过的博尔缅塔尔大夫。他带来一个臭气熏天的箱子，甚至还没有脱外套，就拎着箱子穿过过道直奔检查室。菲利普·菲利波维奇立刻放下了还没喝完的咖啡——这样的事情可从未有过，迎着博尔缅塔尔跑了出去——这样的事情也从未有过。

"什么时候死的?"他大声问。

"三个小时以前。"博尔缅塔尔连落满了雪花的帽子都没有摘下,便立即打开了箱子。

"这是什么人死了啊?"狗的心里掠过一阵沮丧和不快,随即一头钻到了教授脚下,"大家都团团转的样子,真让人受不了。"

"别碍手碍脚,走开!快,快,快!"狗似乎觉得,菲利普·菲利波维奇的叫喊声响彻了所有的角落,所有的电铃也都被他按响了。季娜跑了过来。"季娜!快把达莉娅·彼得洛夫娜叫过来,让她记录来电,谁都不准接待!我需要你帮忙。博尔缅塔尔大夫,求求您,抓紧时间,快,快!"

"好烦啊,真讨厌。"狗抱怨地皱起了眉头,转身去其他地方溜达了,而此时的检查室已经乱作一团。季娜的身上突然多了一件殓衣一样的白大褂,只见她从检查室跑去了厨房,转眼又跑了回来。

"这是怎么了,去找吃的吗?随他们怎么乱去吧。"狗刚刚打定了主意,却突然发生了意想不到的事情。

"什么都不要给沙利克吃。"检查室里雷鸣般的一声令下。

"你一定要看住它。"

"把它关起来!"

于是沙利克被哄进了浴室,关了起来。

"真可恶。"沙利克只好坐在昏暗的浴室里暗自埋怨,

"这也太傻了……"

就这样,它在浴室里待了大约有一刻钟,心里面七上八下,一会儿怒火中烧,一会儿又颓废沮丧。这一切都显得那么地无聊,那么地不明不白……

"好吧,您就等着明天穿胶鞋吧,最最尊敬的菲利普·菲利波维奇。"它暗自盘算着报复的计划,"既然已经买过两双了,那就再买一双吧。您以后就不会再把狗关起来了。"

但是它这个恶狠狠的念头突然被打断了。不知道为什么,它突然间清晰地回忆起了儿时生活的片段——就在普列奥布拉任斯基城关①旁边,有一个宽敞的大院子,洒满了阳光,太阳被酒瓶子折射得支离破碎,碎裂的砖块,还有一条无忧无虑的流浪狗。

"不,想到哪儿去了,再自由我也不愿意离开这里,干吗要骗自己呢,"狗呼哧呼哧地吸着鼻子,怀念着过去,"我已经习惯了。谁让我是老爷家的狗呢,是有修养的动物,是见过世面的。再说了,自由算得了什么?只不过就是迷障、是幻觉、是假象……不过是那些时运不佳的平民在胡说八道……"

可是不一会儿,浴室里的昏暗似乎变得狰狞起来,于是它一声嚎叫,猛地撞向房门,用爪子不住地挠起门来。

"呜——呜——呜!"它的哀嚎就像空桶里的回声,顿时传遍了公寓。

---

① 这是一处广场所在地,与主人公同姓,但两者之间并没有联系。

"我一定要再去找猫头鹰算账。"狗狂躁不安,却又毫无办法。过了一会儿,它累了,便躺了一会儿。可当它站起来的时候,浑身的毛发都一根根竖了起来,因为它似乎在浴盆里看到了一双丑陋不堪的狼的眼睛。

就在它焦躁近乎发狂的时候,门被推开了。狗赶紧走了出去,它抖了抖毛,满心不痛快地朝厨房走去。但季娜却一把拉住项圈,使劲地把它拽进了检查室。狗的心底泛起一阵凉意。

"这是要我去做什么?"狗满腹疑云,"那半边伤口长好了啊,真搞不懂。"

于是狗在镶木地板上四脚打滑地被拖进了检查室。屋子里从未见过的照明立刻震撼了它。天花板上白色的灯球亮得刺眼。白色的光芒中站着一位祭司,正含糊不清地哼唱着尼罗河神圣的彼岸。不过凭着模糊的气味,狗好歹辨认出来,那就是菲利普·菲利波维奇。一顶白色圆帽子盖住了他修剪过的白发,让人想起牧首的僧帽。此刻的上帝从头到脚一身白,外面还系着一条狭长的橡胶围裙,也像极了神甫胸前绣着十字架的长巾。他的两手已经戴上了黑手套。

同样戴着僧帽的还有被咬的那个人。长桌子已经被摆开,边上还推来了一张闪闪发亮的四角小方桌。

狗在这里最恨的,就是被它咬过的那个人,尤其痛恨他今天的眼神。平时他的眼神充满了勇气和坦率,而现在他的目光却左顾右盼地回避着狗的眼睛。他的眼神里透露着警觉和虚伪,内心深处显然隐藏着不可告人的勾当,甚至有可能是一整套犯罪计划。狗焦虑而又闷闷不乐地看了看他，便躲到角落里去了。

"季娜，把项圈摘了。"菲利普·菲利波维奇轻声吩咐，"当心别把它惹急了。"

季娜的眼神立刻变得像那个被咬的人一样可恶。她走到狗的跟前，明显是故作姿态一般抚摸了几下。狗焦躁不安而又不无鄙夷地看了看她。

"好吧……你们有三个人呢。想要项圈，就拿去吧。真替你们害臊……总得让我知道，准备拿我干吗吧……"

季娜解开项圈，狗甩了甩头，鼻子里出了口气。被咬的人随即出现在它眼前，身躯高大魁伟，浑身散发着一股难闻而又恶心的气味。

"呸，好难闻……我怎么感觉那么恶心呢，好害怕……"狗一边想着，一边朝后退去。

"抓紧时间，大夫。"菲利普·菲利波维奇有点不耐烦了。

空气中骤然弥漫起一股甜丝丝的气味。被咬的人两眼警惕而又凶狠地盯着狗，从背后猛地抽出右手，迅速用一团湿漉漉的棉花捂住了狗的鼻子。沙利克一时间惊得不知所措，感觉有点头晕，但它还是及时跳开了。但被咬的人一个箭步跟了上来，再次用棉花蒙住了它的脸。狗顿时觉得喘不过气来，但它又一次挣脱了。"恶棍……"它心里只骂了一句，"想干吗啊……"脸再次被蒙住了。也就在这一刻，狗仿佛觉得检查室的中央突然出现了一汪湖水，湖面漂着几条小船,上面坐着几只快乐无比的狗,它们都来自阴曹地府,个个都长着粉红色的毛。狗腿仿佛失去了骨架,终于撑不住弯了下去。

"上手术台!"菲利普·菲利波维奇兴奋的声音泉水般喷涌而出,随即便散落成了橙色的水柱。恐惧感消失了,取而代之的是喜悦。大约有两秒钟的时间,渐渐昏死过去的狗喜欢上了被咬的人。接着整个世界都颠倒了乾坤,但还是能感觉到有一只冰凉却又温柔的手触摸到了它肚子的下方。然后——什么都不知道了。

第四章

沙利克四仰八叉地躺在狭长的手术台上,它的头无力地敲打着白漆布枕头。肚子上的毛已经被剃干净了,博尔缅塔尔大夫正喘着粗气给沙利克剃头,推子迅速地在毛发里游走。菲利普·菲利波维奇两只手掌撑在手术台边,两眼就像他的金边眼镜一样闪闪发光,他一边关注着剃头的进程,一边兴奋地说:

"伊万·阿尔诺尔多维奇,我进行到蝶鞍①的时候,才是最关键的时刻。求您,那一刻您要立即把脑垂体递给我,并且马上缝合。要是那个时候伤口出血,那我们就会失去时间,这条狗也保不住了。不过,对它来说本来就没什么机会。"他沉默片刻,眯起眼睛,看了看似乎嘲笑般半睁的狗眼,又说:"其实,我挺可怜它。不瞒您说,我已经习惯它了。"

只见他高高扬起双手,就像是在为大难临头的沙利克祈福,以感激它建立的丰功伟绩。他的动作异常小心,尽量不让一粒灰尘落到黑色橡胶手套上。

剃光了毛的狗头露出了白森森的头皮。

博尔缅塔尔扔掉推子,换了一把剃刀。他在一动不动的小脑袋上抹上了肥皂,开始刮了起来。剃刀发出咔咔的脆响,有些地方还渗出了血。刮完以后,被咬的人用浸过汽油的棉球把头部擦擦干净,然后又把光秃秃的狗肚子抻开,气喘吁吁地说:"好了。"

季娜拧开盥洗池的水龙头,博尔缅塔尔便立刻跑去洗手。季娜又从玻璃瓶里往他手上浇了些酒精。

"我可以走了吗,菲利普·菲利波维奇?"她怯生生地瞄了一眼狗的光头。

"去吧。"

季娜走了出去。博尔缅塔尔接着忙碌。他用几块轻飘飘的纱布把沙利克的脑袋严严实实地缠了起来,于是枕头上便出现了一个谁也没见过的狗头盖骨——光溜溜的,还有一张长着胡子的奇形怪状的狗脸。

这时,祭司的身体动了一下。只见他挺直了身板,看了看狗头说:

"好吧,上帝,保佑我们吧。刀。"

博尔缅塔尔从桌子上一堆闪闪发光的器具里抽出一把小巧的圆肚手术刀,递给了祭司。随后他也戴上了和祭司一样的黑手套。

"睡着了?"菲利普·菲利波维奇问。

"睡着了。"

于是菲利普·菲利波维奇咬紧了牙关,眼里射出紧张而

---

① 大脑内的一个部位,垂体窝和鞍背的合称。

又坚定的光，只见他手术刀一挥，便准确地在沙利克肚子上拉开一道长长的口子。皮肤立刻向两边分开，鲜血四溅。博尔缅塔尔迅速冲上前去，用纱布团按住了沙利克的伤口，随即用几把夹方糖似的小钳子钳住伤口边缘，血便止住了。博尔缅塔尔的额头上冒出了细小的汗珠。菲利普·菲利波维奇又划了一刀，沙利克的腹腔便被更多的钩子、手术钳和弧形箍撑开了一个大洞。渗着血滴的红色、黄色内脏组织挣脱了出来。菲利普·菲利波维奇用手术刀在狗身体里拨弄了几下，叫道："剪子！"

手术器械在被咬的人手里像变魔术似的一闪而过。菲利普·菲利波维奇紧接着便探入纵深，手在沙利克体内转了几下，取出了还带着边缘组织的睾丸。因为过于专注和兴奋，博尔缅塔尔已经通身是汗，他赶紧跑去打开一个玻璃容器，从里面取出了另一副湿漉漉耷拉着的睾丸。短小而又湿淋淋的筋脉在教授和他助手的手中来回跳动卷曲。随着圆针窸窸窣窣地在钳子之间穿梭，这对睾丸就被缝进了沙利克的体内。祭司仰身离开伤口，用纱布按住止血，立刻又命令：

"马上把皮肤缝上，大夫。"随即扭头看了看墙上的白色圆钟。

"花了14分钟。"博尔缅塔尔从牙缝中挤出几个字，便立刻将圆针刺入了松松垮垮的皮肤。随后，两个人便像急于行凶的杀人犯一样激动起来。

"刀。"菲利普·菲利波维奇叫。

手术刀就像是自己蹦到了他的手里，菲利普·菲利波维奇也立刻目露凶光。只见他龇着陶瓷金牙套，只一个动作便在沙利克的脑袋上割出一道红色的环。剃光了毛的头皮被整整齐齐地揭了下来，露出了头盖骨。只听菲利普·菲利波维奇叫道：

"环钻！"

博尔缅塔尔马上递给他一柄亮闪闪的手摇柄。菲利普·菲利波维奇紧咬嘴唇，将手摇柄刺进沙利克的头骨，开始钻孔。他围着整块头盖骨钻出几个相隔一厘米的小孔，每钻一个孔都用时不到五秒钟。随后拿起一把外形奇特的锯子，将末端伸进第一个孔眼，开始像制作女士首饰盒子一样锯了起来。头骨颤抖着，发出轻轻的吱吱声。三分钟后，沙利克的头盖骨被卸了下来。

沙利克的脑颅就这样被暴露出来——布满了青灰色的筋脉和浅红色的血斑。菲利普·菲利波维奇用剪子刺破脑膜，把脑膜撕开。一小股细细的血柱激射出来，差点没射到教授的眼睛里，却溅在了他的帽子上。博尔缅塔尔拿起扭转镊子猛虎般地扑上去止血，血被止住了。博尔缅塔尔此时已经汗流如注，脸上的肌肉鼓起，看上去五颜六色的。他的目光不断穿梭在教授的双手和器械桌上的盆子之间。菲利普·菲利波维奇彻底暴露了自己狰狞的一面，鼻孔里咝咝作响，连牙龈也露了出来。他剥光了脑膜，把手探入了深处，从打开的颅腔里移出了半球状的脑子。博尔缅塔尔顿时脸色苍白，他用一只手按住沙利克的胸口，气喘吁吁地说：

"脉搏急剧下降……"

菲利普·菲利波维奇像头野兽一样地看了看他,不知道说了句什么,把手探得更深入了。博尔缅塔尔啪地打开一支安瓿瓶,把药液吸进注射器,狠狠地在沙利克的心脏边打了一针。

"我快要摸到蝶鞍了。"菲利普·菲利波维奇一声大叫,只见一双滑腻腻沾满了鲜血的手套从颅腔里托出了沙利克灰黄色的脑髓。他迅速地朝沙利克的脸瞥了一眼,与此同时,博尔缅塔尔又打开一支安瓿瓶,把黄色的药液吸进长长的注射器。

"打到心脏里面吗?"他有点胆怯了。

"还问什么?"教授凶狠地大吼,"反正它在您手里死过不下五回了。快打啊!这还用想什么?"此刻的他活像一个斗志昂扬的强盗。

大夫一挥手,把针头扎进了沙利克的心脏。

"还活着,不过就剩一口气了。"他似乎有点信心不足。

"现在没时间讨论这些——活着还是死了。"满脸狰狞的菲利普·菲利波维奇嗓子都哑了,"我摸到蝶鞍了。它反正活不了了……唉,你怎么……'驶向尼罗河神圣的彼岸'……脑垂体递给我。"

博尔缅塔尔把一个玻璃容器递给他,里面有个白色的块状物用细线系着悬浮在黄色液体里。"在欧洲是没人能比得上他了……真不是吹牛!"博尔缅塔尔暗自佩服,只见教授用一只手取出晃荡着的块状物,另一只手同时拿起剪子,在敞开的半球体深处剪下了同样一团块状物。接着,他把沙利克的块状物扔进一个盘子,把新的块状物连同细线一起塞进了脑袋里。他短粗的手指此刻似乎奇迹般变得又细又软,居然能用琥珀色的细线把脑垂体缠绕固定起来。随后,他扔掉了脑腔里的支撑架和钳子,把脑髓藏进了颅腔,仰起身子,用稍稍平缓的口气问道:

"死了,是吧?……"

"脉搏很弱。"博尔缅塔尔回答。

"再打一针肾上腺素。"

教授把脑膜在脑子上铺开,又把锯开的头盖骨卡回原来的位置,再把头皮盖上,大声下令:

"缝合!"

博尔缅塔尔虽然只用五分钟就缝合了头皮,却也折断了三根针。

于是,被鲜血染红了的枕头上出现了沙利克僵硬而又呆滞的脸,头上多了一圈环形的伤口。这时候,菲利普·菲利波维奇才像一个喝足了血的吸血鬼一样,彻底挺直了腰板。他扯下一只手套,汗水立刻雨一样洒了出来,另一只手套却扯破了,被直接扔到了地上。接着他便按响了墙上的电铃。季娜出现在了门口,不过她扭过头去,不愿意看见浑身是血的沙利克。祭司用惨白的双手摘下沾着鲜血的帽子,大声吩咐:

"季娜,赶紧给我拿一支卷烟来。拿一套干净的内衣,把浴缸准备好。"

他把下巴支到手术台边上，用两个手指扒开狗的右眼皮，仔细看了看显然快断气的眼睛：

"真是见鬼了。还没死呢。呵，反正会死的。唉，博尔缅塔尔大夫，这条狗真可怜，其实它挺温顺的，虽然有点狡猾。"

第五章

博尔缅塔尔大夫笔记摘要

（一本薄薄的笔记本。满满的全是博尔缅塔尔的笔迹。前两页笔迹还算工整,虽密密麻麻,但字迹清晰。写到后面,字迹越来越奔放,似乎情绪激动,有大量的涂改墨迹。）

* * *

1924年12月22日,周一。病历。

实验用狗,大约两周岁。雄性。品种:杂种。昵称——沙利克。毛发稀少,生长不均,呈褐黄色,间有淡色斑点,尾巴为乳黄色。身体右侧有烫伤痊愈的疤痕。营养状况:教授收养前不良,一周后——极肥。体重8千克(惊叹号)。

心脏,肺部,胃部,体温……

* * *

12月23日。

晚上8点30分,按照普列奥布拉任斯基教授的设想,进行了全欧洲第一例手术:在氯仿麻醉下,切除沙利克的睾丸,并移植成年男子的睾丸、附睾和精索以取代之。该男子

28岁，于手术前4小时4分去世，其生殖系统按照普列奥布拉任斯基教授的要求，被保存于消毒生理液中。

移植后立即用环钻开颅法锯掉头盖骨——取出脑垂体，并用该男子的脑垂体取代之。

注射8毫升氯仿，1针樟脑，心脏注射2针肾上腺素。

手术创意：实施普列奥布拉任斯基教授的综合移植脑垂体与睾丸实验，以阐明脑垂体的成活性，并确定其成活后对人体器官年轻化的影响。

主刀人：菲·菲·普列奥布拉任斯基教授。

助手：伊·阿·博尔缅塔尔大夫。

术后夜间：脉搏反复剧烈下降，随时可能致命。按照普列奥布拉任斯基教授的要求，注射大剂量樟脑。

* * *

12月24日。

早晨——情况有所好转。呼吸速率提高一倍，体温42℃。皮下注射樟脑、咖啡因。

* * *

12月25日。

情况再次恶化。脉搏极其微弱，四肢冰冷，瞳孔没有反应。按照普列奥布拉任斯基教授要求，心脏注射肾上腺素，樟脑，静脉注射生理液。

* * *

12月26日。

略有好转。脉搏180，呼吸92，体温41℃。樟脑，流质灌肠喂食。

* * *

12月27日。

脉搏152,呼吸50,体温39.8℃,有瞳孔反应。皮下注射樟脑。

* * *

12月28日。

情况大为好转。中午突然大量出汗,体温37.0℃。手术伤口没有变化。重新包扎。

出现食欲。流质喂食。

* * *

12月29日。

突然发现前额与躯干两侧有毛发脱落。

邀请皮肤病教研室教授瓦西里·瓦西里耶维奇·本达廖夫和莫斯科示范兽医学院院长共同会诊。他们一致认为,该现象未见有相关文献报导,未作确诊。体温37.0℃。

(以下用铅笔记录)

晚间出现第一次叫声(8点15分)。音色的大幅变化和音调的降低值得关注。"汪——汪"的叫声被"啊——噢"的音节取代,听上去似乎有点像呻吟。

12月30日。毛发脱落发展到了全身。

体重称量的结果大出意外——由于骨骼的生长(长长了),居然有30公斤。狗仍卧床。

* * *

12月31日。

食欲极佳。

(本子上有涂改墨迹。墨迹后面是急速记录的笔迹)

中午12点12分,狗清晰地叫出了"а-б-ыр"。

* * *

(本子里的记录中断,接下去显然是因为激动写错了)

12月1日。(划掉,修改) 1925年1月1日。

早上拍了照片。幸福地叫着"абыр",并响亮而又欢快地再三重复这个单词。下午3点(用大写体注明)居然笑出声来,把女仆季娜吓得昏了过去。晚上连着8次重复叫着"абыр-валг","абыр"。

(用铅笔斜体字标注):教授破译了单词"абырвалг"的含义,原来是倒过来念的"渔业总局"……真是匪夷所思……

* * *

1月2日。

用镁光灯拍摄了它微笑时的照片。下了床,还稳稳当当地用后腿直立着站了半个小时。个子也快和我差不多高了。

(本子里夹了一张纸片)

俄罗斯科学界差点遭受巨大损失。

菲·菲·普列奥布拉任斯基教授病历。

1点13分——普列奥布拉任斯基教授昏迷不醒。跌倒时头撞到了椅子腿。外伤。

狗当着我和季娜的面(当然,如果还能称其为狗的话)居然对普列奥布拉任斯基教授的母亲出言不逊。

　　　　　　＊　＊　＊

（记录中断）

　　　　　　＊　＊　＊

1月6日。(一会儿用铅笔，一会儿又用紫色的水笔)

今天，它的尾巴脱落以后，非常清晰地说出了"啤酒馆"。有录音。鬼知道这是怎么回事。

　　　　　　＊　＊　＊

我束手无措。

　　　　　　＊　＊　＊

教授已经取消门诊。从下午5点开始，这怪物在检查室里踱来踱去，真切地听到它下流的叫骂声，还夹杂一两句"再来两个"。

　　　　　　＊　＊　＊

1月7日。

它已经会说很多单词了："车夫"，"客满"，"晚报"，"给孩子们最好的礼物"以及俄语词汇中所有骂人的脏话。

它的样子很奇怪。只头顶、下巴和胸口还剩有毛发，其他部位都已经光秃了，皮肤松弛。性器官逐渐凸显出男性特征。颅骨明显增大。前额低斜。

　　　　　　＊　＊　＊

说实话，我快要疯了。

　　　　　　＊　＊　＊

菲利普·菲利波维奇仍然抱恙。观察工作主要由我完成。(录音，拍照)

* * *

市里面已经谣言四起。

* * *

恶果不断。今天白天,那些游手好闲之徒和老太太们挤满了整个胡同。看热闹的人们直到现在还在窗台下站着。早报上登了一条惊人的短讯:"关于奥布赫夫胡同火星人的传闻纯属无稽之谈。谣言实为苏哈列夫市场商贩所散布,造谣者必受严惩"。真是见鬼,这说的是什么火星人啊?简直是一场噩梦。

* * *

《晚报》上更是妙笔生花。居然说有个小孩子一生下来就会拉小提琴。旁边还附了一张图片——一把小提琴和我的小照片,底下写了一行字:"为母亲实施剖腹产的普列奥布拉任斯基教授"。这可真是不可思议……它说了一个新单词"警察"。

* * *

原来,达莉娅·彼得洛夫娜爱上了我,她从菲利普·菲利波维奇的相册里偷走一张我的照片。我把采访记者都轰走以后,其中的一个却溜进了厨房,又是一番……

* * *

门诊的时候简直乱套了!今天门铃响了82次。电话线已经被拔掉了。那些没有孩子的女士们疯了一样往这里跑……

* * *

施翁德尔带领着房管委的全班人马来了。来干吗——他

不祥的蛋·狗心

们自己都说不清楚。

1月8日。深夜时分有了确诊。正如一位真正的学者，菲利普·菲利波维奇承认自己犯了错误——脑垂体的更换并没有带来年轻化，而是导致了人化（划了三道线以示强调）。但是他传奇的惊世发现不会因此而黯然失色。

那个怪物今天第一次在公寓里转了一圈。它在过道里盯着电灯泡傻笑。后来，菲利普·菲利波维奇和我带着他进了办公室。它的两条后腿（划掉）……两腿站立得很稳当，看上去像个身材矮小而又发育不良的男子。

它在办公室里发笑。它的笑声让人讨厌，听上去像是装出来的。然后它挠了挠后脑勺，看了看周围，我记录下他说得真真切切的一个单词："资本家"。它骂人。骂得有条有理，没完没了，看样子，它自己都不明白在骂什么。它骂起来有点像录音机：似乎这个怪物以前在哪里听到过这些脏话，还下意识自动记录在了脑子里，所以现在一股股地都吐了出来。可是，我偏偏不是个心理医生，真是见鬼了。

这些脏话不知道为什么，让菲利普·菲利波维奇痛苦不堪。有时候，他实在无法保持矜持，也无法再冷静观察这些新的现象，似乎也失去了耐心。于是，当骂声正自喋喋不休的时候，他暴躁地一声大喝：

"住口！"

但这招却不起作用。

办公室里转了一会儿后，沙利克在两个人的合力下被带进了检查室。

之后我和菲利普·菲利波维奇讨论了一下。不得不承认，这是我第一次看到这个信心满满而又绝顶聪明的人显得如此沮丧。他一边习惯性地哼着曲子，一边问："我们现在该怎么办？"然后又一字一句地自问自答，"莫斯科服装店，不错……'从塞维利亚到格林纳达'。莫斯科服装店，亲爱的大夫……"我没听明白。他又解释说：

"伊万·阿尔诺尔多维奇，我请您给它买些内衣、裤子和外套。"

1月9日。从今天早晨起，它的词汇量开始突飞猛进，每隔五分钟就冒出一个新单词（平均速度），还能开始说句子了。就好像这些单词以前都冻结在它的脑子里，现在逐渐融解，流了出来。一旦词从口出，就被它用上了。昨晚的录音就记录下了："别挤""下流坯""别踩在踏板上""看我不打你""承认美国""汽油炉"。

1月10日。给它穿上了衣服。给它穿贴身衬衫时，它还很乐意，甚至快活地笑起来。但衬裤却拒绝接受，呼哧呼哧地抗议："排队，你们这些狗崽子，一个一个来！"终于穿上了。袜子显得太大了。

（本子里画了一些图片，从所有特征来看，描绘了狗爪转变成人脚的过程）。

脚掌后半部分的骨骼（跗掌）变长。趾骨伸长。但爪子还在。

反反复复系统地教它使用卫生间。女仆已经彻底崩溃。

不过这怪物的理解力必须肯定。事情进展得基本顺利。

1月11日。它终于妥协,穿上了裤子。说出一句俏皮的长话:"给我一支卷烟吧——你的裤子就跟卷烟一样。"

头上的毛发软软的,像丝绸一样亮滑,看上去和真的头发没啥两样。不过脑门上的斑点还是留下了。今天耳朵上最后一撮毛脱落了。

饭量惊人。尤其喜欢吃鲱鱼。

下午5点发生了一件事情:这怪物说出了第一句和周围现象并非无关的话,说明它对环境有了反应。事情是这样的,当教授命令它:"不要把剩饭扔在地上。"——它出乎意料地顶嘴了:"滚开,混蛋。"

菲利普·菲利波维奇吃惊不小,但他还是缓过了神来说:

"要是你再敢骂我或者骂大夫,就砸死你。"

我抓住这个机会给沙利克拍了张照片。我敢保证,它听懂了教授的话。它顿时一脸不高兴,皱起眉头恶狠狠地看了看教授,不说话了。

乌拉!它懂人话!

1月12日。它把手插进了裤子口袋。教它不能骂人。它用口哨吹起了"噢,小苹果"。开始和人交谈。

我实在忍不住要做几点猜想:年轻化的研究就先去见鬼吧。另一个重要得多的事实就是:普列奥布拉任斯基教授惊人的实验揭示了人类大脑的一个秘密。作为大脑附属品的脑垂体——其神秘功能现在已经被阐明了。它能决定人的外貌。科学发现了一个全新的领域:人造小矮人不用什么浮士德的曲颈甑就可以被制造出来了。外科医生的手术刀就可以缔造新的人类个体生命。普列奥布拉任斯基教授，您——就是造物主（墨迹斑点）。

不好意思，我已经把话扯远了……就这样，它开始和人交谈。按照我的推测，情况应该是这样的：移植成活的脑垂体打开了狗大脑中的语言中枢，所以它的话便滔滔不绝地涌了出来。我认为，我们面对的是一个本来就很发达的大脑，只不过是焕发了活力，而不是重新塑造了一个大脑。噢，这是对进化论的一个奇妙的证明！噢，这是一条从狗到门捷列夫式化学家的伟大进化链！我还有个推测：沙利克的狗脑在它生活的阶段已经积累了无数概念。它一开始使用的所有语言，都是些骂街的脏话，而且肯定是它听到并储存在脑子里的。现在我走在大街上，看到迎面跑来的狗，心里总会暗自慌张。天晓得，它们脑子里在想些什么。

* * *

沙利克居然识字。识字（3 个惊叹号）。这是我猜出来的。因为它说过"渔业总局"，而且还是倒着念的。我甚至知道如何破解这个秘密：答案就在于狗的视觉神经的切面。

* * *

莫斯科究竟是怎么了——简直让人莫名其妙。有七个苏哈列夫市场的小贩，因为散布谣言说布尔什维克招来了世界末日，被抓去坐了牢。达莉娅·彼得洛夫娜甚至还说出了确切的日期：1925 年 11 月 28 日，就是苦难圣徒司提反日，据说地球会撞上天轴……一些欺世盗名之徒还开起了讲座。就是因为做了这个脑垂体手术，现在公寓里乱得脚都没地方放。因为普列奥布拉任斯基教授的请求,我搬了过来,和沙利克一起睡在候诊室里。于是检查室只好临时改成了候诊室,还真是让施翁德尔给说中了。房管委可以幸灾乐祸了。柜子已经不装玻璃了,因为这怪物到处乱蹦乱撞。好不容易把它教会了。

* * *

菲利普·菲利波维奇的行为有些古怪。我向他讲述了我的推测,并希望把沙利克培养成一个具有高尚品格的人,不料他不屑一顾地哼了一声:"您真这么想吗?"居然是恶狠狠的语气。难道我错了吗?这老头子似乎想到了什么。就在我查阅病历的时候,他坐着翻看脑垂体提供者的资料。

* * *

(本子里夹了一张纸片)。

克里姆·格里高利耶维奇·楚贡金①,25岁,单身。无党派人士,拥护政权。被指控3次,均被释放:第一次是因为证据不足,第二次是他的家庭出身救了他,第三次——象征性地判了15年劳役。惯偷。职业——在各家小酒馆里弹奏三弦琴。

矮个,体型发育不良。肝肿大(嗜酒)。死亡原因——在啤酒馆里被刀刺中心脏(即"停车灯"酒馆,就在普列奥布拉任斯基城关附近)。

* * *

---

① 楚贡金在俄语中是生铁的意思。

老头子目不转睛地研究着克里姆的病历。我不明白他想做什么。听见他似乎在嘀咕说，悔不该事先没想到从病理解剖的角度仔细研究一下楚贡金的尸体。这又是怎么回事——不明白。谁的脑垂体不都一样吗？

1月17日。我几天没有记录了：得了流感。这段时间里，怪物的外形彻底定型了：1）完全是人类的形体构造；2）体重约3普特①；3）身材矮小；4）头颅较小；5）开始抽烟；6）摄食人类的食物；7）可以自己穿衣服了；8）能流利交谈。

* * *

脑垂体太神奇了（墨迹）。

* * *

病历记录到此为止。我们有了一个新的生命体，对它的考察要从头开始。

附件：谈话速记，录音，照片。

签名：菲·菲·普列奥布拉任斯基教授的助手，博尔缅塔尔大夫。

---

① 1普特约为16.38公斤。

第六章

冬季的一个夜晚，1月底。用餐前，这时门诊还没开始。候诊室房门的门楣上挂着一张白色纸片，上面是菲利普·菲利波维奇的笔迹：

"公寓里严禁嗑瓜子。

签名：菲·普列奥布拉任斯基。"

旁边是博尔缅塔尔手写的，大得像馅饼一样的铅笔字："从下午五点到早晨七点严禁演奏乐器。"下面是季娜的笔迹："请您回来的时候告诉菲利普·菲利波维奇——我不知道他跑哪儿去了。费奥多尔说，他是和施翁德尔一起出去的。"下面又是菲利普·菲利波维奇的笔迹："等个玻璃匠要一百年吗？"达莉娅·彼得洛夫娜的笔迹（印刷体）："季娜去商店了，说会带他回来。"

柔滑的灯罩下的灯光毫无保留地照亮了餐厅的晚景。酒柜里射出的灯光被分割成两半，那是因为玻璃镜子都一面面被斜着贴上了十字纸条。菲利普·菲利波维奇低头俯在桌子上，一门心思地读着摊开的大版面报纸。他脸部肌肉抽搐着，愤怒的闪电在他脸上一阵阵掠过，时不时含混不清地从牙缝里挤出一些不成句的字。他在读一篇短讯：

"……毋庸置疑的是，这就是他的私生子（就像腐朽的资产阶级说的那样）。我们的资产阶级伪科学人士便是如此地逍遥自在！他们每个人都有办法占用七个房间，直到公正裁决的亮剑在他头顶发出红色的光芒。

签字：施……尔。"

虽然隔着两堵墙，但气势不凡而又娴熟的三弦琴声还是异常顽固地传了过来。这首《月儿明》的曲子和简讯里的文字调皮地掺和在一起，在菲利普·菲利波维奇的脑子里搅成一锅恶心的粥。读到最后，他冷冰冰地朝一旁啐了一口，咬着牙机械地哼唱起来：

"月——儿——儿明……月——儿——儿明……月儿明……呸，还被他绕进去了，这可恶的曲子！"

他按响电铃。季娜的脸从窗帘布中探了进来。

"去告诉他，已经五点了，别弹了。请让他来一下。"

菲利普·菲利波维奇坐在窗边的扶手椅里。左手的指尖夹着一截褐色的雪茄烟头。门帘旁边站着一个外貌丑陋的矮个子，他斜靠着门框，一条腿跨在另一条腿上。头顶的头发已经变得坚硬，就像一丛丛灌木长在刨过的土地里，脸上还敷着一层没剃光的绒毛。极低的额头格外醒目。像刷子一样浓密的头发直截了当地和两撇大大咧咧的眉毛连在了一起。

西服在左腋下破了个洞，浑身沾满了稻草，条纹裤子的右膝盖被磨破了，左膝盖也蹭上了紫色的污渍。这个人的脖子上系着一根让人反胃的天蓝色领带，还别着人造红宝石配针。这条领带的颜色鲜艳得简直无以复加，以至于菲利普·

菲利波维奇每每合上疲倦的眼睛时，总能在漆黑一片中看到一个罩着蓝色光环的熊熊火炬，时而在天花板上，时而又出现在墙上。可他张开眼睛的时候，却同样觉得眼花，因为那双漆亮的半筒靴子和白色鞋套正在地板上光芒四射，直刺眼目。

"怎么跟套鞋一样。"菲利普·菲利波维奇心里很不痛快，他叹息一声，鼻子里出了一口气，想把熄灭了的雪茄烟点燃。那个站在门边的人正一边用忐忑不安的眼光瞟着教授，一边抽着卷烟，烟灰不觉撒落在他胸前。

墙上木制榛鸡旁的挂钟敲了五下。菲利普·菲利波维奇开口说话的时候，似乎听到挂钟里也响起了呻吟声。

"我好像已经讲过两遍了？不要睡在厨房的搁板上——尤其是白天！"

那人吭哧咳嗽了一声，就像嗓子眼里卡了一根骨头，他回答说：

"厨房里空气味道好。"

他的嗓音很奇特，不是很响亮，却有共鸣，就像是小木桶里的回声。

菲利普·菲利波维奇摇了摇头：

"这么难看的东西哪来的？我说的是领带。"

那人顺着教授的手指，目光越过噘起的嘴唇，爱惜地看了看领带。

"怎么就是'难看的东西'了？"他说，"挺洋气的啊。还是达莉娅·彼得洛夫娜送的呢。"

"达莉娅·彼得洛夫娜送了您一件让人讨厌的东西，就跟这双皮鞋一样。怎么亮成这个样子？哪儿来的？我是怎么吩咐的？买一双体面的皮鞋，可这算什么？难道博尔缅塔尔大夫会买这种鞋子？"

"是我让他买的，我说要漆面的。怎么了，难道我就低人一等吗？您去库兹涅茨桥上看看——人人都穿漆面皮鞋。"

菲利普·菲利波维奇又摇了摇头，厉声训斥：

"不准在搁板上睡觉，听明白没有？简直太无耻了！那里有女人，您在那里很碍事。"

那人的脸顿时黑了下来，嘴巴又噘了起来。

"哼，女人又怎么了。说得好听。又不是千金小姐。不就是用人吗，摆起架子来倒像个官太太。肯定是琴卡告的密。"

菲利普·菲利波维奇死死盯住他：

"琴卡不是你叫的！明白了吗？"

沉默。

"明白了吗，我问您呢？"

"明白了。"

"把脖子上那条垃圾扔了。您……你……您[1]去照照镜子，看看您像什么样子。一副丑相。烟头不准扔在地上——我说了不下一百次了。以后别让我在家里听到一句脏话！不

---

[1] 俄语中对人称"你"表示亲近。

准随地吐痰！痰盂在这里。小便的时候要注意清洁。不准再和季娜胡说八道。她告诉我说，您在暗地里对她动手动脚。您要注意了！谁回复病人说'狗才知道！'？难道，您还真把这里当成小酒馆了吗？"

"老爷子，您把我管得也太严厉了吧。"那人突然哭丧着抱怨。

菲利普·菲利波维奇顿时涨红了脸，镜片后射出了一道光：

"谁是您的老爷子？居然油腔滑调？别让我再听到这么叫我！要称呼我的名字和父称！"

那人的抗拒心理就这样被点燃了。

"您干吗老是……又不准吐痰，又不准抽烟，又不准去哪里……这都算什么啊？非要和有轨电车上一样干净。您是不打算让我活了吧？！说到'老爷子'——您还真的别生气。难道是我要求给我做手术的？"那人忿忿不平地吠叫，"您的如意算盘真不错啊！逮住一只动物，拿把刀切开了脑袋，现在倒要嫌弃了。我自己可没有同意做手术吧。再说了（那人把眼睛瞟向天花板，就像是要记起什么公式），再说我的家人也没同意。说不定，我还有起诉的权利呢。"

菲利普·菲利波维奇的眼睛瞪得滚圆，失手掉了雪茄。"哈，真是个混账。"他几乎骂了出来。

"把您变成了人，您是不是不太满意？"他眯缝起了眼睛，"也许，您更喜欢重新去刨垃圾堆？在门洞里冻死？嗯，要是我早知道……"

"您干吗老是教训我呢——垃圾堆,垃圾堆。我好歹能自己找吃的。可万一我在您的刀子下死了呢?您又怎么说,同志?"

"菲利普·菲利波维奇!"菲利普·菲利波维奇大发雷霆,"我不是您的同志!简直太荒谬了!"他暗自叫苦,"噩梦,噩梦啊。"

"当然了,您说得没错……"那人不无挖苦地调侃,得意地把跨着的腿放了下来,"我们有自知之明。我们怎么配做您的同志!从何谈起啊。我们没上过大学,也没住过15间的套房公寓,还带着浴室的。不过现在是时候收起这一套了。现在每个人都有自己的权利……"

菲利普·菲利波维奇听着他的高论,脸都白了。那人却不说了,他手里捏着嚼烂的烟头,踩着夸张的步伐走向烟灰缸。几步路他走得大摇大摆,在烟灰缸里久久地捻着烟头,那神情分明是在说:"行了吧!行了吧!"灭完了烟头,他刚迈出两步,便突然牙齿咯咯作响,把鼻子伸到了胳肢窝下。

"抓跳蚤要用手指!手指!"菲利普·菲利波维奇愤怒地大叫,"我就不明白,您身上的跳蚤是哪儿来的?"

"跳蚤又怎么了,难道还是我养的?"那人深感委屈的样子,"明摆着的,跳蚤就是喜欢我。"说着,他用手指在袖子衬垫里一阵摸索,掏出一绺褐色的棉絮。

菲利普·菲利波维奇把眼光投向了天花板上的顶饰,手指却在桌子上敲了起来。那人处决了跳蚤,便径直走向椅子,坐了下来。他的双手在西服翻领两边直直地垂了下来,目光却瞟向镶木地板的格子。他又出神地盯着自己的皮鞋看了一会儿,似乎非常满意。菲利普·菲利波维奇看了看他那耀眼刺目的圆头皮鞋,眯起眼睛说:

"您还有别的事情要说吗?"

"没什么大事情!小事倒有一桩。我需要证件,菲利普·菲利波维奇。"

菲利普·菲利波维奇像被人推了一把。

"呵……见鬼!证件!确实……哼……嗯,也许,这个可以办到……"他似乎有些没明白,心里不免又烦躁起来。

"您发发善心吧,"那人倒是说得有理有据,"怎么能没有证件呢?这事情您怨不得我。您自己也知道,人要是没有证件,根本就不允许存在。首先,房管委……"

"这跟房管委又有什么关系?"

"怎么没关系?他们见到我就会问——备受尊敬的,你什么时候来报户口啊?"

"唉,天啊,上帝啊。"菲利普·菲利波维奇没了脾气,"见到就会问……我猜也能猜到,您都跟他们怎么说的。我可是禁止您在楼梯过道上闲逛的。"

"难道我是囚犯?"那人一脸惊讶,而下意识里的正义感却被点燃,甚至在那颗红宝石上发出光来,"怎么就是'闲逛'了?!您说的话够气人的啊。我是和正常人一样在走路。"

一边说,他还用锃亮的双脚跺了跺镶木地板。

菲利普·菲利波维奇不说话了,把目光转向一边。"还是应该保持冷静。"他打定了主意,于是走到酒柜前,一口气喝干了一杯水。

"也好,"他稍稍恢复了平静,"话说多了没意思。那么,您那个深得人心的房管委是怎么说的?"

"他们还能说什么……您嘲笑他们深得人心没道理啊。房管委是在保护正当的利益。"

"谁的正当利益,请问?"

"谁的——当然是劳动人民的。"

菲利普·菲利波维奇把眼睛都瞪出来了。

"您怎么就变成——劳动人民了?"

"这还不清楚吗——我又不是耐普曼①。"

"嗯,好吧。那么,房管委想要保护您的哪些革命利益呢?"

"当然是——让我报上户口。他们说了,哪儿见过住在莫斯科的人还没个户口,这是一。最主要的是,这关系到登记表。我可不想逃避义务。我要——加入工会,还要去职业介绍所……"

"那您说说看,我依据什么帮您报户口呢?就凭这块桌布吗,还是依据我自己的身份证?总得考虑一下出身吧!您别忘了,您……嗯……哼……怎么说呢,您只不过是——实验室的产物,意外的产物。"菲利普·菲利波维奇越说越觉得自己理亏了。

---

① 耐普曼是苏联新经济政策时期企业家和资本家的缩写。

那人胜券在握地沉默着。

"好吧,那就这样吧。毕竟,给您报户口也是应该的吧,还得走完您那个房管委的程序?可是您连个姓名都没有啊。"

"您这么说就不厚道了。我完全可以给自己取个名字。我已经登过报了,这问题解决了。"

"那该怎么称呼您呢?"

那人整了整领带,回答说:

"波利格拉夫·波利格拉夫维奇①。"

"别犯傻,"菲利普·菲利波维奇没好气地回答,"我和您说正经的。"

尖刻的冷笑扭曲了那个人的小胡子。

"这我就不明白了。"那人慢条斯理地挖苦说,"我骂娘不行,吐痰也不行。就只听见您一个劲地说'傻瓜,傻瓜'。看样子俄罗斯联邦共和国只允许教授骂人吧。"

菲利普·菲利波维奇脸涨得通红,倒水的时候打碎了杯子。

于是他另倒了一杯水,喝了,又想了想:"用不了多久,他就能教训我了,还会振振有词。我没法再保持冷静了。"

他在椅子上转过身来,夸张而又彬彬有礼地弯了弯腰,然后态度坚决地说:

---

① 波利格拉夫在俄语里是印刷的意思,此人取这个名字意在说明自己是"复制品"。

"很——抱歉。我的神经过度紧张了。您的名字实在让我觉得奇怪。真有意思,您这名字又是从哪儿刨出来的?"

"这是房管委的建议。他们翻看了日历——问我选哪个?我就选了这个。"

"没有哪本日历里面会有这样的名字。"

"这可太奇怪了,"那人一声冷笑,"您的检查室里就挂着一本呢。"

菲利普·菲利波维奇没站起身,伸手按响了墙上的电铃,季娜立刻赶了过来。

"把检查室里的日历拿来。"

过了一小会儿,季娜拿着日历回来了。菲利普·菲利波维奇问:

"在哪儿?"

"3月4号是他的生日。"①

"拿来给我看……嗯……见鬼……把它扔到炉子里烧了,季娜,马上。"

季娜害怕地瞪大了眼睛,拿着日历退了出去。那人还一脸责备地挠了挠头。

"那请教您的姓氏?"

"姓氏我同意继承世袭的。"

"什么?世袭?那是什么?"

"沙利克夫。"

---

① 这个日期后来成为了他变回狗的日子。

* * *

一袭皮制服的房管委主任施翁德尔站在办公室的桌子前。博尔缅塔尔大夫坐在扶手椅里。此时大夫被严寒冻红的两颊上(他刚从外面回来)困惑的表情和坐在身边的菲利普·菲利波维奇一模一样。

"怎么写呢?"他不耐烦地问。

"这容易,"施翁德尔说,"很简单。您就写一份证明吧,教授先生。就写,嗯,这么写,兹证明沙利克夫·波利格拉夫·波利格拉夫维奇,嗯……出生于您的,嗯,公寓。"

博尔缅塔尔不解地在椅子里晃了晃身子。菲利普·菲利波维奇耸了耸胡子。

"哼……简直就是见鬼!真是想不出比这更愚蠢的了。他根本不是生出来的,他只不过是……嗯,一言以蔽之……"

"这——可就是您的事了。"施翁德尔显得很平静,却又掩饰不住地幸灾乐祸,"是不是生出来的没关系……总之,归根结底是您做的实验,教授!就是您造出了沙利克夫公民。"

"就是这么简单。"书柜旁的沙利克夫狗一样应和着,他正仔仔细细地欣赏着从镜子深处映照出来的领带。

"我倒是该请求您,"菲利普·菲利波维奇斥责道,"不要插嘴。您不该说'就是这么简单'——其实非常不简单。"

"我怎么就不能插嘴了。"沙利克夫不乐意地嘟囔。

施翁德尔立刻表态支持。

"抱歉,教授,公民沙利克夫说得完全正确。参与他本人命运的讨论——这是他的权利,况且,这还事关他的证件。证件可是世上最重要的东西。"

就在这个时候,震耳欲聋的电话铃声打断了谈话。菲利普·菲利波维奇拿起了听筒"喂"……接着便涨红了脸,大叫道:

"请不要拿这些琐事来烦我。这事跟您有什么关系?"说完便气冲冲把电话扣到架子上。

施翁德尔的脸上抑制不住地得意。

菲利普·菲利波维奇的脸由红变紫,叫道:

"一句话,把这事了结了吧。"

他从记事本上扯下一页纸,胡乱写了几个字,随后怒气冲冲地大声念道:

"'兹证明'……鬼才知道这算怎么回事……哼……'此人为实验室脑手术产物,现需办理证件'……见鬼!我根本就反对办理这些莫名其妙的证件。签名——'普列奥布拉任斯基教授'。"

"您这话说得就奇怪了,教授。"施翁德尔不高兴了,"您怎么能说证件是莫名其妙的呢?我可不能允许没有证件的人住在楼里,更何况他还没去警察局登记兵役。万一要和帝国主义侵略者打仗怎么办?"

"哪儿打仗我都不去!"沙利克夫闻言不乐意了,冲着柜子大声反对。

施翁德尔愣住了，但他很快就回过神来，他客气地对沙利克夫指出：

"您，沙利克夫公民，您说这话可太没有觉悟了。登记兵役是必须的。"

"登记可以，打仗——想都别想。"沙利克夫毫不客气地回绝，一边整了整领结。

这下轮到施翁德尔尴尬了。没好气的普列奥布拉任斯基不耐烦地和博尔缅塔尔交换了一下眼神："这下又要打苦情牌了。"博尔缅塔尔心领神会地点点头。

"我做手术的时候受过重伤。"沙利克夫果然压低嗓门哀叹起来，"看看吧，他们把我修理成什么样了。"他指了指自己的脑袋，一道还很新的术后刀疤横贯脑门。

"您是无政府主义者——个人主义者吗？"施翁德尔高挑着眉毛质问。

"我是可以拿白卡①的。"沙利克夫针锋相对。

"嗯，好吧，不过先不说这个。"施翁德尔一脸惊讶地圆场，"现在的情况是，只要我们把教授的证明送到警察局，就能拿到证件。"

"这样吧，唉……"菲利普·菲利波维奇突然打断了他，显然他一直被这个问题折磨着，"您那里还有空房间吗？我愿意买下来。"

施翁德尔褐色的眼睛里迸出了黄色的火花。

---

① 白卡即免服兵役证明。

"没有,教授,非常遗憾。而且以后也不会有。"

菲利普·菲利波维奇咬紧了嘴唇,没再说什么。电话铃声又一次疯子般地大吵大闹起来。菲利普·菲利波维奇二话不说,把听筒从架子上扔了出去。听筒转了几个圈,在蓝色的电线上垂了下来。所有人都打了个哆嗦。"老头子发火了。"博尔缅塔尔暗想。施翁德尔两眼放光,鞠了个躬,退了出去。

沙利克夫踩着嘎吱嘎吱的鞋帮,跟着他一起走了。

屋子里就剩了教授和博尔缅塔尔。沉默了片刻,菲利普·菲利波维奇微微晃了晃脑袋,说:

"说实话,这真是一场噩梦。您都看见了?我发誓,亲爱的大夫,这两个星期来我受到的折磨,比最近14年加起来还多!我告诉您,这家伙——就是个恶棍……"

远远传来了沉闷的玻璃破碎的声音,接着猛然响起一个女人吓人的尖叫,随即又安静了。不知道有什么鬼东西在跑向检查室的途中砰的一声撞到了过道的墙上,然后又在检查室里撞翻了什么东西,而且立刻又飞跑回来,砰的关门声,接着就听见达莉娅·彼得洛夫娜在厨房里沉闷的呵斥。沙利克夫嚎了起来。

"上帝啊,这又怎么了!"菲利普·菲利波维奇大叫一声冲向门口。

"猫。"博尔缅塔尔反应过来,赶紧跟着他冲了出去。两个人飞快地沿着过道跑向前厅,闯了进去,又从那里折回过道,直奔卫生间和浴室。季娜正好从厨房跑出来,一头扎在菲利普·菲利波维奇的怀里。

"我说过多少次了——别让猫进屋。"菲利普·菲利波维奇简直要疯了,"他在哪儿?!伊万·阿尔诺尔多维奇,看在上帝分上,您赶紧去安慰一下门诊的病人!"

"浴室,这该死的家伙关在浴室里。"季娜气喘吁吁地叫道。

菲利普·菲利波维奇使劲推了几下门,那门却纹丝未动。

"马上把门打开!"

没人回答,却听到有人跳到了墙上,盆被撞落,又传来门后沙利克夫粗鲁而又嘶哑的叫嚣:

"就地处决……"

水管里响起了水声,接着便哗哗流了起来。菲利普·菲利波维奇整个身子扑到了门板上,开始撞门。脸都气歪了的达莉娅·彼得洛夫娜浑身大汗地出现在厨房门口。接着,浴室天花板下面向厨房的玻璃窗爬虫似的裂开一条缝,接着便从里面掉出两块碎玻璃,随后就有一只硕大无比的猫被摔了出来。那只猫浑身虎纹,脖子上还像警察一样系着一根浅蓝色的领结。它径直摔到桌子上的一个长盆子里,纵向把盆子砸成两半,又从盆子跳到地板上,随即三条腿支地转了个圈,跳舞似的挥了一下右爪子,便一头钻过狭窄的门缝,逃到了消防楼梯上。门缝随即被撑大了,一张包着头巾的丑老太婆的脸取代了猫。老太婆那撒满白点花斑的短裙子嗖地闪进了厨房。只见老太婆用食指和大拇指擦了擦干瘪的嘴,浮肿的两眼直勾勾地扫视了一下厨房，满心好奇地赞叹：

"噢，主耶稣啊！"

脸色惨白的菲利普·菲利波维奇走到厨房中间拦住她，严词厉色地问：

"您想干吗？"

"我想看一看那条会说话的狗。"老太婆满脸讨好地画了个十字。

菲利普·菲利波维奇的脸越发白了，他向老太婆走近一步，压低了嗓门斥道：

"马上从厨房滚出去！"

老太婆倒退着朝门走去，满肚子委屈地埋怨：

"您干吗那么凶啊，教授先生。"

"我说了，滚！"菲利普·菲利波维奇瞪着猫头鹰一样滚圆的眼睛又说了一遍。他在老太婆身后亲手关上了门。"达莉娅·彼得洛夫娜，我已经吩咐过您了啊。"

"菲利普·菲利波维奇，"达莉娅·彼得洛夫娜两只裸露的手紧紧攥着拳头，一副快绝望的样子，"我能有什么办法？成天挤破了门一样，我还要不要干活啦。"

浴室里的水流低声咆哮，令人毛骨悚然，却听不到有人的声音。这时，博尔缅塔尔走了进来。

"伊万·阿尔诺尔多维奇，请求您帮个忙……嗯……那里现在有几个病人？"

"十一个。"博尔缅塔尔回答。

"让他们全都回去吧，我今天不接诊了。"

菲利普·菲利波维奇用指关节敲了敲门,大喊:

"请您马上出来!您干吗把门反锁了?"

"呜——呜!"沙利克夫在里面哀怨而又焦躁不安地吠。

"见鬼!……我听不见,请把水关了。"

"汪!汪!……"

"快关掉水龙头啊!他都干了些什么——真搞不懂……"菲利普·菲利波维奇狂怒地大喊起来。

季娜和达莉娅·彼得洛夫娜打开门,从厨房探出了头。菲利普·菲利波维奇再次用拳头砸了一下门。

"他在那儿!"达莉娅·彼得洛夫娜在厨房里叫道。

菲利普·菲利波维奇冲了进去。天花板下那扇破碎的窗口里先是露出了波利格拉夫·波利格拉夫维奇丑陋的脸,接着脑袋探进了厨房。这张脸扭曲着,眼神如泣如诉,鼻梁从上到下被抓了一道鲜红的口子,血迹未干。

"您疯了吗?"菲利普·菲利波维奇问他,"为什么不从门里出来?"

沙利克夫自己害怕了,他不安地看了看周围:

"我把锁扣上了。"

"那就把锁打开啊。怎么回事,您从没见过锁吗?"

"打不开啊,该死的!"波利格拉夫开始慌张起来。

"老天!他把门保险给扣上了!"季娜两手一拍叫了起来。

"那里有个按钮!"菲利普·菲利波维奇叫道,他用足了力气想要盖过水声,"您把它按下去……往下按!往下!"

沙利克夫不见了，可过了一会儿又出现在窗口。

"啥也看不见。"他在窗口大叫大喊，一脸惊慌失措。

"快把灯打开。他恐水！"

"该死的猫把灯泡打碎了。"沙利克夫抱怨，"那混蛋，我本来要揪住它的腿了，碰断了水龙头，现在找不到了。"

三个人全都一拍手，愣在了那里。

五分钟过后，博尔缅塔尔、季娜和达莉娅·彼得洛夫娜紧挨着坐在被卷起来的湿漉漉的地毯上，用屁股紧紧压住地毯，堵住了门下的缝隙。门卫费奥多尔举着达莉娅·彼得洛夫娜递过来的婚礼大蜡烛，顺着木头梯子爬进了顶窗。只见他裹着灰色大方格裤子的屁股闪了一下，便消失在窗窟窿里。

"嘟……呜——呜！"透过咆哮的水声，沙利克夫似乎在嚷什么。

又听见费奥多尔的声音：

"菲利普·菲利波维奇，还是得把门打开，让水流出去，回头我们在厨房里把水吸干。"

"那就开门吧！"菲利普·菲利波维奇气鼓鼓地喊道。

于是三个人从地毯上站起身，浴室的门向外被推开了，水浪顿时涌进了过道。波涛分成了三股：一股直接冲进了对面的卫生间，一股向右拐进了厨房，还有一股朝左涌向了前厅。季娜赶紧蹦蹦跳跳地踩着水花跑去关上了前厅的门。费奥多尔踩着没过脚踝的水走了出来，竟然一脸笑意。他已经浑身湿透，就像穿了一件漆布外套。

不祥的蛋·狗心

"好不容易给堵上了，水压太大。"他解释说。

"那个人呢？"菲利普·菲利波维奇问，一边气哼哼地抬起一条腿。

"他不敢出来。"费奥多尔一脸傻笑地解释说。

"要打我吗，老爷子？"沙利克夫在浴室里哭丧着。

"蠢货！"菲利普·菲利波维奇只短短骂了一句。

季娜和达莉娅·彼得洛夫娜光着脚，把裙子卷到膝盖，沙利克夫和门卫也赤着脚，把裤腿卷起，用湿漉漉的抹布擦着厨房地板上的水，一边不断地把水拧到肮脏的水桶和盥洗盆里。

没人理会的炉膛呼呼直响。水越过房门哗哗地流向楼梯，径直掠过护栏灌进了地窖。

博尔缅塔尔踮着脚尖站在前厅镶木地板的深水坑里，隔着被链子拴住只开了一条缝的门，和外面的人打招呼。

"今天没有门诊了，教授身体抱恙。请拜托离门远一点，我们的水管裂了⋯⋯"

"什么时候能看门诊？"门外的人显然不甘心，"我只要一分钟就可以⋯⋯"

"不行，"博尔缅塔尔把脚尖换成脚跟站立，"教授还躺着呢，水管裂了。明天再来吧。季娜！亲爱的！您先把这里擦了吧，不然水就灌到正门楼梯上去了。"

"抹布不管用啊。"

"我们这就用杯子舀，"费奥多尔应声说，"马上。"

门铃声一阵接着一阵，博尔缅塔尔的鞋跟都泡在了水里。

"什么时候做手术?"外面的人还在纠缠,甚至想从门缝里挤进来。

"水管裂了啊……"

"我可以穿胶鞋啊……"

阴森森的人影还在门外晃动。

"今天不行,请您明天来吧。"

"我预约过了啊。"

"明天吧。水管出了事故。"

费奥多尔在教授脚边的湖泊里手忙脚乱地扑腾,被抓伤的沙利克夫却想到了新办法。他把一块大抹布卷成条,肚子趴在水里,用抹布把水从前厅推回卫生间。

"你这是干吗,该死的,想把整个房子都淹了吗?"达莉娅·彼得洛夫娜发火了,"快把水倒到盥洗盆里去。"

"怎么倒到盆里去?"沙利克夫两只手捧着浑浊的水反问,"水快流到正门口了。"

从过道里吱吱嘎嘎推出一张小板凳,菲利普·菲利波维奇穿着蓝色条纹袜子,挺直了腰板晃晃悠悠地站了上去。

"伊万·阿尔诺尔多维奇,您别再理他了。快去卧室吧,我给您拿双鞋子。"

"没关系,菲利普·菲利波维奇,这是小事。"

"去把胶鞋穿上吧。"

"真的没关系。反正都已经湿透了。"

"唉,我的上帝啊!"菲利普·菲利波维奇感到很过意不去。

"畜生就不会干好事！"沙利克夫突然蹲着身子蹿了出来，手里还拿着一个汤盆。

博尔缅塔尔关上门，忍不住笑起来。菲利普·菲利波维奇鼻子里一声冷哼，镜片后发出光来。

"您这是说谁呢？"他居高临下地问沙利克夫，"请您说明白。"

"我说那只猫。真是太混账了。"沙利克夫的眼睛四处乱转。

"您知道吧，沙利克夫，"菲利普·菲利波维奇喘了口气，"我还真的从没见过比您更无耻的家伙。"

博尔缅塔尔嘿嘿一笑。

"您啊，"菲利普·菲利波维奇接着数落，"就是个无赖。您怎么还好意思说？这一切都是您一手造成的，您居然还说得出口……唉，算了！真是见鬼了！"

"沙利克夫，倒是请您说说看。"博尔缅塔尔插话了，"您追猫还要追多久？您就不害臊啊！这也太不像样了！野蛮人才这样！"

"我怎么就是野蛮人了？"沙利克夫皱起眉头反驳，"我才不是野蛮人呢。是那只猫在屋子里让人受不了。翻箱倒柜的——就知道偷东西吃。达莉娅的肉馅都让它偷吃完了。我本来想教训它的。"

"该教训的是您！"菲利普·菲利波维奇斥道，"您去镜子里照一照您的那副德性吧。"

"我还差点没瞎了一只眼呢。"沙利克夫神情沮丧,抬起一只又湿又脏的手碰了碰眼睛。

被泡黑的镶木地板有点干了,所有的镜子也都像澡堂一样蒙上了雾气,门铃已经不再响了。菲利普·菲利波维奇穿着一双红色羊皮便鞋站在前厅里。

"这个您拿着,费奥多尔。"

"太感谢您了。"

"您得马上去换一件衣服。哦,还有,去达莉娅·彼得洛夫娜那儿喝一点伏特加吧。"

"太感谢您了。"费奥多尔迟疑了片刻,还是没忍住,"还有一件事,菲利普·菲利波维奇。我很抱歉,真是不好意思。就是——七号公寓的玻璃……被沙利克夫公民用石头砸了……"

"又是打猫?"菲利普·菲利波维奇皱起眉头,脸上阴云密布。

"不是——不是,他打了那家主人。人家威胁要上法院呢。"

"见鬼!"

"沙利克夫抱了他家的厨娘,人家赶他走。三句两句,就吵起来了。"

"看在上帝分上,以后这种事情一定要马上通知我!要赔多少?"

"一个半卢布。"

菲利普·菲利波维奇掏出三个锃亮的半卢布硬币交到费

不祥的蛋·狗心 | 227

奥多尔手里。

"就这坏蛋,还要赔他一个半卢布。"只听沙利克夫在门口低声抱怨,"他自己就……"

菲利普·菲利波维奇转过身,牙关紧咬,二话不说按住了沙利克夫,把他推进了候诊室,用钥匙锁上了门。沙利克夫在里面立刻用拳头砸起了门。

"放肆!"菲利普·菲利波维奇怒斥,但声音显然有气无力了。

"唉,说句老实话,"费奥多尔似乎想要提醒教授,"这样的无赖,我这辈子都没见过。"

博尔缅塔尔突然像是从地底下钻了出来。

"菲利普·菲利波维奇,您千万不要太激动。"

年富力强的医生打开了候诊室的门冲了进去,只听见里面传来他的训斥:

"您想干吗?这里是小酒馆吗?"

"这就对了……"费奥多尔表示坚决支持,"对他就该这样……再甩他两个嘴巴更好……"

"唉,费奥多尔,怎么能这样呢。"菲利普·菲利波维奇愁容满面。

"怎么就不能呢,您看您都受的什么罪啊,菲利普·菲利波维奇。"

第七章

"不,不行,绝对不行!"博尔缅塔尔的态度异常坚决,"请您戴上。"

"唉,不戴又怎么了,真是的。"沙利克夫满心不痛快地嘟囔。

"谢谢您了,大夫,"菲利普·菲利波维奇温和地说,"老是这么提醒他,我已经烦透了。"

"反正不戴上就不能吃饭。季娜,请把沙利克夫的蛋黄酱拿走。"

"什么就'拿走'啊?"沙利克夫慌了,"我这就戴上。"

他用左手挡住季娜,不让拿走餐盘,右手把餐巾塞进了衣领,那样子活脱一个理发店的顾客。

"还要请您使用餐叉。"博尔缅塔尔接着提醒。

沙利克夫长长叹了口气,这才开始用叉子在浓稠的酱汁里挑起了鲟鱼块。

"我再喝点伏特加吧?"他有点害怕地提出了申请。

"您喝得还少吗?"博尔缅塔尔问,"您最近整个心思都花在伏特加上了。"

"您舍不得吗?"沙利克夫一脸敌意地诘问。

"胡说……"菲利普·菲利波维奇正色道,但博尔缅塔尔打断了他。

"您别担心,菲利普·菲利波维奇,我能对付。沙利克夫,您简直一派胡言,尤其令人愤慨的是,胡言乱语还说得那么自信那么断然决然。我当然不会舍不得伏特加,更何况伏特加也不是我的,而是菲利普·菲利波维奇的。只不过多喝无益,这是一。另外,即便不喝伏特加,您的行为也已经有失体面了。"

博尔缅塔尔说着,指了指贴了条的酒柜。

"季奴什卡,请再给我来点鱼。"教授吩咐。

沙利克夫这时候便趁机一把抓过长颈酒瓶,白了一眼博尔缅塔尔,给自己倒了一杯。

"喝酒也应该敬别人。"博尔缅塔尔继续教导,"而且,应该先敬菲利普·菲利波维奇,然后敬我,最后才给自己倒上。"

沙利克夫的嘴边掠过一丝不易察觉的讥笑,但他还是给每个人斟了一小杯酒。

"你们这里也太讲究了点。"他开始发牢骚,"餐巾要这样戴,领带要那样系,一会儿要说'对不起',一会儿又要说'请——梅尔西',现在的时尚——可不是这样。你们何苦这样折磨自己,就好像还是沙皇时期一样。"

"那'现在的时尚'又是什么样的呢,请问?"

沙利克夫压根不理会菲利普·菲利波维奇的问题,只见他举起小酒杯说道:

"哈，祝愿，大伙儿都（喝好）……"

"您也一样。"博尔缅塔尔不无挖苦地调侃。

沙利克夫一仰脖把杯中物灌入喉咙，皱起了眉头，拿起一小块面包凑到鼻子前，闻了闻，随即张口吞了下去，顿时两眼热泪盈眶。

"有年头了。"菲利普·菲利波维奇突然说梦话一样一字一句地说。

博尔缅塔尔吃了一惊，瞟了他一眼。

"我没明白……"

"有年头了啊！"菲利普·菲利波维奇又说了一遍，痛苦地晃了晃脑袋，"真的是无可救药了——他其实就是克里姆啊。"

博尔缅塔尔兴趣陡增，锐利的目光紧紧盯住菲利普·菲利波维奇的眼睛：

"您这么认为吗，菲利普·菲利波维奇？"

"这还有什么不明白的，我对这点坚信不疑。"

"难道……"博尔缅塔尔瞟了一眼沙利克夫，刚想说什么却又打住了。

沙利克夫也怀疑地皱起了眉头。

"以后再说[①]……"菲利普·菲利波维奇轻声说。

"好的[②]。"助手会意。

[①] 原文为德语。
[②] 同上。

季娜把火鸡端了进来。博尔缅塔尔给菲利普·菲利波维奇倒了杯红酒,然后又给沙利克夫倒了一杯。

"我不要。我最好再来点伏特加。"他的脸泛着油光,额头冒汗,神情变得快活起来。菲利普·菲利波维奇喝了红酒,也变得随和多了。他的两眼发着光,时不时打量起沙利克夫来,目光也似乎更宽容了。后者围着餐巾的黑脑瓜子就像一只掉在奶油里的苍蝇。

而酒足饭饱的博尔缅塔尔觉得自己该活动活动了。

"好吧,那我们两个今晚能做点什么呢?"他问沙利克夫。

那人眨了眨眼睛:

"去看马戏吧,再好不过了。"

"天天看马戏。"菲利普·菲利波维奇善意地劝他,"我觉得,这也太无聊了吧。如果换了我,哪怕去一次剧院也行啊。"

"我可不去剧院。"沙利克夫表示反感,随即歪着嘴打了个嗝。

"在餐桌上打嗝会让人反胃。"博尔缅塔尔习惯性地教训他,"请您原谅……说实在的,您为什么就不喜欢剧院呢?"

沙利克夫像看望远镜一样看了看空酒杯,想了想,噘起了嘴。

"都是装傻充愣……老是说啊,说的……都是反革命那一套。"

菲利普·菲利波维奇仰头靠到哥特式椅背上哈哈大笑起

来，露出了嘴里闪闪发光的金牙套。博尔缅塔尔只是摇了摇头。

"您该读点书了。"他建议，"要不然，您这也……"

"我本来就在读书啊，在读啊……"沙利克夫应付着，突然间以迅雷不及掩耳之势又给自己倒了半杯伏特加。

"季娜，"菲利普·菲利波维奇惊得叫了起来，"亲爱的，快把伏特加拿走，我们不要了。那您在读哪些书呢？"

他的脑海里立刻掠过一幅图画：荒无人烟的海岛，棕榈树，一个披着兽皮的人，头戴尖顶帽。"该不会是鲁滨逊吧……"

"那本……叫什么来着……恩格斯和那个……叫什么来着——鬼东西——考茨基的通信。"

博尔缅塔尔叉着一块白肉的餐叉停在了空中，菲利普·菲利波维奇也把红酒给洒了。沙利克夫趁着这机会敏捷地喝干了伏特加。

菲利普·菲利波维奇两肘支在餐桌上，两眼盯着沙利克夫问：

"请问，读完以后您都有了什么想法？"

沙利克夫耸耸肩。

"我不认同。"

"不认同谁？恩格斯还是考茨基？"

"两个人我都不认同。"沙利克夫回答。

"简直妙语惊人，我向上帝发誓。'谁说还有别的姑娘……'那您个人有什么建议吗？"

"这有什么好建议的?……就看他们你一封我一封地写……又是代表大会,又是什么德国人……头都炸了。都拿了来,大家平分不就行了嘛……"

"我就知道。"菲利普·菲利波维奇气不打一处来,一巴掌拍在桌布上,"我早知道会是这样。"

"您还知道怎么分法吧?"博尔缅塔尔饶有兴趣地问。

"这还要什么分法,"喝了伏特加的沙利克夫变得健谈起来,他解释说,"这很简单啊。不然的话,有的人能住七个房间,有四十条裤子,而有的人却到处流浪,只能在垃圾箱里找吃的。"

"您说到七个房间——当然是在暗示我了?"菲利普·菲利波维奇高傲地眯起眼睛。

沙利克夫害怕了,缩成一团不说话了。

"那么,好吧,我不反对分财产。大夫,您昨天回绝了几个病人?"

"三十九个。"博尔缅塔尔立刻答复。

"嗯……一共390卢布。那么,这个损失就由三个男人来承担。女士们——季娜和达莉娅·彼得洛夫娜,不算她们。沙利克夫,您就应该支付130卢布。劳驾您把这钱付了吧。"

"想得美,"沙利克夫吓坏了,"我凭什么给钱?"

"就凭您弄坏的水龙头,还有猫。"菲利普·菲利波维奇突然提高了嗓门,再也无法保持心平气和的嘲弄状态。

"菲利普·菲利波维奇。"博尔缅塔尔慌忙地叫住他。

"让我说完。就因为您一个人的胡闹,我们才取消了门诊。这已经很过分了。您还像原始人一样在公寓里上蹿下跳，弄坏了水龙头。是谁把波拉苏赫尔太太的猫打死了？是谁……"

"沙利克夫，您两天前就在楼梯上咬伤了一位太太。"博尔缅塔尔也开始插话。

"您还是……"菲利普·菲利波维奇大吼。

"是她先打我耳光的。"沙利克夫尖声抗议，"我的脸可不是公用的！"

"那是因为您捏了她的胸脯。"博尔缅塔尔气得提高了嗓门，碰翻了酒杯，"您还是……"

"您还是一个处于最低级进化阶段的生物。"菲利普·菲利波维奇的声音盖过了大夫，"您只不过是个处于成型阶段、智力低下的生物，您所有的行为与野兽并无二致，而您居然放肆地在两个受过高等教育的人面前大放厥词，高谈阔论什么分配问题，简直愚蠢到了无以复加的地步……而与此同时，您自己还在大口舔食牙粉……"

"前天还舔过。"博尔缅塔尔证明。

"就这副德行，"菲利普·菲利波维奇继续大声斥责，"您就该牢牢记住。顺便问一下，为什么把鼻子上的软膏擦了？——您只能闭上嘴巴，好好听听别人是怎么跟您说的。您也只能尽量学着做一个能让人接受的社会一分子。顺便再问问，是哪个混蛋给了您这本书？"

"在您眼里人人都成了混蛋。"沙利克夫被两个人的轮番轰炸吓坏了。

不祥的蛋·狗心

"我猜也猜到了。"菲利普·菲利波维奇气得大叫,凶狠的脸涨得通红。

"这又没什么。就是施翁德尔给我的。他不是混蛋吧……我还在进化的嘛……"

"我看到了,您读了考茨基后是怎么进化的。"菲利普·菲利波维奇尖声叫着,脸被气得蜡黄。他立即愤怒地按响了墙上的电铃。"今天这件事,就是再好不过的证明。季娜!"

"季娜!"博尔缅塔尔跟着叫道。

"季娜!"沙利克夫也吓得叫起来。

季娜一脸惨白跑了过来。

"季娜,在候诊室里……那本书是在候诊室吧?"

"是在候诊室。"沙利克夫胆战心惊地回答,"绿色的,像绿矾那种。"

"就是那本绿色的书……"

"啊,又要烧掉。"沙利克夫绝望地叫起来,"这可是公家的书,图书馆借的!"

"叫什么来着……恩格斯和那个什么鬼……的通信……扔到炉子里去!"

季娜飞快地跑了出去。

"我真想吊死这个施翁德尔,说实话,只要有根树枝就行,"菲利普·菲利波维奇一边大骂,一边死死咬住了火鸡翅膀,"楼里有这么一个坏得出奇的家伙——简直就像长了个脓疮。更何况,他还在报上编造了那么些莫名其妙的谣言……"

沙利克夫时不时恶狠狠地向教授投来讥诮的目光。而菲利普·菲利波维奇只斜眼看了看他，便不说话了。

"唉，这套公寓里看来是不会有什么好事情了。"博尔缅塔尔突然间有了不祥的预感。

季娜用圆盘子端来一块圆筒甜点，右侧被烤成棕红色，左侧还是粉红色，还拿来一壶咖啡。

"我不要吃这个。"沙利克夫立刻不怀好意地威胁。

"没人请您吃。请您保持体面。大夫，您请。"

晚餐就在沉默中结束了。

沙利克夫从口袋里掏出皱巴巴的卷烟，开始腾云驾雾。菲利普·菲利波维奇喝完咖啡，看了看怀表，按响了报时器，听到报时表便悦耳地报了时间，正是八点一刻。菲利普·菲利波维奇习惯性地仰靠在哥特式椅背上，从桌上随手拿起一张报纸读了起来。

"大夫，我有个请求，带他去看马戏吧。不过，看在上帝分上，先看看剧目表——有没有猫？"

"马戏团总是把这些混账东西放进来。"沙利克夫晃着脑袋闷闷不乐地说。

"哼，马戏团里什么人不放进去。"菲利普·菲利波维奇语带双关地说，"那儿有什么节目？"

"所罗门马戏团。"博尔缅塔尔念道，"好像有四个节目……游仙丝和踩点。"①

---

① 游仙丝是空中飞人的一种表演形式，踩点指的是平衡木或者走钢丝表演。

"游仙丝是什么东西?"菲利普·菲利波维奇觉得有点可疑。

"天知道。我也是头一回听说。"

"哦,那您还是看看尼基塔马戏团的海报吧。一定要先摸清底细。"

"尼基塔马戏团……尼基塔……嗯……有大象,还有人体韧性极限挑战。"

"这还行。您觉得大象怎么样,亲爱的沙利克夫?"菲利普·菲利波维奇还是有点放心不下。

沙利克夫不高兴了。

"真是的,这我怎么会不明白。这和猫完全是两码事。大象可是有益动物。"沙利克夫回答。

"那就好。既然是有益的动物,那您就去看看吧。不过您要听伊万·阿尔诺尔多维奇的话。不准在小卖部和任何人搭话!伊万·阿尔诺尔多维奇,我真心地请求您不要让沙利克夫喝啤酒。"

十分钟后,伊万·阿尔诺尔多维奇和头戴鸭舌帽、一袭高领厚呢大衣的沙利克夫去了马戏场。房间里安静下来。菲利普·菲利波维奇走进了自己的办公室。他点亮了厚重绿灯罩下的台灯,宽敞的办公室里顿时一片祥和,他便在屋子里踱起步来。雪茄烟头长久而又炽热地发着淡绿色的光。教授把手插在裤子口袋里,学者特有的两鬓光秃的脑门上写满了沉重的思绪。他吧唧着嘴,含糊不清地哼着"驶向尼罗河神圣的彼岸……",还时不时地自言自语。终于,他把雪茄扔进了烟灰缸，走向柜子，整个人站在玻璃罩前，整个办公室笼罩在从天花板倾泻下来的三重强烈的灯光下。只见菲利普·菲利波维奇从橱柜的第三层玻璃架子上取下一个细长的瓶子，皱起了眉头，对着灯光仔仔细细审视起来。透明而又黏稠的液体里，有一小块白色块状物体悬浮着没有沉底，那正是从沙利克夫的脑子里取出的东西。菲利普·菲利波维奇耸着肩，撇着嘴，冷笑着死死盯住了它，仿佛想要借助这块白色的悬浮物体厘清所有稀奇古怪事情的原委，这些怪事已经把普列奇斯坚卡的这套公寓闹得天翻地覆了。

这个学术渊博的人很有可能已经把原委看得一清二楚。至少，欣赏够了脑垂体后，他把瓶子又放回了柜子，锁上，并把钥匙藏进了西服背心的口袋里。自己却把脑袋缩进肩膀，两手深深插进西服口袋，颓然倒在皮沙发上。第二支雪茄他抽了很久，一端已经被嚼烂。最后，他独自一人，铁青着脸，仿佛白发苍苍的浮士德一样，朗声说道：

"是啊，我也该做个决定了。"

没有人回答他。房间里没有了一点动静。众所周知，夜里十一点的奥布赫夫胡同是没有往来车辆的。只是非常偶尔会远远听到夜归人的脚步声，这脚步声在窗帘后响过一阵，便消失了。在菲利普·菲利波维奇的指尖下，办公室里又响起他口袋里报时器悦耳的声音……教授在焦急地等待博尔缅塔尔大夫和沙利克夫从马戏场回来。

第八章

菲利普·菲利波维奇究竟做了什么样的决定,尚且不知。不过,在接下来的一个星期里,他没有采取任何措施。也许正是因为他这种无为而治的态度,公寓里日子可谓鸡犬不宁。

就在水漫金山和逮猫事件发生六天后,房管委派了一个年轻人找沙利克夫,就是那个穿着男装的女子,她交给沙利克夫几份证件。沙利克夫拿了文件便迅速塞进口袋,随即又叫博尔缅塔尔大夫。

"博尔缅塔尔!"

"不行,请您务必称呼我的名字和父称!"博尔缅塔尔脸色一沉。

有必要做个说明,这六天来,这位外科大夫已经与被教育者斗智斗勇地争吵过八次了。奥布赫夫胡同里的这套公寓始终被沉闷的气氛笼罩着。

"那您也该称呼我的名字和父称啊!"沙利克夫据理力争。

"不行!"刚跨进房门的菲利普·菲利波维奇大声训斥,"我绝不允许在我家里称呼您这样的名字和父称。如果您不愿意别人不拘礼节地叫您'沙利克夫',我和博尔缅塔尔大夫可以称呼您'沙利克夫先生'。"

"我不是先生,先生们都在巴黎!"① 沙利克夫像狗一样叫着大骂。

"这又是施翁德尔教他的!"菲利普·菲利波维奇怒不可遏,"哼,好吧,我一定会和这个混蛋算账的。只要我还住在这里,除了先生们,谁都不许进来!否则的话,要么我搬家,要么您搬家,确切地说,是您搬家。今天我就在报上登个启事,您相信我,我一定能给您另找一个房间。"

"哈,您以为我是傻瓜,会从这里搬走。"沙利克夫的回答相当干脆。

"什么?"菲利普·菲利波维奇顿时脸色大变,博尔缅塔尔立刻跑了过来,紧张而又小心地抓住了他的袖子。

"您,听好了,不准胡作非为,沙利克夫先生②!"博尔缅塔尔使劲提高了嗓门。沙利克夫后退几步,从口袋里掏出三份证件:绿的,黄的和白的。他用手指指着说:

"看。我现在是住宅合作社成员,我有权在普列奥布拉任斯基承租的五号公寓里享有 16 平方米的面积。"沙利克夫说完想了想,又补充了一句话。这句话作为新生事物,被博尔缅塔尔刻骨铭心地牢牢记住了:请多关照。

菲利普·菲利波维奇咬紧了嘴唇,一时冲动地从牙缝里

---

① 那个年代普遍认为:有钱人和资本家才叫先生,并且他们一般都在巴黎过着奢靡的生活。
② 这里使用的先生一词是由法语演变而来的,与前文的先生为不同词。

挤出一句话:

"我发誓,总有一天我要枪毙了这个施翁德尔。"

沙利克夫极为留心,极为敏感地听了进去,他的眼神说明了这一点。

"菲利普·菲利波维奇,小心①……"博尔缅塔尔警惕地提醒。

"哼,您听好了……您居然这么下流!……"菲利普·菲利波维奇朗声用俄语训斥,"请您记住,沙利克夫……先生,要是再让我看到一次您这样胡作非为,我就取消您在家里的伙食。16平方米——太妙了,但是我可没有义务光凭一张青蛙颜色的证件养你!"

这下沙利克夫害怕了,他半张开嘴巴:

"我可不能没饭吃。"他反抗,但没什么底气了,"我上哪儿蹭饭去?"

"那就放规矩点!"两位大夫异口同声。

沙利克夫老实多了,那天他没再给任何人惹什么麻烦,除了他自己:趁着博尔缅塔尔走开片刻的工夫,他耍起了大夫的剃须刀,把自己的颧骨刮破了。菲利普·菲利波维奇和博尔缅塔尔大夫不得不给他缝了针,缝的时候只听他叫痛不停,泪流不止。

第二天的深夜,教授昏暗的办公室亮着绿光,有两个人在里面坐着——菲利普·菲利波维奇和他忠实而笃信的博尔

---

① 原文为德语。

缅塔尔。楼里的人们都已经睡了。菲利普·菲利波维奇披着天蓝色的睡袍，穿着一双红色的便鞋，博尔缅塔尔一身衬衫，搭着蓝色的背带。两个医生之间隔着一张圆桌，桌上搁着一本厚厚的相册，旁边放着一瓶白兰地，一小碟柠檬和一个雪茄盒。两位学者抽得满屋子云雾缭绕，正热烈地谈论着刚才发生的事情：就在今天晚上，沙利克夫把菲利普·菲利波维奇办公室里压在吸墨纸下的两张10卢布钞票据为了己有，然后溜出家门，直到深夜才酩酊大醉地回来。这还不算，他还带来两个陌生人，在大门的楼道里一通喧哗，并声称要在沙利克夫家里过夜。直到只套着内衣，外面披一件秋大衣的费奥多尔粉墨登场，给警察局45分局挂了电话，这两个人才遁迹而去。但他们走后，镜台上的孔雀石烟灰缸却不见了踪影，菲利普·菲利波维奇放在前厅里的海狸皮帽子也消失了，就连他的手杖也不翼而飞。那根手杖上刻着描金连写花体字：赠敬爱的菲利普·菲利波维奇，住院医师集体敬谢……后面是罗马数字XXV。

"这两个人是谁？"菲利普·菲利波维奇冲着沙利克夫握紧了拳头。

沙利克夫已经头重脚轻，靠在挂着的大衣上，含混不清地辩解，说他不认识那两个人，不过他们不是什么狗崽子，他们可都是好人。

"这也太奇怪了，那两个人不是已经喝醉了吗……他们的手脚怎么还这么利落？"菲利普·菲利波维奇看着以前用来挂纪念手杖的空架子，大惑不解。

"惯偷了。"费奥多尔点破了迷津,兜里揣着教授给的一个卢布回去睡觉了。

沙利克夫坚决不承认偷了两张 10 卢布钞票,不过他竟语焉不详地暗示说,公寓里又不止他一个人。

"啊哈,说不定,还是博尔缅塔尔大夫偷了钱?"菲利普·菲利波维奇声音不大,语气却听上去吓人。

沙利克夫晃了晃身体,睁开了醉意蒙眬的双眼,说出了自己的假设:

"大概,是琴卡拿的吧……"

"什么?……"幽灵一样出现在门口的季娜就像受到了惊吓,只见她穿着没扣好的短上衣,手掌捂住胸口,"他怎么能……"

菲利普·菲利波维奇气得脖子都红了。

"放心,季奴什卡,"他伸出一只手安慰她,"别激动,我们会解决的。"

季娜顿时咧开嘴巴放声大哭起来,两只手按着肩膀不停地颤动。

"季娜,您怎么那么傻?谁会怀疑您呢?呸,真是乱成一锅粥了!"博尔缅塔尔慌得不知所措。

"唉,季娜,您真是个傻孩子,上帝饶恕我。"菲利普·菲利波维奇正要说下去。

这时季娜却突然不哭了,所有人也都不说话了。沙利克夫看上去一副很难受的样子。只见他用头撞着墙,嘴里还发出声音——有点像"咿",也有点像"唉"——似乎是"呃呃呢"！他的脸色惨白，下颌不住地抖动起来。

"快去检查室拿个桶来，混账！"

大家立刻行动起来，忙着伺候歪歪倒倒的沙利克夫。把他送去睡觉的时候，他，在博尔缅塔尔怀里踉踉跄跄，还细声细气地哼着下流话，虽然他说得很费劲。

这件事情发生在半夜一点左右，而现在已是凌晨三点，但办公室里的两个人喝着白兰地加柠檬提神，依然热情不减。他们吐出的浓烟已经在屋子里一层层叠加起来，缓慢地飘动着，有些浓烟聚处甚至一动也不动。

博尔缅塔尔大夫脸色苍白，眼神却毅然决然，他举起一只蜻蜓细腰的酒杯。

"菲利普·菲利波维奇，"他动了真情，"我永远不会忘记，我还是个穷学生的时候就到您身边，是您把我留在了教研室。请您相信我，菲利普·菲利波维奇，您对我来说，远比教授，比导师重要得多……我对您的尊敬无以言表……请允许我亲吻您一下，亲爱的菲利普·菲利波维奇。"

"好吧，我亲爱的……"菲利普·菲利波维奇一时尴尬地不知所措，只好站起来迎了上去。博尔缅塔尔拥抱了他，在他细密而又满是烟味的胡髭上亲了一下。

"这是真心话，菲利普·菲利……"

"真让我感动，太感动了……谢谢您。"菲利普·菲利波维奇打断他，"亲爱的，我做手术的时候没少冲您大喊大叫。我老了脾气暴，还请您多担待。其实，说实话，我也很孤独……'从塞维利亚到格林纳达……'"

"菲利普·菲利波维奇,您怎么能这么说呢?……"博尔缅塔尔真诚地大声说,"如果您不是想要笑话我,就别再这么说了……"

"好吧,谢谢您……'驶向尼罗河神圣的彼岸……'谢谢了……您是个有天分的大夫,我也喜欢您。"

"菲利普·菲利波维奇,我告诉您!……"博尔缅塔尔情绪激动起来,他跑去死死关上了通向过道的门,转回身来压低了嗓门说,"这已经是唯一的退路了。我当然不能妄自给您什么建议,但是,菲利普·菲利波维奇,您看看自己,已经被折磨成什么样子了,这样下去还怎么工作啊!"

"说得极是,没法工作。"菲利普·菲利波维奇叹了口气,表示认同。

"所以说啊,简直不可思议。"博尔缅塔尔继续小声劝说,"您上次说,您担心我会受到连累,亲爱的教授,您不知道这话让我有多感动。但我已经不是小孩子了,我自己会思考,我知道这会惹上多可怕的麻烦。可我坚信,不会再有别的办法了。"

菲利普·菲利波维奇站了起来,朝他摆了摆手,朗声拒绝:

"别再诱惑我了,甚至也不要再提了。"教授在屋子里来回走动,搅动起烟雾的波浪,"我不想再听了。您明白吗,要是我们被抓了怎么办。单是'考虑出身'这一点,我和您就脱不了干系,哪怕我们是初犯。您要知道,亲爱的,我们可都不是什么好出身啊。"

"真是见鬼！我父亲是维尔诺的法庭侦查员。"博尔缅塔尔沮丧起来，一口喝干了白兰地。

"所以说，您看看。这样的出身可不会有什么好的遗传。这才是最最致命的弱点呢。不过，让您见笑了，我的出身更差。我父亲还是主教堂的大祭司呢。梅尔西。'从塞维利亚到格林纳达……在那寂寥的苍茫夜色里'呵，见了鬼了。"

"菲利普·菲利波维奇，您是世界级知名人士，就为了这么一个，请原谅我讲粗口，狗崽子……难道他们会碰您，您想多了吧！"

"真是这样的话，我就更不会走这一步了。"菲利普·菲利波维奇若有所思地停下脚步，两眼盯住了玻璃柜子。

"为什么啊？"

"因为您还不是世界级知名人士。"

"我当然不是……"

"所以说啊。把同事推进火坑，自己打着世界级名人的旗号脱身，抱歉……我——好歹是在莫斯科受的高等教育，我可不是沙利克夫。"

菲利普·菲利波维奇高傲地舒展肩膀，俨然一副法国古代君王的神态。

"菲利普·菲利波维奇，唉……"博尔缅塔尔彻底没了主意，"那还能怎么办呢？难道您要一直等到这个流氓变成一个正常人？"

菲利普·菲利波维奇做了个手势打断了他，给自己倒了杯白兰地，灌了一大口，又嘬了一片柠檬，继续说：

"伊万·阿尔诺尔多维奇，您觉得我是不是多少懂一点解剖学和生理学，换句话说，懂点人体脑器官方面的问题？您说是不是？"

"菲利普·菲利波维奇，这还用问吗！"博尔缅塔尔两手一摊，表示五体投地的钦佩。

"那就好。也不用假谦虚了。我也认为，在这方面我还不是莫斯科最差的医生。"

"我认为，您不光在莫斯科，而且在伦敦，在牛津都是首屈一指的！"博尔缅塔尔激动地打断了他。

"好吧，就算是吧。那么我告诉您，未来的博尔缅塔尔教授：这件事情谁也做不到。我敢肯定。您都不用问为什么，只要和我保持观点一致就行。您就说，这是普列奥布拉任斯基说的。完蛋了①，克里姆啊！"菲利普·菲利波维奇突然一脸严肃地提高了嗓门，柜子里竟发出了回声："克里姆。"他又重复了一遍。"就是这么回事，博尔缅塔尔，您是我学派的第一个学生，除此之外，今天我还确信，您也是我的朋友。所以作为朋友，我告诉您一个秘密，当然了，我知道，您是不会责骂我的——普列奥布拉任斯基这头老不中用的蠢驴就像一个三年级大学生一样，因为做了这场手术而倒了大霉。不过，确实有所新发现，这个您也知道，恐怕会……"菲利普·菲利波维奇沮丧地伸出两只手指了指窗

---

① 原文为意大利语。

帘，显然是暗示在莫斯科会引起轰动，"不过您要知道，伊万·阿尔诺尔多维奇，这个重大发现的唯一结局，就是让沙利克夫骑到我们的脖子上来——就是这里。"普列奥布拉任斯基拍了拍自己结实而又几乎僵硬的脖子，"您就等着瞧吧！要是现在有人，"菲利普·菲利波维奇一脸狞笑，"能把我千刀万剐、碎尸万段，我发誓，我情愿付他50卢布！'从塞维利亚到格林纳达……'我真是见鬼了……整整五年啊，我取出过多少脑垂体……您是知道的，我的工作有多难——简直无法想象。现在可好，请问——这都是为了什么？终于有一天把一条可爱的小狗变成了这么一个恶棍，惹得人人都怨气冲天。"

"谁能想得到呢。"

"你说得完全正确。您看，大夫，就是这么回事，如果一个学者没有按部就班地摸索着自然规律行事，而只求一味快速解决问题，强行揭开谜底，哈，那结果就只能是一个沙利克夫，吃不了兜着走。"

"菲利普·菲利波维奇，要是换成斯宾诺莎[①]的脑子会怎么样？"

"没错！"菲利普·菲利波维奇大叫起来，"正是！只要这只倒霉的狗没有死在我的刀下就行，您也看到了——这场手术是什么水平。总而言之，我——菲利普·普列奥布拉任

[①] 巴鲁赫·德·斯宾诺莎（1632—1677），犹太人，近代西方哲学公认的三大理性主义者之一，与笛卡儿和莱布尼茨齐名。

斯基,一辈子都没做过这么难的手术。脑垂体当然可以移植斯宾诺莎的,或者别的什么绿林大盗的,然后就能把一条狗变成一个超级伟人。但这又是何苦来呢?——请问。请您解释一下,为什么要人工制造一个斯宾诺莎,既然任何一个普通的女人都能适逢其时地把他生下来。罗蒙诺索夫的母亲也是在霍尔莫戈尔生下了她扬名天下的儿子。大夫,繁衍后代是人类的本能,在进化的过程中,百折不挠的人类每年都会从一大堆废物里筛选并培养几十个出类拔萃的天才,让他们把地球变得更美好。现在您明白了吧,为什么我会对您在沙利克夫病历上做的结论表示不屑。我的这个发现,让它见鬼去才好,您觉得了不起,其实一文不值……真的,不用争了,伊万·阿尔诺尔多维奇,我都已经想清楚了。我从来不说空话,这您是非常了解的。理论上来讲,这的确很有意思。唉,还是算了吧!生理学家会为之雀跃,整个莫斯科也会疯狂……但,事实上呢?我们面对的是个什么人?"普列奥布拉任斯基手指了指隔壁的检查室,那里正是沙利克夫睡觉的地方,"一个少有的下流货。"

"说到底——他就是克里姆,克里姆。"教授大声强调,"就是那个克里姆·楚贡科夫①(博尔缅塔尔张大了嘴)——明摆着的:两次被起诉,酗酒,说什么'一切均分'。可是帽子和两张 10 卢布钞票不见了(菲利普·菲利波维奇此刻又想起了纪念手杖,气得脸通红)——流氓、猪

---

① 此处疑为作者笔误,前文克里姆的姓氏为楚贡金。

猡……哼,这根手杖我一定要找回来。总而言之,脑垂体——就是一个暗箱,可以决定每一个人的个性。个性!'从塞维利亚到格林纳达……'"菲利普·菲利波维奇气冲冲地转着眼珠子,大声说,"而不是人类的通性。而通性——具体到个案——就是大脑了。不过大脑的问题不是我关心的,随便它怎么样。我关心的是另一个问题,就是人种的改良,是人类本性的优化。所以才会在年轻化问题的研究上失了手。难道您认为我做手术仅仅是为了挣钱吗?好歹我是个学者啊。"

"您是一位伟大的科学家,了不起!"博尔缅塔尔又喝了一口白兰地。他的眼睛顿时红了起来。

"我本想做个小实验,因为两年前我第一次从脑垂体中提取到了性激素。但结果又怎么样呢?上帝啊!这些脑垂体里的激素,噢,上帝呀……大夫,我现在眼前竟然一片迷茫,我发誓,我真的不知道该怎么办了。"

博尔缅塔尔突然卷起袖子,目光聚集到鼻尖:

"那就这么办吧,亲爱的导师,要是您真的不忍心,我自己冒险给他吃砒霜。管他呢,父亲是法庭侦查员又怎么样。反正说到底这也只是您亲手制造的实验产物。"

菲利普·菲利波维奇哑巴了,两腿一软,跌坐在扶手椅里:

"不行,我不允许您这么做,亲爱的孩子。我已经60岁了,我可以给您一些忠告。永远也不要犯罪,不管是对谁。到老也要保持两手干净。"

"可是，菲利普·菲利波维奇，要是那个施翁德尔再给他灌输点什么，那他还会变成什么样啊？！上帝啊，我现在才意识到，这个沙利克夫会变成什么货色！"

"啊哈！现在您明白了？可我在手术结束后十天就想明白了。其实啊，施翁德尔才是一个大笨蛋。他还不知道，沙利克夫对他来说比对我更具有破坏性的危险。呵，他现在极力怂恿沙利克夫和我作对，自己却没想到，总有一天会有别人怂恿沙利克夫来对付他自己。到那时候，他就彻底完蛋了。"

"可不是嘛！看看那么多猫的下场！这人长的本来就是一颗狗心。"

"哦，不，不，"菲利普·菲利波维奇拖长了声音，"您啊，大夫，您这样说可就大错特错了，看在上帝分上，不要说狗的坏话。狗抓猫只是暂时的……这是驯化的问题，花上两三个星期就能解决的。您要相信我，再过一个月左右，他就不会去抓猫了。"

"现在为什么就做不到呢？"

"伊万·阿尔诺尔多维奇，这很简单啊……您怎么会提这样的问题。脑垂体毕竟不是挂在空气里，它已经被植入到狗的大脑里了，总得让它适应吧。沙利克夫现在的表现还只是狗的残余习性，您得承认，抓猫还算是他各种劣迹中最好的了。您想过没有，最可怕的是，他的身体里不是一颗狗心，而恰恰是一颗人的心。这世上最毒莫过人心啊！"

极度激动的博尔缅塔尔把消瘦而又有力的双手握成拳

头，耸起肩膀，下定了决心：

"说得没错。我要杀了他！"

"我不允许！"菲利普·菲利波维奇坚决反对。

"您就听我……"

菲利普·菲利波维奇突然警惕起来，竖起手指打断了他。

"等等……我好像听见了脚步声。"

两人侧耳倾听，可过道里一片寂静。

"是我听错了吧。"菲利普·菲利波维奇说，接着便激动地说起德语来。他的话里好几次出现了"刑事犯罪"这个词。

"等一下。"博尔缅塔尔却突然警觉起来，他迈步走向房门。这下真的响起了清晰的脚步声，而且正向办公室走来。除此之外，还听到有人不住口地骂着。博尔缅塔尔猛地打开房门，却吓得跳到了一边。菲利普·菲利波维奇也惊得目瞪口呆，僵坐在扶手椅里。

在长方形过道的光影里，站着只穿了件睡衣的达莉娅·彼得洛夫娜，满脸决一死战的怒火。医生和教授被她丰满而又强壮的躯体撩拨得睁不开眼睛，两个人在慌乱中仿佛觉得她的躯体是一丝不挂的。达莉娅·彼得洛夫娜粗壮的双手正拖拽着什么东西，而这个"东西"抗争着，拼命向后拉，两条长满黑毛的短腿蹬着镶木地板不住地挣扎。这个"东西"自然就是沙利克夫了。只见他张皇失措，还带着几分醉意，一头乱发，只穿了一件衬衣。

身形高大、几乎半裸的达莉娅·彼得洛夫娜像倒一袋土豆似的把沙利克夫扔到地上,接着便说道:

"您看看吧,教授先生,杰列格拉夫·杰列格拉夫维奇①居然钻到我们屋子里来了。我是嫁过人的,可人家季娜还是个大姑娘啊。幸亏我醒了。"

刚说到这里,达莉娅·彼得洛夫娜突然清醒过来,羞得一声尖叫,两手捂住胸脯,飞快地跑了。

"达莉娅·彼得洛夫娜,看在上帝分上,请您原谅。"满脸通红的菲利普·菲利波维奇缓过神来,追着她的背影叫道。

博尔缅塔尔把衬衫袖子卷得更高了,一步步逼向沙利克夫。菲利普·菲利波维奇看到他的眼神,吓坏了。

"您要干什么,大夫!我不允许……"

博尔缅塔尔右手一把揪住沙利克夫的衣领,使劲一扯,睡衣的前襟便被撕破了。

菲利普·菲利波维奇扑上去,想要从外科大夫强有力的手中把虚弱的沙利克夫拉出来。

"您没有权力打人!"被勒住脖子的沙利克夫一边扯开了嗓门大叫,一边往地上蹲,酒也醒了。

"大夫!"菲利普·菲利波维奇大声喝止。

博尔缅塔尔稍稍冷静了些,松开了沙利克夫。沙利克夫

---

① 杰列格拉夫是电报的意思,达莉娅·彼得洛夫娜在愤怒中把印刷错读成了电报。

顿时抽泣起来。

"哼，好吧。"博尔缅塔尔压低了声音，但仍义愤填膺，"等到天亮再说。等他清醒了，我再让他出丑。"

于是他一把拎起沙利克夫夹到腋下，拖着他去检查室睡觉了。

沙利克夫还想尥蹶子，两腿却不听使唤。

菲利普·菲利波维奇叉开了两腿，天蓝色睡袍衣襟也敞了开来，他高举双手，两眼望着过道天花板上的灯泡，无奈叹道：

"唉——唉……"

第九章

博尔缅塔尔让沙利克夫出丑的承诺最终没能兑现。因为吓破了胆的波利格拉夫·波利格拉夫维奇第二天一大早就从家里溜了出去。盛怒之下,博尔缅塔尔把自己骂了个狗血淋头,怪自己没有把大门钥匙藏好,还大声斥责自己犯了不可饶恕的错误,最后,只好诅咒沙利克夫被公共汽车轧死。菲利普·菲利波维奇则坐在办公室里,两手挠着头发,喃喃自语:

"不敢想啊,这下外面可要热闹了……真不敢——想啊。'从塞维利亚到格林纳达',上帝呀。"

"他也许还在房管委。"博尔缅塔尔暴跳如雷,转身跑了出去。

他在房管委和施翁德尔大吵了一架,施翁德尔立刻坐下来给哈莫沃区级法院写了一份起诉书,一边还大叫着说,他没有责任看管被普列奥布拉任斯基教授领养的人,更何况,这个被领养人波利格拉夫还是个下流货,就在昨天,他以去合作社购买教科书的借口,从房管委骗走了7卢布。

为了这件事,费奥多尔楼上楼下找了个遍,还赚了3卢布。但沙利克夫连个影子都没见到。

只有一点是明确的——波利格拉夫是在天刚蒙蒙亮的时候走掉的，他头戴鸭舌帽，系着围巾，披着大衣，还从酒柜里带走一瓶花楸露酒，而且顺手拿走了博尔缅塔尔大夫的手套和自己的所有证件。达莉娅·彼得洛夫娜和季娜都兴高采烈，毫不掩饰内心的狂喜，并希望沙利克夫再也不要回来了。就在出走的当晚，沙利克夫问达莉娅·彼得洛夫娜借了3卢布50戈比。

"您活该！"菲利普·菲利波维奇晃着拳头大叫。电话铃声一整天都没停过，第二天仍然响个不停，两位大夫接待的病人数量难以想象。可到了第三天，这个问题拖不下去了，他们必须马上报警了。在莫斯科的茫茫人海中找到沙利克夫对警察局来说是责无旁贷的。

两个人刚说到"警察局"的时候，奥布赫夫胡同美好的宁静就被一辆载重卡车的嘶吼打破了，楼里的窗户也猛地震动了一下。接着，一阵神气十足的门铃响过，波利格拉夫·波利格拉夫维奇颐指气使地走了进来，他一句话不说，脱下鸭舌帽，把大衣挂到鹿角上，浑身装束一新。只见他穿一件皮夹克，肩膀显得不太合身，裤子虽是皮革的，但有些磨损，脚蹬一双英式高筒靴，鞋带一直绑到膝盖。一股刺鼻的猫骚味立刻在前厅弥漫开来。

就像是听到有人一声令下，普列奥布拉任斯基和博尔缅塔尔同时在胸前画起了十字，他们立在门框边，静候波利格拉夫·波利格拉夫维奇发布头条新闻。只见他理了理僵直的头发，咳嗽了一声，环顾了一下四周。一看便知，波利格拉夫想用这些放肆的举止来掩盖他的心虚。

"菲利普·菲利波维奇,我,"他终于开口了,"找到一份工作。"

两位医生的喉咙里同时含糊而又冷漠地应了一声,晃了晃身体。

普列奥布拉任斯基首先缓过神来,向他伸出一只手:

"把文件拿来。"

那是一张打印的文件,上面写着:"兹证明,该证件持有者波利格拉夫·波利格拉夫维奇·沙利克夫同志为莫斯科市流浪动物(猫及其他)清理科科长。隶属于莫斯科公用事业局。"

"原来是这样。"菲利普·菲利波维奇的情绪又不好了,"谁给你找的这份差事?唉,其实不说我也猜到了。"

"对啊,就是施翁德尔。"沙利克夫回答。

"再请问——您身上的味道怎么那么难闻?"

沙利克夫神色慌张地闻了闻衣服。

"嗯,怎么了,是有味道……这还不明白:专职工作啊。昨天我们处理了一批猫,掐死一只又一只……"

菲利普·菲利波维奇不由打了个冷战,看了看博尔缅塔尔,大夫的两只眼睛像黑洞洞的枪口一样正死死瞪着沙利克夫。只见他没有任何废话,一个箭步冲上前,轻巧而又准确地掐住了沙利克夫的脖子。

"救命!"一脸惨白的沙利克夫尖叫起来。

"大夫!"

"我不会干蠢事的,菲利普·菲利波维奇,您放心。"博尔缅塔尔斩钉截铁地说,回身喊道,

"季娜,达莉娅·彼得洛夫娜!"

两人闻声跑来前厅。

"来,跟着我说,"博尔缅塔尔稍一用力就把沙利克夫的脖子推到了墙上的大衣上,"请你们原谅……"

"好吧,我说。"失魂落魄的沙利克夫嗓子都哑了,可他突然纵身一跳,挣扎着想要喊"救命",却没能喊出来,脑袋反而陷进了大衣里。

"大夫,我求求您。"

沙利克夫拼命点着头,表示他一定会屈服,听话照着说。

"……请你们原谅我,最尊敬的达莉娅·彼得洛夫娜,还有季娜伊达①?……"

"普罗科菲耶夫娜②。"季娜慌张地小声提醒。

"哦,普罗科菲耶夫娜……"沙利克夫急促地喘着气,扯着嗓门嘶叫着,"……我做了……

"我在酩酊大醉的状态下,做出了下流的举动。

"酩酊大醉……

"以后再也不敢了……

"不敢……"

---

① 季娜伊达是季娜的大名。
② 季娜的父称。

"快放了他,放了他吧,伊万·阿尔诺尔多维奇。"两个女人也替他求情了,"您会把他掐死的。"

博尔缅塔尔这才放开了沙利克夫,问道:

"载重卡车是在等您吗?"

"不是。"波利格拉夫一脸讨好,"它只是送我回来。"

"季娜,让卡车开走。现在您听好了:您现在又回到菲利普·菲利波维奇家里来了?"

"我还能去哪里?"沙利克夫慌乱地两眼四处乱转。

"知道就好。那您就安安分分老老实实待着。要是再敢闯祸,我就让您知道厉害。明白了吗?"

"明白了……"沙利克夫回答。

在沙利克夫遭受暴力胁迫的时候,菲利普·菲利波维奇始终没有说话。

他一副操碎了心的样子,弓着背扶着门框,啃着手指,两眼直愣愣盯着地板。过了一会儿,他突然抬起眼睛望着沙利克夫,沉闷而又毫无表情地问道:

"那些死猫……你们又是怎么处理的呢?"

"送去做大衣了。"沙利克夫回答,"他们还要申请工业贷款,用猫肉做蛋白质。"

打那以后,公寓里安静了整整两个昼夜。波利格拉夫·波利格拉夫维奇早上坐着载重卡车去上班,晚上回家,闷声不吭地与菲利普·菲利波维奇和博尔缅塔尔一起用晚餐。

虽然博尔缅塔尔和沙利克夫一起睡在检查室,但彼此间没有任何言语交流,这一来,博尔缅塔尔倒先开始觉得无聊了。

两天后,公寓里来了一位身材消瘦的女子,她抹了眼影,穿着肉色的裤袜。看到公寓里奢华的摆设,她立刻变得局促不安。她披着一件破旧的廉价大衣,跟在沙利克夫身后,却在前厅就被教授撞见了。

教授一时慌张起来,他皱起眉头问道:

"请问这位是?"

"我和她要登记结婚了,这位是我们的打字员,以后和我住在一起。博尔缅塔尔该搬出检查室。他自己有房子。"沙利克夫一脸阴险,给出的解释也充满敌意。

菲利普·菲利波维奇眨了眨眼睛,想了一想,又看了一眼满脸通红的女子,便非常礼貌地邀请她:

"我想请您去我的办公室稍坐片刻。"

"我要和她一起去。"沙利克夫立刻起了疑心。

这时,博尔缅塔尔就像一下子从地下冒了出来。

"对不起。"他说,"教授要和这位女士单独谈谈,您和我就在这里待着。"

"我不要。"沙利克夫恶狠狠地抗拒,便要跟着满脸羞愧的女士和菲利普·菲利波维奇去。

"抱歉,这可不行。"博尔缅塔尔一把扭住沙利克夫的手腕,拉着他进了检查室。

办公室里足足有五分钟听不到任何动静,可随后便传出了女士压抑的嚎啕声。

菲利普·菲利波维奇站在桌边,那女子正用肮脏的花边手帕擦着眼泪。

"这个混蛋,他说,是在打仗的时候负了伤。"女士大哭。

"一派谎言。"菲利普·菲利波维奇坚决否认。他摇了摇头,又接着说,"我真心为您感到遗憾,可是总不能因为职位的关系就轻信一个刚认识的人吧……孩子,这也太不像话了。这样吧……"他说着拉开了写字台抽屉,取出三张30卢布的钞票。

"我快被毒死了。"那女子边说边哭,"食堂里天天都是咸肉……他威胁我……说他是红军指挥官……'跟我在一起,'他说,'能住上豪华的公寓……每天都会事先付款……他脾气很好,'他说,'就是恨透了猫……'他还拿走一枚我的戒指留作纪念……"

"呵,呵,呵——脾气好……'从塞维利亚到格林纳达'。"菲利普·菲利波维奇嘟囔着,"得有点耐心啊——您还那么年轻呢……"

"真的就是那个门洞里的?"

"唉,您把钱收下吧,就当是我借您的。"菲利普·菲利波维奇大声说。

接着,他忽地把房门推开了,菲利普·菲利波维奇让博尔缅塔尔把沙利克夫带了进来。只见沙利克夫两眼滴溜溜直转,头上的毛发竟像刷子一样根根竖了起来。

"下流坯。"那女子见到他脱口便骂,她哭肿的眼睛闪着泪光,眼影抹了一脸,鼻子上也流了一道道粉底印。

"您额头的伤疤哪来的?请您劳驾为这位女士解释清楚。"菲利普·菲利波维奇的语气很亲切。

沙利克夫孤注一掷了:

"我是在高尔查克前线受的伤。"他吠道。

那女子站起身,痛哭着跑了出去。

"您别这样!"菲利普·菲利波维奇对着她的背影喊道,"请等一下,把戒指给我。"他转过脸对沙利克夫说。

沙利克夫顺从地从手指上摘下一枚绿宝石空心戒指。

"哼,好吧。"他突然恶狠狠地威胁,"你可别后悔。我明天就把你裁员裁掉。"

"您别怕他。"博尔缅塔尔赶紧大声安慰,"我什么都不会允许他做的。"他转过身,瞪着沙利克夫,看得他步步倒退,后脑勺撞到了柜子上。

"她姓什么?"博尔缅塔尔质问,"姓什么!"他一声大吼,表情突然变得既野蛮又可怕。

"瓦斯涅佐娃。"沙利克夫回答,一边两眼四处寻着空隙要溜之大吉。

"我每天,"博尔缅塔尔揪住沙利克夫夹克衫的衣领,一字一句说,"会亲自向清理科查询——有没有把瓦斯涅佐娃女士裁掉。要是您敢……只要让我知道,把她裁员了,我就把您……亲手就地枪毙。沙利克夫,您可要当心了——我说话算话!"

沙利克夫盯着博尔缅塔尔的鼻子看。

"我们自己也有手枪……"波利格拉夫不服气地嘟囔

着,彻底泄了气。突然,他瞅准了机会,猛地冲出了门外。

"您等着瞧!"博尔缅塔尔在他身后大喊。

当天深夜和第二天的白天,寂静犹如雷雨前的乌云,笼罩了公寓。大家都一言不发。可是第二天,波利格拉夫·波利格拉夫维奇一大早便有了不祥的预感,于是他闷闷不乐地坐上载重卡车去上班了。而教授却在非门诊时间接待了一位他以前的病人。这位病人身形肥硕而且魁伟,穿着军人的制服。

之前他坚持要约见教授,这次终于见到了。他一走进办公室,便两脚啪的一声立正,礼貌地向教授行礼。

"亲爱的,您的伤口又疼了?"面容消瘦的教授问道,"您请坐下吧。"

"多谢。不用了,教授。"来客说着把头盔放到桌子的一角,"我很感激您……嗯……我来找您是为了别的事情,菲利普·菲利波维奇……因为我十分尊重您……嗯……所以来给您通风报信。他说的都是胡扯,这家伙就是个无赖……"病人从公文包里掏出一张纸,"幸亏是直接向我汇报的……"

菲利普·菲利波维奇在鼻梁上又架了一副夹鼻眼镜,拿过纸读了起来。他久久地低声念着,脸色也走马灯似的变个不停。

"……他还威胁要杀死房管委主任施翁德尔同志。由此可知,他一定还私藏枪械。他更宣扬反动言论,甚至命令家中女仆季娜伊达·普罗科菲耶夫娜·布宁娜将恩格斯的著作扔进炉子烧掉,此人实为张扬的孟什维克。其助手博尔缅塔尔·伊万·阿尔诺尔多维奇不但与之沆瀣一气,还秘密住在他家,且未申报户口。清理科科长波·波·沙利克夫签字。所述情况属实。房管委主任施翁德尔,秘书佩斯特鲁辛。"

"您能把这个留在我这里吗?"菲利普·菲利波维奇的脸上像是开了染坊,已经变得五颜六色,"不过,对不起,也许,您还需要这个,要履行法律程序?"

"您说什么呢,教授。"病人这下不高兴了,连鼻孔都鼓了起来,"您还真是小看我们啊。我……"他一脸气鼓鼓的样子,活像一只雄火鸡。

"好吧,对不起,对不起,亲爱的!"菲利普·菲利波维奇连声道歉,"很抱歉,我真的,没想惹您生气。亲爱的,您别发火,只是那个家伙让我烦透了……"

"我也这么想。"病人不再生气了,"他的的确确是个恶棍!我倒是想好好看看他那副德行。莫斯科到处都在议论您非凡的传奇故事呢……"

菲利普·菲利波维奇听了,无奈而又绝望地摆了摆手。于是病人仔细观察了一下教授,这才发现,这段时间来,他的背已经驼了,甚至连白发也增多了。

* * *

善有善报,恶有恶报,时候一到,统统报销——这是常识。波利格拉夫·波利格拉夫维奇坐着载重卡车惴惴不安地回家了。菲利普·菲利波维奇一声召唤,把他请进了检查室。沙利克夫暗自惊讶,他怀着莫名的恐惧看了看博尔缅塔尔脸上那一双枪口,随即又看了看菲利普·菲利波维奇。只见医生助手的身体周围萦绕着一圈烟雾,他捏着卷烟的左手搁在锃亮的产科座椅扶手上,正微微颤抖。

而菲利普·菲利波维奇则平静地宣布了一个噩耗:

"请您马上收拾好东西:裤子、大衣和您的日用品——滚出我的家!"

"这是怎么啦?"沙利克夫深感诧异。

"今天——就滚出去。"菲利普·菲利波维奇保持着不变的语调,打量着自己的手指甲。

这一瞬间,波利格拉夫·波利格拉夫维奇被魔鬼附体了。他知道,这次是真的大祸临头,死期到了。面对无可挽回的厄运,他索性破罐子破摔,凶狠而又结结巴巴地吠道:

"你们到底想干什么!干吗,我拿你们,怎么着,还没办法了?我在这里有 16 平方米的权利,我就是不走。"

"请您滚出我家。"菲利普·菲利波维奇的声音很低,但没有商量余地。

于是沙利克夫自己招来了阎王。只见他抬起满是伤疤、散发着猫骚恶臭的左手,冲着菲利普·菲利波维奇——从食指和中指间顶出了大拇指。随即右手从口袋里掏出一把左轮手枪,对准了危险的博尔缅塔尔。博尔缅塔尔手里的卷烟像陨星一样砸到了地上。才过了几秒钟,只见惊慌失措的菲利普·菲利波维奇踩着碎玻璃一蹦一跳地从柜子边冲向了沙发。而此时,清理科科长已经四仰八叉地躺在沙发上大口喘气,外科大夫博尔缅塔尔则骑在他的胸口,用一个白色的小枕头堵住了他的嘴。

又过了几分钟，杀气腾腾的博尔缅塔尔大夫穿过前厅过道，在门铃旁贴上一张小字条：

"因教授抱恙，今日门诊取消。恳请勿按门铃，以免打扰。"

接着，他用一把锃亮的折叠小刀割断了门铃电线，又在镜子里查看了一下自己被挠出了血的脸，又看了看正微微颤抖的受了伤的双手。然后，他来到厨房门口，神色紧张地向季娜和达莉娅·彼得洛夫娜交待：

"教授请你们现在不要出门。"

"好的。"季娜和达莉娅·彼得洛夫娜心惊胆战地答应。

"请允许我把消防出口也锁上，钥匙我拿走。"博尔缅塔尔躲在门背后的墙影里，用手掌遮住脸，"这都是临时的，不是不相信你们。如果有人来，怕万一你们忍不住，就会去开门，但是我们不能受干扰。我们现在很忙。"

"好的。"两个女人的脸顿时变得煞白。博尔缅塔尔锁上了消防出口，把正门锁了，又把通往前厅的过道门也锁上了，随后，他的脚步声便消失在了检查室里。

寂静吞没了整个公寓，渐渐蔓延到所有的角落里。暮色钻进了屋子，既令人厌恶，又让人不安，周围已是一片昏暗。确实，后来据院子对面的邻居们说，似乎那天晚上，教授家检查室面朝院子的窗户里灯火通明，甚至还有人似乎看到了戴着白帽子的普列奥布拉任斯基本人……不过这些都很难确认了。还有，这件事过去以后，有一次听季娜提到说，博尔缅塔尔和教授离开检查室后，她又在办公室的壁炉旁见

不祥的蛋·狗心

到过伊万·阿尔诺尔多维奇,把她吓了个半死。那一刻,他似乎正蹲在办公室的壁炉旁焚烧自己的蓝皮笔记本,而那个本子正是从教授病人成堆的病历记录中抽出来的!大夫似乎还铁青着脸。只有这些了,嗯,就只有这些了……还有满脸的抓痕。菲利普·菲利波维奇那天晚上似乎也全然变了个人。还有一些别的……不过,也许,住在普列奇斯坚卡公寓里的这个纯真的女孩子也会说胡话呢……

但是有一点可以确认无误:那天晚上,公寓里鸦雀无声,静得可怕。

大结局

尾声

检查室里的会战已经过去了十天,一天深夜,位于奥布赫夫胡同的普列奥布拉任斯基教授家中门铃声大作。

"我们是刑警和侦查员。请麻烦开一下门。"

一阵跑动的脚步声,一阵敲击声,便有人走了进来。检查室里亮起了灯,柜子里新配的玻璃在灯光下耀眼夺目,屋子里顿时站满了人。有两个人身穿警察制服,一个人穿着黑色的大衣,手里拿着公文包,面色苍白而又一脸幸灾乐祸的房管委主任施翁德尔也在其中,还有那位身着男装的女子、门卫费奥多尔、季娜、达莉娅·彼得洛夫娜和没来得及穿戴整齐的博尔缅塔尔,此刻他正腼腆地遮挡着没打领带的脖子。

办公室的门被打开了,菲利普·菲利波维奇也走了过来。他还是像往常一样披着那件天蓝色的睡袍,众人一看便知,近一个星期来,菲利普·菲利波维奇的气色好多了。菲利普·菲利波维奇已经恢复了原先威严而又精力充沛的样子,只见他气宇轩昂地来到深夜访客面前,对自己身穿睡衣表示了歉意。

"您别客气,教授。"那个身穿便衣的人显得十分尴尬,接着便吞吞吐吐表明了来意,"非常扫兴。不过我们有您公寓的搜查令,还有,"他瞄了一眼菲利普·菲利波维奇的胡髭,才把话说完,"还有逮捕令,不过这要看搜查结果如何。"

菲利普·菲利波维奇眯起眼睛问道:

"是什么罪状呢,我斗胆请问,起诉谁?"

那人挠了挠脸蛋,随即从公文包里掏出文件念了起来。

"控告普列奥布拉任斯基、博尔缅塔尔、季娜伊达·布宁娜和达莉娅·伊万诺娃涉嫌谋杀莫斯科公用事业局清理科科长波利格拉夫·波利格拉夫维奇·沙利克夫。"

季娜的嚎啕大哭淹没了他念的最后几个字。紧接着便是一阵手忙脚乱。

"我完全不明白。"菲利普·菲利波维奇一脸国王式的傲慢,耸了耸肩,"什么沙利克夫?哦,对不起,是不是我家的狗……我做过手术的那条?"

"抱歉,教授,他可不是狗,他已经是个人了。这才是关键所在。"

"您是说,它会说话?"菲利普·菲利波维奇问,"这并不意味着它变成了人啊。不过,这个不重要。沙利克现在还活着,没有任何人要谋杀它。"

"教授,"穿黑大衣的人大吃一惊,高挑起眉毛,"那您就得让他出来。他已经失踪十天了,恕我直言,现在各种材料都对您非常不利。"

"博尔缅塔尔大夫,麻烦您把沙利克带出来给侦查员看看。"菲利普·菲利波维奇一边吩咐,一边接过了搜查令。

博尔缅塔尔大夫轻蔑地笑了笑,便走了出去。

大夫回来的时候吹了一声口哨,办公室里窜进来一条怪模怪样的狗,紧跟在他身后。它身上有的地方光秃秃的,有的地方却长出了新的毛发。走出来的时候就像马戏团里受训的杂技狗,先是两条后腿直立,但立刻又四肢着地,开始东张西望起来。死寂的沉默顿时凝固了检查室里的气氛。这条狗不但模样吓人,额头上还有一条鲜红的刀疤。只见它又一次支着两条后腿站了起来,笑了笑,竟坐到了扶手椅里。

站在后面的警察突然画了一个大大的十字,朝后退去,一不留神踩到了季娜的两只脚。

穿黑色大衣的人惊得合不拢嘴,脱口问道:

"怎么会这样,请问?……他明明在清理科上过班啊……"

"这可不是我让他去的。"菲利普·菲利波维奇回答,"是施翁德尔先生推荐的吧,如果我没弄错的话。"

"我没明白。"慌乱中,穿黑色大衣的人转身问身边的警察,"就是他吗?"

"是他,"民警默默地回答,"就是他没错。"

"就是他。"是费奥多尔的声音,"只不过,这下流坯又长出毛来了。"

"他以前真的会说话啊……咳……咳……"

"它现在也还能说话,只是越说越少了,所以请各位把握机会,他用不了多久就会彻底哑巴了。"

"怎么会是这样呢?"穿黑大衣的人轻声问道。

菲利普·菲利波维奇又耸了耸肩膀。

"科学还没有找到把野兽变成人的办法。各位也看到了,我只是做了个尝试,然而并不成功。有段时间它能说话,可现在又开始恢复原始状态了。这就是返祖现象。"

"不准说脏话。"那狗突然一声大吼,从扶手椅上站了起来。

穿黑色大衣的人冷不丁被吓得脸色煞白,公文包失手掉到地上,身子一歪倒了下去。警察立刻在一旁扶住,费奥多尔也从后面托住了他。在一片手忙脚乱中,有三句话听得最为清晰:

菲利普·菲利波维奇:"快拿缬草酊①。他昏厥了。"

博尔缅塔尔大夫:"如果施翁德尔再敢到普列奥布拉任斯基教授家来,我一定亲手把他从楼梯上扔下去。"

施翁德尔:"我要求把这句话记录在案。"

* * *

灰色的暖气片送来阵阵热浪。窗帘把普列奇斯坚卡浓重的夜色挡在了外面,也遮住了夜色中的那颗孤星。那位最高等的动物,也是狗的再造父母,正坐在扶手椅里。而沙利克

---

① 镇静剂,用于治疗失眠,放松肌肉,可治癫痫、抗惊厥等。

则紧挨着皮质沙发躺在地毯上。三月的雾气太重,狗每天早上都会感到头疼,正是头上那一圈刀疤让它苦不堪言。不过到了晚上,因为暖气的缘故,头痛也就过去了。而现在,狗已经感觉好多了,好多了,脑海里流淌起一个个连贯而又温馨的念头。

"我真是走运,真是走运。"它打起了瞌睡,"运气好得简直不可思议。我总算在这里落户了。现在我完全有理由相信,我的出身的确有不光彩的历史。肯定是那条纯种救生犬干的好事。我的奶奶当年也太过放荡,但愿老太太在天国享福吧。就是不知道为什么,我的脑袋被割开那么多道口子,不过结婚前肯定会长好的。这事情根本不用我们操心。"

* * *

有个房间传来玻璃器皿沉闷的撞击声。那是被它咬过的人正在收拾检查室里的柜子。

白发苍苍的魔法师则兀自坐着哼唱:

"驶向尼罗河神圣的彼岸……"

狗在那一刻却看到了可怕的一幕。只见那个大人物把戴着滑腻腻手套的手伸进容器,取出了脑髓——他的神情顽固而又坚定,一个劲地埋头研究,时不时地切割着,审视着,眯缝起眼睛哼唱着:

"驶向尼罗河神圣的彼岸……"

魔鬼颂

中篇小说讲述了一对双胞胎如何毁了一位办事员的故事

第一章 20日发生的事情

这段时期,大家都见缝插针地从一个岗位窜到另一个岗位,唯独科洛特克夫同志冥顽不化①。他是火总基(火柴材料中心总基地)编制内的一个办事员,在这个岗位上恪尽职守已经11个月了。

在火总基慢慢待习惯了,长着一头金发的科洛特克夫出于他温和的本性,早已把上进心从内心深处剔除,他认为生命中根本就不存在所谓的兴衰荣辱。而最终取代上进心的是难以动摇的安定感,他觉得会在基地工作一辈子,一直到自己咽气告别尘世的那一天。然而,结果却事与愿违……

1921年9月20日那天,火总基的出纳套上一顶丑陋不堪的护耳帽,把一张填写得满满当当的拨款公文塞进公文包,离开了。当时正是后半夜的十一点。

直到第二天午后四点半出纳才回来,浑身湿透。他一来就甩掉帽子上的水,把帽子搁到桌子上,然后又把公文包压在帽子上,开口说道:

"不要逼我,先生们。"

他莫名其妙地在桌子里翻腾了一会儿,接着便走出了房间,一刻钟后又回来了,手里还拎着一只被拧断了脖子的肥

母鸡。他把死翘翘的母鸡搁到公文包上面,右手按着那只鸡,说道:

"钱拿不到了。"

"那明天呢?"女士们异口同声问。

"不会有。"出纳晃了晃头,"明天拿不到,后天也不会有。不要赶鸭子上架,先生们,别挤过来,不然,同志们,你们该把我的桌子掀翻了。"

"怎么回事?"大家都吃了一惊,就连天真的科洛特克夫也忍不住叫起来。

"先生们呐!"出纳几乎要哭出声来,他挥起胳膊肘挡开了科洛特克夫,"我求你们了!"

"这到底怎么回事儿?"大家都不敢相信,科洛特克夫唱滑稽戏一样叫得比任何人都响。

"嗯,你们看看吧。"出纳抽抽嗒嗒,从公文包里取出了拨款公文,递给了科洛特克夫。

出纳用脏兮兮的手指甲戳着一行字,只见红色墨水用斜体字写着:

"*拨款。*

代苏勃特尼科夫同志签字——谢纳特[2]。"

---

[1] 历史上也曾有一位科洛特克夫(1885—1949),苏联党的活动家,雅罗斯拉夫尔建立苏维埃政权斗争的领导人之一。
[2] 苏勃特尼科夫有周六义务劳动者的意思,具有比较强烈的时代性。谢纳特是沙皇俄国时期枢密院的意思,而俄罗斯人并没有谢纳特这个姓氏。

底下还有一行紫色墨水写的答复:

"没钱。
代伊万诺夫①同志签字——斯米尔诺夫。"

"怎么会这样?"这次只有科洛特克夫一个人嚷嚷,其他人都气呼呼朝出纳扑了过去。

"啊呀,老天啊!"出纳惊慌失措地抱怨起来,"怎么能怪我?我的上帝!"

他急忙把拨款公文塞进公文包,套上帽子,把公文包夹在腋下,抄起母鸡,大喊:"请让我过去!"然后便撞开了激愤的人墙缺口,消失在门后。

一位脸色已经惨白的女登记员尖叫一声追了出去,又高又尖的鞋跟却偏偏在门口咔嚓一下绊折了。女登记员一个趔趄,只好抬起脚来,把鞋子脱了。

这位光着一只脚的女士只能留在了房间里,而其他人,包括科洛特克夫也留了下来。

---

① 伊万诺夫和斯米尔诺夫是俄罗斯极为普通的姓氏。

第二章　产品

上述事件发生后的第四天，科洛特克夫单独办公的小房间的门被推开了一条缝，一位满脸泪痕的女士探进头来，没好气地说：

"科洛特克夫同志，去拿工资。"

"是吗？"科洛特克夫兴奋得大声答应，吹着《卡门》序曲的口哨，跑去挂着"出纳"牌子的房间了。他咧着大嘴在出纳的桌边停下脚步。两根用火柴盒垒起来的粗大立柱几乎顶到了天花板。为了避免回答任何问题，激动得直冒汗的出纳用图钉把拨款公文钉在墙上，只不过上面多了几行用绿色墨水写的字：

"用产品支付工资。

代博戈雅甫连斯基签字——普列奥布拉任斯基。

本人也同意——克舍辛斯基[①]。"

科洛特克夫咧开嘴笑哈哈地和出纳道了别。手里拿着四个黄澄澄的大火柴盒子和五个绿色的小盒子，几个衣服口袋里还装了十三个蓝色的火柴盒。在自己的小房间里，他一边留神倾听办公楼里慌乱的议论声，一边用当天报纸的两页大纸张包裹好火柴，然后没有和任何人打招呼，便独自下班回了家。火总基的大门旁，他差点被一辆刚好驶来的小汽车撞到。然而他甚至没有看清，小车里坐着的是何许人。

到家后，他把火柴一股脑儿倒在桌子上，后退两步，观赏了片刻，脸上一直挂着傻乎乎的笑容。随后，他使劲挠乱金黄色的头发，自言自语地说：

"好吧，一直泄气也不是办法。还是得想办法卖掉啊。"

于是，他敲开了邻居家的门。邻居亚历山德拉·费奥德洛夫娜在省酿酒厂仓库工作。

"进来吧。"房间里答应的声音并不响。

科洛特克夫一进房间就愣住了。提早下班的亚历山德拉·费奥德洛夫娜大衣也没脱，还戴着帽子，正蹲在地板上。她面前立着整整一排酒瓶子，瓶口都用报纸塞住，里面装满了浓稠的红色液体。亚历山德拉·费奥德洛夫娜已经哭得满脸是泪。

"四十六瓶啊。"她转过脸对着科洛特克夫说。

"这都是墨水吗？……您还好吧，亚历山德拉·费奥德洛夫娜。"科洛特克夫吃惊不小。

"是教会红酒。"邻居抽抽嗒嗒地回答。

"怎么回事儿，连你们也这样？"科洛特克夫觉得不可

---

① 博戈雅甫连斯基有主显节的意思，普列奥布拉任斯基有沧桑巨变的意思。三次签名都是副手代签，这是作者的刻意设定，影射当时官僚作风盛行，主管人员都不在其位。

思议。

"你们也发了教会红酒?"这下是亚历山德拉·费奥德洛夫娜吃惊了。

"我们发的,是火柴。"没了底气的科洛特克夫降低了声调,尴尬地拧起了外套上的扣子。

"你们那些火柴又点不亮!"亚历山德拉·费奥德洛夫娜提高嗓门发了句牢骚,随即一边抖了抖裙子,一边站起了身。

"怎么会,火柴怎么会点不亮?"科洛特克夫吓了一跳,赶紧跑回自己家里。他一秒钟都没浪费,抓起一个火柴盒,刺啦拆了封,划了一根火柴。浅绿色的火焰嗤地一闪,便马上暗了下去,灭了。科洛特克夫被刺鼻的硫磺气味呛到,难受地咳嗽了一声,又划了一根。这次火柴爆出两簇火焰,嗖地飞了出去。一簇火焰飞到了玻璃窗上,另一簇刚好掉进了科洛特克夫同志的左眼里。

"啊——呀!"科洛特克夫痛得大叫,失手扔掉了火柴盒。

他像一匹受惊的马儿,左脚换右脚右脚换左脚地跳了一阵,抬起巴掌按住了眼睛。慌乱中,他心惊胆战地照了照刮脸用的小镜子,完了,这下眼睛保不住了。可是眼睛居然还在,只不过变得通红,还不住往外汩汩地流着眼泪。

"啊哟,我的上帝!"科洛特克夫沮丧不已,迅速地从抽屉柜里取出美式个人急救包,三两下打开,把左半边脑袋一圈圈包扎了起来,看着就像作战中受了伤的士兵。

科洛特克夫一整夜都没有合眼，亮着灯，躺着划火柴。他接连划完了三盒，居然点亮了六十三根火柴。

"笨女人，瞎说。"科洛特克夫低声骂道，"火柴明明好好的。"

天快亮之前，房间里充斥着呛人的硫磺气味。一直到天边现出鱼肚白，科洛特克夫才睡着了，而且做了一个荒唐而又可怕的梦：他似乎躺在了绿油油的牧场，眼前出现了一颗硕大无比的桌球，那桌球还长着小小的腿，活蹦乱跳。这一场景引起了他极度的不适，科洛特克夫大喊一声惊醒过来。晦暗不明的屋子里，仍有那么五秒钟，他仿佛觉得球就在屋子里，就在他的床边，甚至还散发着浓烈的硫磺味。不过，这种幻觉一会儿就消失了。科洛特克夫翻了个身，又睡了过去，这次他没再中途醒来。

第三章　来了个秃子

到了第二天早晨，科洛特克夫推了推绷带，放心了，眼睛几乎已经痊愈。不过，遇事向来谨慎有余的科洛特克夫决定先不摘除绷带。

到了工作单位，科洛特克夫已经迟到了好一会儿。为了避免下属们产生不必要的误会，他颇有心计地直接走进了办公室。他在桌子上看到一份文件，内容是后勤科科长向基地主任征求意见，能否为打字员小姐们配备全套制服。科洛特克夫用一只右眼读完，便拿起了文件，沿着走廊向基地主任切库申同志的办公室走去。

可就在办公室门口，科洛特克夫撞见一个陌生人，那个人的长相强烈地冲击了他的视觉。

这个陌生人的个头矮得实在不像话，差不多只到大高个科洛特克夫的腰间。不过，这个陌生人宽得离谱的肩膀多少弥补了个头的缺陷。正方形的躯干架在两条罗圈腿上，而且左腿还是瘸的。但是最夺人眼目的要数他的脑袋。他的脑袋看上去像一个巨大而又逼真的鸡蛋模型，被水平地镶嵌在脖子上，尖端冲前。脑袋光光的，也和鸡蛋一样，而且分外耀眼夺目，就好像脑袋的顶门上点着几盏从不熄灭的电灯泡。

陌生人小得出奇的脸蛋刮得精光泛蓝，绿色的小眼睛活像两枚图钉，深深摁在颧骨里。陌生人的身体裹在一件敞襟的灰色绒布弗伦奇军服里，上衣里面露出一件小俄罗斯样式的衬衫。裤子也是同样的布料，脚踩一双亚历山大一世时代骠骑兵式的豁口低帮轻便靴。

"哈，看他的小样。"科洛特克夫不免心里犯嘀咕。他躲闪着想绕过秃子去敲切库申的门。然而出乎意料，秃子却堵住了科洛特克夫的路。

"您有事儿吗？"秃子问科洛特克夫，这个声音让办事员浑身一个哆嗦。秃子的嗓门简直就像一个铜盆，声音极具特色，他说的每一个字都能让听见他说话的人感到有条蛇顺着脊梁向上爬。更不可思议的是，科洛特克夫竟然觉得，这个陌生人说的话都有一股火柴的味道。千不该万不该，鼠目寸光的科洛特克夫偏偏在这个时候犯了一个无论如何都不该犯的错误，他生气了。

"哼……莫名其妙。我来送文件的……请问您，您算哪……"

"您没看到门上写了什么吗？"

科洛特克夫看了看门，上面写的内容早已不是什么新鲜事：

未经汇报不得入内

"我来送文件。"科洛特克夫指着手里的文件装糊涂。

正方形的秃子突然发火了，两只小眼睛里喷出了亮黄色的火花。

"这位同志，"他锅碗瓢盆般的声音把科洛特克夫震聋了，"您简直弱智透顶，办公题词的意思那么简单易懂，您居然看不明白。本人深感震惊，您这样的人怎么还能混到现在。你们这里闹的笑话够多了，就像您这种眼珠子被打伤的，随处可见。不过，没关系，我们会整顿规范的。（啊——咳！科洛特克夫心里一声哀叹。）把文件给我！"

说最后几个字的时候，陌生人一把从科洛特克夫手里夺过文件，一目十行读完了内容，随即从裤兜里掏出一支被啃得坑坑洼洼的化学铅笔，把文件贴在墙上，歪歪斜斜写上了几个字。

"去吧！"他吠了一声，便抬手把文件塞了回来，差点没捅瞎科洛特克夫仅剩的那只眼珠子。办公室的门吓破了胆，凄厉地叫着把陌生人吞没在门后。科洛特克夫吓得不知所措，而切库申并不在办公室里。

足足过了半分钟，直到科洛特克夫和切库申的私人秘书丽朵奇卡·德·鲁尼①撞了个满怀，他才回过神来。

"啊——咳！"科洛特克夫同志一声苦叹。丽朵奇卡的眼睛和他一样，也用急救包的绷带缠了起来。唯一的区别在于，绑带的末端扎了一个娇俏的蝴蝶结。

"您这是怎么啦？"

"还不是火柴！"丽朵奇卡一肚子怨气，"该死的

---

① 丽朵奇卡是丽迪娅的昵称。

火柴。"

"那里面是谁?"被骂得没了脾气的科洛特克夫低声打探。

"原来您还不知道啊?"丽朵奇卡同样小声地回答,"是新来的。"

"真的吗?"科洛特克夫的声音变得尖细,"那切库申呢?"

"被赶跑了,就昨天。"丽朵奇卡没好气地说,又指指办公室的方向,"真是个恶——棍。这家伙真不是东西。我这辈子还从没见过这么恶心的家伙。大喊大叫!开除!……不长毛的紧身裤!"最后这句话是科洛特克夫没料到的,看着她的一只眼珠子几乎要瞪出来。

"什么款……"①

科洛特克夫没来得及把问题提出来。只听办公室门后一声怒吼:"文书!"办事员与女秘书吓得立刻分道扬镳。科洛特克夫三步并作两步窜回了自己的房间,坐到桌后,自言自语说:

"啊——呀——呀……唉,科洛特克夫,这下你闯大祸了。该想个办法补救……'弱智'……哼……无耻的家

---

① 这里提到的紧身裤是指贴身穿的长筒紧身内裤。有研究者认为,前文关于秃子外表的描写与某位领导人极为神似。当时出于保暖的目的,只有住院的病人才会统一穿紧身的长筒内裤,而作者写这部中篇的时候,那位领导人恰好生病住院。所以,女秘书随口骂新来的主任是"不长毛的紧身裤",可以理解为:有病的老秃子。但显然,科洛特克夫是按照字面的意思理解了。

伙……算啦！你等着瞧，科洛特克夫到底弱不弱智。"

办事员睁着一只眼睛读了秃子写的字。文件上写着一句狗屁不通的话：

"所有女打字员和其他女士，一概适时发放士兵制服内裤。"

"这也太滑稽了吧！"科洛特克夫被逗得笑出声来。他脑子里想象着丽朵奇卡穿士兵制服内裤的样子，忍不住淫荡地哼嗦了一下。接着，他赶紧抽出一张干净的文件纸，仅三分钟拟就一份电传：

"电传

后勤科长句号您十九日所拟0.15015（6）号文件现予回复如下逗号火总基主任通知逗号所有女打字员及至所有女士应适时发放士兵制服内裤句号管理主任破折号签名办事员破折号瓦尔佛洛梅·科洛特克夫句号"

随后他打电话叫来了文书潘杰列蒙，告诉他：
"拿去给主任签名。"
潘杰列蒙咬了咬嘴唇，拿起文件走了出去。
过后整整四个小时，科洛特克夫都没有走出小房间，他专心听着动静。脑子里盘算着，只要主任想出来转转各个科室，一定就能看到他埋头苦干的样子。但是恐怖的办公室里并没有传出什么声音。只有一次，听到了含糊不清的金属音，似乎是在威胁要开除谁，但究竟要开除谁，科洛特克夫即便把耳朵贴住锁孔，也没能听清楚。午后三点半的时候，隔壁办公室里响起了潘杰列蒙的声音：

"坐车走啦。"

办公楼立刻起了哄，大家纷纷作鸟兽散。而科洛特克夫同志是独自一人最后回家的。

第四章 第一条——科洛特克夫出局

第二天早上,科洛特克夫心情特别好,因为眼睛已经不再需要绷带的救治了。他轻松地甩掉了绷带,立刻觉得自己变了一个人,变得帅气多了。科洛特克夫匆匆忙忙喝够了茶,灭掉汽油炉,就出门上班去了。他本不想迟到,却偏偏迟到了五十分钟。因为六路有轨电车改走了七路的环城路线,结果驶到只有一排排小房子的偏远街区时,电车还抛了锚。科洛特克夫不得已步行了整整三俄里①,才喘着粗气跑到了办公楼,阿尔卑斯玫瑰饭店的大钟刚好敲了十一下②。办公楼里等待他的是闻所未闻的一幕,根本不是通常十一点时应有的场景。丽朵奇卡·德·鲁尼、米洛奇卡·利多夫采娃、安娜·叶夫格拉佛芙娜、高级会计师德罗兹德、生产指导员基提斯、诺梅拉茨基、伊万诺夫、穆什卡、女登记员、出纳……总之,所有人,所有办公人员都没有像往常那样各就各位地坐在阿尔卑斯玫瑰饭店的餐桌后,而是一团团挤作一堆站在墙边,墙上用钉子钉着一张四分之一大小的文件纸。看到科洛特克夫走进来,大家立刻出奇一致地闭了嘴,人人都低下了头。

"先生们好啊,发生什么事了?"科洛特克夫不免有些奇怪。

人群不声不响地散开了,科洛特克夫走到四分之一大小的文件纸前。开头几行字十分明了而又清晰地映入他的眼帘,可最后几行字则在震惊和诧异的泪水中变得模糊不清。

第一号令:

1. 科洛特克夫同志因对待本职工作玩忽职守,导致重要的工作文件在落实内容时造成了令人极为愤慨的后果,更可耻的是,他显然因打架斗殴伤了眼睛,竟以邋遢形象出现在工作场合。故决定自本月26日起开除科洛特克夫同志,予以支付其至25日(包括在内)的有轨电车交通费。

第一条,同时也是最后一条,底下的签名异常大号,十分醒目:

主任内库

阿尔卑斯玫瑰饭店遍布尘埃的水晶大厅③,有那么二十

---

① 1俄里等于1.6公里。
② 阿尔卑斯玫瑰饭店曾是老莫斯科最著名的饭店之一,以经营德式和其他欧式餐饮为主,出售正宗巴伐利亚啤酒。1925年,小说中"火总基"的办公地点就在饭店楼内。现该建筑被改为莫斯科音乐厅。
③ 这家饭店的水晶大厅非常出名,曾是文人经常聚会的地方。著名诗人叶赛宁曾在这里朗诵诗歌。

秒钟，陷入了完美的沉默。而且比所有人沉默得更完美、更深沉、也更僵硬的，就是脸色铁青的科洛特克夫本人。到了第二十一秒，沉默像气球一样破了。

"怎么会这样？怎么会这样？"科洛特克夫接连咏叹了两次，声音就像高跟鞋踏碎了阿尔卑斯玫瑰饭店的高脚酒杯，"内库是他的姓啊？……"

听到有人提到了内库，办公人员纷纷子弹一样射向四面八方，一眨眼的工夫便各就各位坐到自己的位子上，就像一群寒鸦整整齐齐落到高压电线上。科洛特克夫的脸上，原本霉烂一样的灰绿，变成了斑斑块块的紫红色。

"啊——呀——呀。"斯克沃列茨远远地从账本里探出头，闷声闷气地调侃，"大叔，您怎么会犯这么傻的错误？啊？"

"我以——为，我想……"科洛特克夫碎片一样一个字一个字地往外抛，"我把内库看成内裤了。是他自己签名用的小写字母啊！①"

"反正我是不会穿这种内裤的，让他死了心！"丽朵奇卡说得又清脆又干脆。

"嘘！"斯克沃列茨蛇一样压低了嗓门，"您说什么呢？"

他一头扎回账本里躲了起来，还用一张纸挡住了脸。

---

① "火总基"主任签名用小写字母，这是作者刻意的设定，意在暗示主任的文化层次比较低。

"我脸上有什么,他没权力说三道四!"科洛特克夫愤怒地呐喊,可是声音却不大,他的脸色已经从紫红变得像白鲟皮那样惨白,"我的眼睛就是被那些低劣不堪的火柴烧伤的,德·鲁尼同志也一样!"

"小声点!"基提斯的脸都白了,他尖声提醒,"您就别说啦。他昨天试过了,说质量超棒呢。"

嘀——铃——铃——铃。门框上方的电铃突然响了起来……与此同时,潘杰列蒙肥硕的身体从板凳上跌落下来,顺着走廊滚了出去。

"不!我要解释一下。我要解释清楚!"科洛特克夫拉长了尖细的声调,接着左冲右撞在原地跑了十来步,阿尔卑斯玫瑰饭店蒙着灰尘的穿衣镜里,映出了他几乎变了形的身影。他终于跌跌撞撞跑到走廊里,朝着一盏昏暗的小灯泡跑去,那盏灯泡就悬在"单人办公室"的牌子上方。在那扇让人心惊胆战的门前,他的呼吸急促起来。醒来时,他已经躺在了潘杰列蒙的怀里。

"潘杰列蒙同志。"科洛特克夫的激动难以平复,"请你,放开我。我要见主任,马上……"

"不行,不行,说了,谁也不让进。"潘杰列蒙嘴里喷着粗气,一股气势磅礴的洋葱味掐灭了科洛特克夫的决心,"不行。您走吧,走吧,科洛特克夫先生,要不然您就给我惹大麻烦了……"

"可是我要进去啊,潘杰列蒙。"科洛特克夫的语气已经不那么坚决了,"你看,亲爱的潘杰列蒙,这可是一道命令啊……让我进去吧，潘杰列蒙你最贴心了。"

"唉，你啊，老天……"潘杰列蒙朝门口扭过头去，心有余悸地小声说，"真的不行，不行。不行啊，同志！"

办公室门后传出一阵电话铃声，接着便听到铜盆子沉闷地撞响了：

"来了！我马上来！"

潘杰列蒙和科洛特克夫彼此放开了对方。门砰地敞开了，戴着一顶大檐帽的内库腋下夹着公文包，一阵风一样顺着走廊走去。潘杰列蒙立刻踩着小碎步跟了上去。科洛特克夫稍稍迟疑了一下，便跟着潘杰列蒙追了过去。一脸苍白的科洛特克夫在走廊的拐角处掠过了潘杰列蒙，激动不已地超越了内库，把自己的屁股展现在他前面。

"内库同志，"他结结巴巴地低声细语，"就一分钟，请您听我说……您的那道命令……"

"同志！"内库急着出去办事，正火急火燎往外冲，他把拦路的科洛特克夫扫到一边，咣地敲响铜盆，"您也看到了，我忙着呢！我有事要办！要出门！"

"您的那道命……"

"您看不见吗，我很忙！……同志！有事请找办事员。"

内库已经跑到前厅，那里有个平台，矗立着一架巨大管风琴，是阿尔卑斯玫瑰饭店早就弃置不用的。

"我就是办事员啊！"惊慌失措的科洛特克夫尖声大叫，已是满身大汗，"请您听我说，内库同志！"

"同志!"内库警笛长鸣般一声大喝,他根本不想听,边走边转过身训斥潘杰列蒙:

"采取点措施啊,别让人挡我的道!"

"同志!"潘杰列蒙吓坏了,他吭哧吭哧打算采取措施,"您干吗要挡道?"

其实他并不清楚,究竟该采取什么样的措施,但他下意识拦腰一把抱住了科洛特克夫,顺势轻巧地把他搂进怀里,就像抱住了自己心爱的女人。不过这个措施真的见效了,内库趁机脚底抹了油,活像踩着滑轮嗖地滑下楼梯,冲出了大门。

"哔!哔——!"玻璃门外摩托车按响了喇叭,突突喷了五次,烟雾随即遮住了玻璃,摩托车不见了。潘杰列蒙这时才放开了科洛特克夫,擦干了脸上的汗,松了口气:

"什么——破事儿!"

"潘杰列蒙……"科洛特克夫哆哆嗦嗦地问,"他这是要去哪儿?快说啊,他回头另外找个人,就来不及了……"

"好像,去国经供局了吧。①"

科洛特克夫旋风般冲下楼梯,一头闯进存衣室,抓起大衣和鸭舌帽就奔了出去。

---

① 最高国民经济委员会供应总局。

第五章　魔鬼的戏法

科洛特克夫运气还算不错。有轨电车刚好就驶过阿尔卑斯玫瑰饭店门口。科洛特克夫精确无误地跳上车，搭着车门疾驰而去。他一会儿踩到制动轮，一会儿又撞到乘客的背包，内心被焦躁的希望灼痛。摩托车似乎在路上耽搁了一会儿，现在就突突地跑在有轨电车前面。摩托车一会儿在科洛特克夫视野里消失不见，一会儿那个正方形的背影又在蓝莹莹的烟雾中显现。科洛特克夫站在车门边踏板上饱受了大概五分钟的煎熬和痛苦，摩托车终于在国经供局灰色的大楼旁停下了。正方形转眼钻进往来人群，不见了。科洛特克夫赶紧从还在行驶的有轨电车上跳了下来，一百八十度转了个身，却摔倒在地，伤了膝盖，但他马上捡起鸭舌帽，从车轮下起跑飞奔进了大楼前厅。

几十个人朝科洛特克夫迎面走来，又有人从他身后超越，地板上踩满了斑斑污渍。只见正方形背影在二层的楼梯拐角一闪，他喘了口大气，立刻跟了过去。内库上楼的速度简直不可理喻地快，科洛特克夫的心都揪了起来，觉得自己就要赶不上了。结果也正是如此。背影跑到五层拐角平台时，办事员已经精疲力竭，眼看着那个背影消失在人脸、帽子和公文包的汪洋里。科洛特克夫像一道闪电般扑上平台,在一扇门前稍迟疑了片刻。门上挂着两块牌子,一块是绿色的金字牌匾,书写保留了硬音符号,一看就是旧式的文字:

寄宿女生公共宿舍[①]

另一块牌子则白底黑字,是新式的书写体:

供管办主任(供应事务管理办公室主任)

科洛特克夫只好瞎猫碰死耗子一样闯进每一扇门,只见里面都是一扇扇大玻璃窗,数不清的金发女郎快步穿梭于其间。科洛特克夫打开了第一扇玻璃隔门,看到里面有个身穿蓝色西服的人。这人正横躺在桌子上,捧着电话开怀大笑。第二扇门里,桌子上堆着舍列尔-米哈伊洛夫的作品全集[②]。一个上了年纪的老太太裹着披巾,正站在旁边,称量着臭气熏天的鱼干。第三扇门后,噼噼啪啪的打字声和电话铃声不绝于耳。六台打字机后面,端坐着六位齿如含贝的金发女郎,正互相嘻嘻哈哈打趣。最后一扇门隔里的空间很大,还有又粗又圆的立柱。这里打字机的声音让人头痛欲裂,只见房间里一枚枚人头,有男人的头,也有女人的头,可是内库

---

① 十月革命前书写体常在词尾保留硬音符号。"寄宿女生"和"公共宿舍"两个单词都源自于法语。十月革命前,法语是俄罗斯贵族最为青睐的语言。这所原先的女子寄宿学校主要培养高层次人文素养的"淑女"和"才女",以供上流社会贵族们寻欢作乐。这样的女子寄宿学校当时在俄罗斯一共办了15所,其中有2所在莫斯科。布尔加科夫在文中使用这两个单词,不仅为了凸显建筑本身的历史厚重感,顺便也挖苦了一下"国经供局"。

② 舍列尔(1838—1900),俄国作家,米哈伊洛夫是他的笔名。

的头并不在其中。晕头转向的科洛特克夫彻底没了方向,一位女士双手捧着化妆小镜子快步走过,科洛特克夫抓住救命稻草一样叫住了她:

"您没看见内库吗?"

女士忽闪着大大的眼睛给了他回答,科洛特克夫的心立刻在狂喜中落了地:

"看到了,不过他现在要离开。您得抓紧了。"

一只白白的小手伸出来,手指甲染得艳红欲滴,科洛特克夫便顺着手指的方向穿过立柱大厅跑了过去。他风一样卷过大厅,来到一个阴暗狭窄的过道,刚好看见电梯敞着通亮的大口。科洛特克夫的心猛然沉到了脚底:"追上啦……"可电梯的大嘴巴却已经吞下了正方形绒布背影和黑亮的公文包。

"内库同志。"科洛特克夫大叫一声,愣住了。无数绿色的光环在过道里亮起。玻璃门关上了,栅格式电梯沉了下去。就在这一刻,正方形背影转过身来,变成了健硕的胸脯。科洛特克夫一点,一点也没认错:灰色弗伦奇军衣,鸭舌帽,公文包,葡萄干小眼珠。的确是内库无疑。可是,这个内库却长了一把亚述式波浪卷络腮胡子,长长地垂到胸前[①]。科洛特克夫此时脑子里本能地蹦出一个想法:"他坐摩托车来的路上,上楼梯的这段时间里,就长出络腮胡子了——这算怎么回事儿?"紧接着便有了第二个想法,"胡子

[①] 指亚述人特有的络腮胡子。

准是粘上去的吧——那又是怎么回事儿？"

而与此同时，内库在电梯的栅格里渐渐地坠向深渊。两腿先不见了，接着便是肚子、络腮胡子，最后连小眼珠子和嘴巴都不见了。不过消失之际，他男高音般温柔地喊道：

"太晚啦，同志，周五来吧。"

"连声音都是粘上去的。"科洛特克夫脑子里顿时像炸了锅。脑袋发烧一样疼了三秒钟，不过，他还是清醒过来，不管什么样的戏法都不应该耽误了他的正事，真要耽误了——那就惨了。科洛特克夫赶紧冲向电梯。只见栅格的顶盖被绞索提了起来，从电梯间慵懒地走出一位美人，耀眼的珠宝戴了一头，她轻轻碰了一下科洛特克夫的手，柔声问：

"同志，您有心脏病？"

"没有，哦没有，同志。"科洛特克夫不知所措，一步跨进栅格，"别拦住我。"

"那么，同志，您去找伊万·费诺戈诺维奇吧。"美人拦住去路，不让科洛特克夫进电梯，她似乎有点失落。

"我不要！"科洛特克夫几乎要哭出来了，"同志！我有急事。您这是想干吗？"

但是美女依然百折不挠地倾吐失落感。

"我真的没办法啦，您又不是不知道。"她说着便紧紧挽住了科洛特克夫的手臂。电梯又一次停住，张口吐出一个拿着公文包的人，栅格随即关上，沉了下去。

"放开我！"科洛特克夫挣扎尖叫，猛地抽出手臂，骂骂咧咧顺着楼梯跑了下去。他疾步如飞跨过六层大理石台阶,一个头上扎着发饰的高个子老太婆吓得刚对他划了个十字,就差点被他撞死。到了下面,他来到一堵新装的大玻璃墙边,那里挂着一块银字蓝底的牌匾:

轮值淑女

底下贴着一张纸,上面用羽毛笔写着:

问讯处

科洛特克夫顿时被绝望的恐怖感扼住。他看见内库的身影清晰无误地在玻璃墙后一闪而过。明明还是那张刮得泛青的脸,明明仍是一脸凶悍。仅仅隔着一块薄薄的玻璃,他与科洛特克夫擦肩而过。科洛特克夫拼命抑制住内心的诧异,冲向闪亮的铜把手,使尽一拽,门却没有屈服。

他牙齿咬得咯咯响,再次拉了一下耀眼的铜把手,可是在绝望中却瞬间瞥见了一行小字:

"请从第六出口绕道。"

内库的身影一闪,就消失在玻璃后的阴暗里。

"第六出口在哪儿?哪儿是第六出口?"他失魂落魄地叫着,也不知道在问谁。路过的人被吓坏了。这时,一扇小小的侧门打开了,走出一个身穿柳斯特林①衣服的小老头,

---

① 一种有光泽的丝织物。

他戴着一副蓝色的眼镜,手里还拿着一张大表格。小老头从镜片上方仔细看了看科洛特克夫,咬了咬嘴唇笑开了。

"怎么?您怎么又来了?"他说话时漏着风,"别犯傻啦,没用的。您还是听我小老头子一句吧,别再费劲啦。反正我也已经把您划掉了。嘻——嘻。"

"从哪里划掉?"科洛特克夫听得一头雾水。

"嘻。这还不明白,当然是从名单里啊。我用铅笔划的——嚓,就划掉了,嘻——嘻。"小老头很有成就感地哈哈笑起来。

"请……问……难道您认识我?"

"嘻。您真会开玩笑,瓦西里·巴甫洛维奇。"

"我叫——瓦尔佛洛梅,"科洛特克夫伸手摸了摸自己冰凉湿滑的额头,又补充说明了自己的父称,"彼德罗维奇。"

有那么一会儿工夫,小老头丑陋的脸上不见了笑容。

他把头埋进纸里,枯瘦的手抬起来,爪子一样长长的指甲一行行在纸上划过。

"您就别捣乱了好不好?看看——科洛布克夫·V.P.。"

"我姓——科洛特克夫。"科洛特克夫不耐烦了。

"我没说错啊:科洛布克夫。"小老头生气了,"看,还有内库的名字。两个人是一起被调走的啊,接替内库位子的是切库申。"

"是吗?……"科洛特克夫高兴得难以自持,几乎欢呼起来,"内库被踢走啦?"

"这还能有假啊。他只做了一天的领导,就被赶走了。"

"上帝啊!"科洛特克夫欢天喜地地大叫大喊,"我有救啦!我得救啦!"兴奋之余他忘了小老头爪子般的指甲,紧紧握了握那只瘦骨嶙峋的手。小老头也笑了。科洛特克夫的兴奋在这一刻蜡烛般被掐灭了。他似乎看见小老头蓝色的眼瞳里闪过一丝难以捉摸的凶狠,而且他咧嘴一笑时裸露出的青灰色牙龈,同样令人不安。不过科洛特克夫转瞬便抹去了不祥的印象,开始手忙脚乱起来。

"那么说,我现在可以回火总基了?

"那还用说。"小老头说得一本正经,"这里写着呢——调往火总基。不过请您把工作证给我,我得用铅笔做个小标记。"

科洛特克夫立刻去掏口袋,脸刷地白了,去掏另一个口袋,脸白得更厉害了,拍了拍两边的裤兜,便像哭天抢地时被人堵上了嘴一样发着谁也听不明白的声音冲回楼梯,一边低头搜寻着脚下。绝望的科洛特克夫在往来人群中左冲右突,终于冲到了最顶层。他想找到那个满头珠宝的美女,向她问个清楚,但却发现,美女变成了一个獐头鼠目的黄口小儿。

"小孩儿!"科洛特克夫扑了过去,"我的工作证,黄色的……"

"不是这么回事儿。"小男孩恶狠狠地回答,"我没拿过,他们撒谎。"

"不不,小可爱,我不是这个意思……不是说你……

证件。"

小男孩厌恶地皱起眉头看了看他,突然扯开破嗓门大叫起来。

"啊,上帝啊!"科洛特克夫不再指望男孩子,转身冲下楼梯找小老头去了。

但他跑到楼下,小老头已经不在了。小老头消失了。科洛特克夫又跑向那扇小门,拽门把手。门被锁上了。半明半暗的空气中飘着一股淡淡的硫磺味。

科洛特克夫脑子里万千的思绪犹如万马奔腾,最后好不容易弹出一个新想法:"有轨电车!"他突然清晰地回忆起,刚才似乎有两个年轻人在楼梯拐角的平台上挤住了他,其中一人瘦瘦的,长着黑亮的胡髭,看上去就像是粘上去的。

"唉,真倒霉啊,怎么会那么倒霉。"科洛特克夫哀叹,"这次真是倒霉到家了。"

他跑到外面,沿着马路跑到尽头,转进一个小巷子,来到一幢外观令人不寒而栗的小楼门口。一个其貌不扬的人,斜着眼,阴沉着脸,他没有正眼看科洛特克夫,而是瞟着其他地方,问他:

"你没走错地方吧?"

"同志,我叫科洛特克夫·V.P.。刚才有人偷走了我的证件……偷得一干二净……没证件我会被抓起来的……"

"当然会抓起来。"那人站在台阶上,语气不容置疑。

"那请您让我……"

"你让科洛特克夫自己来吧。"

"可是，同志，我就是科洛特克夫啊。"

"证件给我。"

"刚刚被偷了啊。"科洛特克夫拖长声音强调，"偷了啊，同志，是一个长着胡髭的年轻人。"

"长胡髭的吗？那就是科洛布克夫了。肯定就是他。他在我们片区是个惯犯，你可以去小酒馆咖啡店找找。"

"同志，我没法去找。"科洛特克夫要哭了，"我现在必须回火总基找内库。您让我进去吧。"

"那把被盗证明拿来吧。"

"找谁开证明？"

"居委会。"

科洛特克夫跳下台阶，沿着马路跑了。

"先去火总基还是居委会？"他边跑边想，"居委会是一大早上班，那现在只好回火总基了。"

这时，远处褐色塔楼上的大钟刚好敲了四下[①]，人们纷纷夹着公文包从四面八方走出大门。黄昏降临，天空飘起了稀疏而又潮湿的雪片。

"太晚了。"科洛特克夫心想，"还是回家吧。"

---

① 指红场上的斯帕斯塔楼。

第六章　第一夜

锁眼里插着一张小字条。昏暗中,科洛特克夫看见上面写着:

"亲爱的邻居!我去兹韦尼哥罗德①的妈妈家。红酒留下当作礼物送给您了。您可以喝个痛快——没人愿意买酒。酒都放在角落里。

您的邻居 A. 派克娃②"

科洛特克夫苦笑一下,咣当开了门。他来回跑了二十趟,把走廊角落里的酒瓶子统统搬进自己的房间。他点亮了灯,没摘掉鸭舌帽,也没脱下大衣,便一头栽倒在床上。浓重的暮色中,他像着了迷一样盯着渐渐模糊的克伦威尔③肖像画,足足看了有半个小时。突然,就像出其不意地陷入了亢奋状态,他蹦了起来,脱下鸭舌帽,甩到墙角,抡圆了胳膊把火柴盒全都撸到地上,两只脚奋力踩起来。

"该死!该死!该死!"科洛特克夫把该死的火柴盒咔嚓咔嚓踩得稀碎,而脑子里却在幻想,他踩踏的是内库的脑袋。

一想到那颗鸡蛋一样的脑袋，他脑子里又突然冒出了两张脸，一张刮得精光，一张挂着络腮胡子，于是他不踩了。

"等一下……这到底是怎么回事儿？……"他一边自言自语，一边抬手擦了擦眼睛，"我这是在干吗？发生了这么可怕的事情，我干吗还在这里耍小孩子脾气。难道他真的会分身？"

恐惧感透过黑洞洞的窗户爬进了房间，科洛特克夫尽量不去看窗外，唰地拉上了窗帘。但这么做并没让他觉得好受一些。同一张脸变换着两种模样，时不时从角落里冒出来，一会儿长出一大把络腮胡子，一会儿胡子又突然被扯掉，淡绿色的小眼睛一闪一闪。科洛特克夫终于受不了了，他觉得神经高度紧张，脑子快要失控爆炸了。他轻声哭了起来。

一直到哭够了，他才觉得放松了。于是，他吃了一点昨天剩下的滑溜溜的土豆，然而，却再次陷入了那个该死的谜题，于是他又哭了一会儿。

"等一下……"他突然想了起来，"有什么好哭的，我明明有红酒啊？"

他用茶杯倒了半杯，一口气喝干。才五分钟，甜甜的液体就发挥了作用。他左侧的太阳穴疼得要命，灼热的恶心感让他口干舌燥。科洛特克夫一连喝了三杯水，太阳穴的疼痛

---

① 兹韦尼哥罗德市，位于乌克兰。
② 派克娃是姓氏，有定量供给的口粮的意思。
③ 克伦威尔（1599—1658），英国资产阶级革命活动家，独立派领导人。作者也许想暗示，克伦威尔对主人公执着的个性产生过影响。

让他彻底忘记了内库,他难受地呻吟着,扯掉了上衣,懒懒地垂下眼皮,倒头睡着了。"吃点匹拉米洞①就好了……"他嘟嘟囔囔了好久,朦胧的睡意才终于紧紧拥抱了他。

---

① 解热镇痛药。

第七章　管风琴与猫

第二天上午十点，科洛特克夫急急忙忙煮了茶，却没什么胃口，只喝了四分之一杯。他走出自己的房间，晨雾中快步穿过湿乎乎的沥青院子时，预感到今天会是一个艰难而又忙碌的一天。厢房的门上写着**"居委会"**。科洛特克夫伸手快碰到门铃时，却看到了一行文字：

"管理员去世，暂不开具证明。"

"唉，老天，真是扫兴。"科洛特克夫悻悻地骂道，"人要是倒霉，喝凉水都塞牙。"接着又说，"算了，回头再来办证件吧，现在先去火总基。好歹打听清楚，到底是怎么回事儿，切库申说不定已经回来了。"

科洛特克夫只能一步一步走到火总基，因为钱已经被偷得一分不剩。他迈开步子穿过前厅，径直走向办公室。到了办公室门口，他不由张开了嘴。水晶大厅里，竟然没有一张熟人的脸。德罗兹德不在，安娜·叶夫格拉佛芙娜也不在，竟然——一个认识的人都没有。桌子后面坐着的人，已经根本不是原先高压电线上的寒鸦那副模样，而像极了阿列克谢·米哈伊洛维奇的三只鹰①,三个一模一样刮净了胡子的金发男子,都穿着亮灰色的格子西服,还有一位年轻女子,长着一双梦幻般的大眼睛,耳朵上戴着钻石耳环。几个年轻人根本不理会科洛特克夫,继续埋头在账本里刷刷地写,倒是那位女子冲着科洛特克夫抛了个媚眼。科洛特克夫赶紧尴尬地回报以一笑,可那女子却傲慢地笑了笑,转过脸去不理他了。"莫名其妙。"科洛特克夫心中不乐,在门槛上绊了一下,退出了办公室。走到自己原先的办公室门口,他稍稍停留了片刻,长出了一口气,门上依旧写着三个亲切的大字: 办事员。于是,他推开门走了进去。科洛特克夫眼中的光立刻黯淡了,就连脚下的地板也似乎轻微摇晃了一下。原本属于科洛特克夫的桌子后面,竟然坐着如假包换的内库本尊,只见他叉开了胳膊肘,正笔走龙蛇一行接一行地用羽毛笔写着什么。油亮的波浪卷大胡子盖住了他的胸脯。看着绿色呢绒服上方那颗打过蜡一样锃亮的秃顶,科洛特克夫的呼吸艰难起来。倒是内库首先打破了沉默。

"要帮忙吗,同志?"他彬彬有礼地问,柔声细气,就像憋出的假声。

科洛特克夫忍着鸡皮疙瘩舔了舔嘴唇,窄窄的胸腔里攒足了大气泡,这才开口用几乎听不到的声音说:

"呵嗯……同志,我,是这里的办事员……就是……嗯

---

① 阿列克谢·米哈伊洛维奇(1629—1676),俄国沙皇,喜欢饲养猎鹰。

是,要是,您还记得那道命令……"

惊讶的神情急剧地扭曲了内库的上半脸,浅色的眉毛挑了起来,额头也像手风琴一样起了褶子。

"非常抱歉。"他依然答复得很有礼貌,"这里的办事员——就是我。"

科洛特克夫一时间被噎得失了言。失言过后,他才不由自主说道:

"啊,是这样啊?昨天还是……唉,是啊。请原谅,大概,是我搞错了吧。抱歉。"

他倒退着走出房间,在走廊里喘着粗气告诉自己:

"科洛特克夫,你还记得日子吧,今天是几号?"

立刻自己又回答自己:

"星期二,不不,是星期五。现在是二十世纪。"

他转过身,一颗象牙色的头颅兀地映入眼帘,头颅上的两只眼睛就像走廊里拧亮的小灯。遮天蔽日般出现在眼前的正是内库那张刮得精光的脸。

"好啊!"破盆敲响了,科洛特克夫浑身的鸡皮疙瘩掉了一地,"我正等您呢。太好了。很高兴认识您。"

说着,他便走到了科洛特克夫跟前,还热情地握了握他的手。科洛特克夫慌得缩起了一条腿,那样子活像一只落在房顶的仙鹤。

"工作编制我重新安排好了。"内库说得迅速简洁而且铿锵有力,"那边是三个人,"他指了指办公室的门,"当然,玛涅齐卡也在那里。您做我的助理。内库是办事员。原来的班子都已经扫地出门。那个白痴潘杰列蒙也赶走了。我有证据，可以证明他原来就是阿尔卑斯玫瑰饭店的奴才。我现在得赶去部门，麻烦您和内库两个先起草一份所有人工作态度的报告，尤其要重点写一写那个，叫什么来着……科洛特克夫。说来也巧，您长得还真有点像那个恶棍呢。不过，他一只眼睛被打伤了。"

"我啊。没有。"科洛特克夫的下巴耷拉下来，脑袋直晃，"我可不是恶棍。我的证件都被偷了。现在一分不剩。"

"偷光啦？"内库惊讶地提高了嗓门，"真是胡闹。不过这样更好。"

他不顾科洛特克夫已经喘不过气来，越发用力地握住他的手，拽着他穿过走廊，拖进了神圣不可侵犯的办公室，不由分说把他摁在松软的皮椅上，自己则一屁股坐到桌子后。科洛特克夫还是觉得脚下的地板在诡异地轻微摇晃，他缩起肩膀，闭上眼睛，喃喃自语："20号是星期一，那么，星期二就是，21号。不对。我这是怎么了？是1921年。发文第0.15号，此处签名一杠瓦尔佛洛梅·科洛特克夫。对啊，这就是我啊。星期二，星期三，星期四，星期五，星期六，星期天，星期一。星期一是 П 开头，星期五一样也是 П 开头，那么星期日……星期——日——里有 С，和星期三的开头一样……"

内库刺啦一声在文件上签了名，啪地盖了章，塞到他手里。就在这时，电话火冒三丈似的铃声大作，内库一把抓起

听筒,哇啦哇啦大喊:

"啊哈!好的。好的。我马上就来。"

他纵身扑向衣架,扯下大檐帽,盖住了秃顶,便消失在门外。临走吩咐道:

"去内库那里等我回来。"

当科洛特克夫看清盖了印章的纸片上的内容后,他的眼神彻底惝恍迷离了。

> "持此证明者确为本人助理瓦西里·巴甫洛维奇·科洛布克夫同志。证明内容属实。
>
> 内库"

"噢——哦!"科洛特克夫仰天长叹,手里的文件和大檐帽①掉到了地板上:"这到底是怎么回事儿啊?"

这时候,门吱扭扭被打开了,长着络腮胡子的内库走了进来。

"内库已经溜号了吗?"他柔声问科洛特克夫,嗓音尖细。

这下周围的灯光全灭了。

"啊——啊——啊——啊……"科洛特克夫忍受不了这样酷刑般的折磨,嚎叫起来。他一蹦老高,龇牙咧嘴地向内库

---

① 从前文看,科洛特克夫戴的是鸭舌帽,此处作者却用了"大檐帽"一词。这并非笔误,而是为了强调主人公所戴鸭舌帽是军用式样的,也有帽檐。这种样式的帽子在当时非常流行。

扑了过去。内库受到的惊吓显然不轻,脸色立刻变成蜡黄。他屁股冲后向门外躲去,砰的一声关死了门,整个人也朝走廊摔了出去,身子顿时失去平衡,一屁股坐到了地上。但是他立刻鲤鱼打挺站了起来,拔腿就跑,一边大声呼救:

"文书!文书!救命啊!"

"站住。站住。求您不要跑,同志……"科洛特克夫很快清醒过来,赶紧大叫着追了上去。

办公室里乱成一片,三只鹰像听到了号令般同时蹦了起来。打字机边那双梦幻般的大眼睛似乎也要弹射出来。

"有人开枪啦。开枪啦!"只听有人歇斯底里地大喊。

内库头一个逃窜到前厅里,在管风琴的平台上犹豫了一秒钟,考虑了一下究竟该往哪里逃,便一个虎扑,差点没撞到管风琴的侧角,躲到了管风琴的背后,科洛特克夫循迹追了过来,却脚底一滑,要不是管风琴黄漆侧面横生枝节般插着一把巨大的黑色曲手柄,很可能,他就在栏杆上撞破了脑袋。手柄挂住了科洛特克夫的大衣前襟的下摆,劣质的哔叽料子一声轻叹裂开了一道大口子。科洛特克夫便顺势悠悠地坐到了冰冷的地板上。而这时,管风琴背后的侧门砰的一声巨响,内库逃了出去。

"上帝……"科洛特克夫本想说些什么,却没来得及说完。

巨大的管风琴音响室里,一根根铜管虽然早已蒙尘,此时却发出了犹如玻璃杯破碎的奇怪声响。紧接着,一阵低沉的怒吼似乎从尘埃中探出头来,伴着发出一声奇特的变了音的尖啸，一声钟鸣也跟着响起。随之而来的，是洪亮的大和弦，清流般振奋人心的华彩乐章。整个三层黄漆音响室都演奏了起来，久违的音响刹那间填满了音响室。

莫斯科的大火熊熊燃烧……①

而侧门的黑色门框里，突然出现了潘杰列蒙的惨白的脸。就在那一瞬间，他似乎完全变了一个人。他的眼里迸发出胜利的火花，只见他挺起了腰背，右手利索地绕过左臂用力一甩，就像搭上一条看不见的餐巾，接着从原地迈开大步，侧着身斜着肩，就像一匹拉边套的马儿，一溜烟从楼梯上跑下来。他的双手拢成一个圈，似乎正端着一个装着茶杯的托盘。

硝——烟在河——河面久久地萦绕。

"我闯祸了啊？"科洛特克夫吓坏了。

管风琴送出第一波沉睡已久的音涛后，便奏起了平和的旋律，有如奔腾的千军万马，又像狮吼，响彻了火总基空荡荡的厅堂。

---

① 俄罗斯民歌，改编自俄国著名诗人、剧作家尼古拉·索科洛夫的诗歌《莫斯科的大火熊熊燃烧》。诗歌描述了1812年的俄法战争，作者以拿破仑为第一视角，描写了他站在克里姆林宫城墙上远眺陷入大火的莫斯科时的所见所思。

站在克里姆林宫城墙上……

这时,汽车的鸣笛刺穿了嘶吼、打击和钟鸣声,只见内库走进了正门——是那个脸刮得精光、报复心极强、脾气又暴躁的内库回来了。他不紧不慢地走上楼梯,泛青的脸上凶相毕露。科洛特克夫的头发顿时根根竖起,吓得跳了起来,二话不说冲出了管风琴背后的侧门,顺着弧形楼梯跑到了铺满碎石子的院子里,一溜烟逃到了外面。他像被追赶的猎物般一路落荒而逃,阿尔卑斯玫瑰饭店大楼里的轰鸣却紧随其后,留恋在他耳边:

他一身礼服却愁上眉梢……

街角有个马车夫,为了让一匹老马撒开蹄子飞奔,正挥着鞭子拼命抽打。

"老天!老天!"科洛特克夫忍不住嚎啕起来,"怎么又是他啊!这是怎么回事儿?"

他看见,长着络腮胡子的内库就像从马车旁的地缝里钻出来一样,一头扎进车厢,在车夫背后噼噼啪啪敲打,扯着细嗓门喊:

"快跑!追跑啊,混账东西!"

那匹劣马猛然往前一冲,撒开了四蹄。鞭子的抽打声声揪心,飞奔的马车把嘈杂撒了一路。透过夺眶而出的泪水,科洛特克夫看见马车夫鲜亮的帽子被风卷走了,帽子底下藏

不祥的蛋·狗心 | 315

着的纸币顿时天女散花般盘旋着飞了出去。小男孩们吹着口哨兴奋地在车后追赶。马车夫万念俱灰地转过头去,一把拽住了缰绳。但是内库不答应,他用拳头在车夫背后拼命捶打起来,一边大叫:

"快跑!快跑啊!钱我给。"

马车夫的心痛得直滴血:

"唉,您老行行好,总不能让我饿死吧?"于是马车继续飞驰而去,转眼消失在了街角。

科洛特克夫还在不住地大哭,他抬头看了看灰蒙蒙的天空,云彩飞快地飘过。他身体晃了晃,悲愤地大喊道:

"受够啦。绝不能就这么算了!我一定要把这事儿搞清楚。"

他纵身一跳,抓住了有轨电车尾部的弧弓。弧弓不停地把他晃了足有五分钟,最后把他抛在九层的绿色大厦边。跑进前厅后,科洛特克夫把头伸进一个木屏栏的四边形小洞,只见里面一把硕大的蓝色茶壶挡住了视线,他扯开嗓门问:

"同志,请问意见投诉处在哪儿?"

"八楼,第九过道,四十一号套间,三零二房间。"茶壶居然回答了,而且还是个女人的声音。

"八楼,第九过道,四十一号套间,三……三……多少来着……三零二。"科洛特克夫一边嘟囔,一边上了楼梯。"八楼,第九过道,八楼,等等,四十……不对,四十二……不是,是三零二。"他牛反刍一样来回念叨,"唉,上帝。又忘了……是四十号吧,对,四十号……"

八楼的走廊里，他走过三个门口，来到第四个门口才看到一个黑色的数字"四十"。他推门走了进去，里面是一个大得出奇的厅房，有上下两排窗户，屋子里还有几根立柱。几堆成卷的纸躺在厅房角落里，地板上到处是写得密密麻麻的碎纸片。稍远处有一张大桌子十分晃眼，上面放着一台打字机，一个金黄色头发的女子坐在桌子后，嘴里哼着小曲儿，一只小粉拳撑着脸颊。不知所措的科洛特克夫四下看了看，发现立柱后面有个小舞台。一个身材肥硕而又笨重的男人，身穿白色长袖敞襟外衣，三两步从舞台上走了下来，脚步沉重费力。稍显花白的胡髭在光洁的脸上垂下来，特别显眼。男人堆起一副极其彬彬有礼的笑脸，但是笑容却像是用石膏捏出来的，毫无趣味可言。他走到科洛特克夫面前，温和地握了握他的手，碰了一下鞋跟，说道：

"本人杨·索别斯基。"[①]

"不会吧……"科洛特克夫吃了一惊。

男人又亲切地笑了笑。

"您看，还真有不少人吓一跳呢。"他操着严重的口音[②]打开了话匣子，"不过，同志，您可千万别以为，我和那个强盗有什么一样的地方。哈，真的没有。这只是个巧合，经

[①] 杨·索别斯基（1629—1696），波兰立陶宛联邦最后一个铁腕君主，世称约翰三世·索别斯基。他稳定统治波兰立陶宛联邦22年，曾于1683年成功化解维也纳之围而被称为波兰之狮，可惜没能改变波兰的没落。历史上的索别斯基就是下文中此人所说的强盗。
[②] 严重的口音，作者暗示他是外国人。

常会惹麻烦,仅此而已。我已经递交了申请,要求确认我的新姓氏——索茨沃斯基①。这个姓氏比原来的要好听得多,也不那么有风险。不过,要是您不喜欢,"男人装作不高兴歪了歪嘴,"我也不勉强。我们总能找到合适的人选。现在找我们的人多着呢。"

"这是什么话,您别见怪。"科洛特克夫的心沉了下去,他觉得这个地方和他去过的所有地方一样,也要发生一些莫名其妙的事情了。他吃一堑长一智地环顾周围,生怕那张刮得精光的面孔和鸡蛋一样光秃秃的脑袋又会从哪里跳出来。然后,低三下四地答应对方:"我很高兴啊,真的,很乐意……"

男人光洁的脸上立刻泛出一丝缤纷的绯红。他若即若离地牵起科洛特克夫的手,把他领到桌子前,一边解释说:

"我也很荣幸。不过我们现在有些麻烦,您看:我都没地方给您腾座位。虽然我们的工作意义重大,可现在还不受重视。(男人朝卷纸堆的地方挥了挥手)形势复杂啊……但——是,我们一定会扬眉吐气的,您别担心……嗯……您呢,您给我们带来了什么惊喜吗?"他和蔼可亲地问,但科洛特克夫已经一脸惨白,"啊,对哦,疏忽了,我太疏忽大意啦,忘了向您介绍。"他白皙的手优雅地朝打字机一挥,"亨利椰塔·波塔波芙娜·佩尔欣芳斯②。"

---

① 这个姓氏有社会主义教育部的意思。
② 佩尔欣芳斯是姓氏,有第一交响乐团的意思。

女子立刻伸出冰凉的手握了握科洛特克夫的手，又一脸崇拜地看了看他。

"那么，"主人的语气依然甜腻，"您带来什么惊喜吗？您会写小品文？随笔？"他翻了一个大白眼，拖长了声音，"也许您想象不到，我们真的太需要啦。"

"圣母啊……这到底在说什么？"科洛特克夫丈二和尚摸不着头脑，不过他还是喘了口气，然后才说：

"我……嗯……遇到了大麻烦。他……我想不明白。你们千万别误会，看在上帝的分上，别以为这是幻觉……哼嗯……哈……呵哈……（科洛特克夫铆足了劲想笑得自然一些，但笑出来却很难看。）他真的是个大活人。你们要相信我……我彻底糊涂了，一会儿有络腮胡子，过一分钟胡子又没了。我真的看不懂了……而且说话的声音也变来变去……还有，我所有的证件都被偷了，偷得一干二净，可是居委会的管理员，偏偏不巧，死了。这个内库……"

"我早猜到了。"主人兴奋起来，"这是两个人吧？"

"哈，上帝啊，嗯，当然啦。"女子大声插了进来，"哈，这两个内库也太吓人啦。"

"您知道吧，"主人忿忿不平地打断，"这家伙害得我现在只能坐在地板上。您看，好好看看。哼，他懂什么新闻业？……"主人一把揪住了科洛特克夫的扣子，"您是明白人，您倒是说说看，他懂什么啊？他才来这里两天，就把我害惨啦。不过，好在我时来运转了。我去找了一趟菲奥德尔·瓦西里耶维奇，他总算把这家伙赶走了。我没给他商量余地：要么我，要么他。他后来被调到什么火总基，或者鬼知道去了哪里。让火柴烟味熏死他！可是，他在这之前就已经把我的办公家具转给那个可恶的处了。一整套家具啊。像话不像话？倒是要请问了，我要在哪里写作？您又能在哪里写作？我丝毫不怀疑，您是我们的人，亲爱的（说到这里，主人拥抱了一下科洛特克夫）。瑞克朵思①的家具啊，光滑得像丝绸一样！被这个下流坯居然极不负责地塞给了狗屁的处，不过那个处明天反正也要他妈的关门大吉了。"

"什么处？"科洛特克夫心头一紧。

"哈，就是那个什么意见投诉处，还是怎么叫来着。"主人显然很不愿意提起这个名字。

"怎么？"科洛特克夫不由叫起来，"怎么叫来着？那个处在哪儿？"

"就在那儿。"主人的表情有些惊讶，他用手指了指地板。

科洛特克夫最后一次用狐疑的眼神打量了一下白色的长袖敞襟，一眨眼的工夫就跑到了走廊里。他思索片刻，便往左跑去，想找到下楼的楼梯。可是他顺着迷宫一样曲里拐弯的走廊跑了足有五分钟，结果竟然绕回到了原来的地方。四十号门。

"啊，见鬼了！"科洛特克夫哀叹，随即转身往右跑了

---

① Louis Quatorze，瑞克朵思，在法语中是太阳王-路易十四的意思，也代表了以美与浪漫所著称的"路易十四世"。该品牌以苛刻的手工制作精美皮革家具而著称。

五分钟，结果依然回到了这里。四十号门。他一把推开门冲了进去，发现厅房里已经全然腾空，一样东西也没了。只有一台打印机在桌子上默默无语地露着几排大白牙傻笑。科洛特克夫快步走到立柱廊，主人还站在那里。但是他站在高高的台座上，脸上已没了笑容，而是一副怒气冲冲的样子。

"对不起啊，我没打招呼就走了⋯⋯"科洛特克夫刚开口道歉就闭嘴了。他看见，站在那里的主人竟然没有了耳朵和鼻子，而且左手也被折断了。他顿时浑身冰凉地向后退去，再次跑回走廊里。这时，正对面一扇不易察觉的暗门突然打开了，走出一个满脸皱纹的老太婆，满脸褐斑，肩上还用一根扁担挑着两只空桶。

"老太！老太！"科洛特克夫慌慌张张问，"那个处在哪儿？"

"不知道啊，老弟，我可不知道，老乡啊，"老太回答，"你就别瞎跑啦，小可爱，反正你也找不到。这么跑有什么用吗——十层楼呢。"

"呜——呜⋯⋯笨——笨女人。"科洛特克夫咬着牙恶狠狠骂了一句，一声大吼便冲进了门。门在身后砰地关上了，科洛特克夫发现自己身处一个逼仄而又晦暗的空间，连出口都找不到了。于是，就像被扔进了竖井一样，他扑到墙面上又抓又挠。终于，他撞开了一块白白的巨斑，眼前出现了一段不知道能通向哪里的楼梯。他咚咚咚疾步向下跑去。可是，从下面却传来了脚步声，似乎有人迎面向上跑来。科洛特克夫的心又紧张不安地揪了起来，他不由停下了脚步。过

不祥的蛋·狗心

了一会儿,他的眼前竟然出现了那顶簇新闪亮的大檐帽,熟悉的灰色绒布和长长的络腮胡子。科洛特克夫一个趔趄,两手立刻紧紧抓住了栏杆。俩人的目光刚一交织在一起,便同时亮开了尖细的嗓门,惊心动魄而又撕心裂肺地嚎丧起来。科洛特克夫想要后退着向上,而内库已经吓得面无人色,倒退着向下逃去。

"站住。"科洛特克夫喘着大气叫住他,"等一下……您一定要解释清楚……"

"救命啊!"内库拼命大叫,原本的细声细气已经变成了刚开始的破铜烂铁。他向后退了一步,却一失足跌倒了,后脑勺咕咚一声砸到地面:这一砸,砸出了真相。待转过脸来,它已经变成一只黑猫,两眼荧光闪闪。只见黑猫飞也似的往回逃,箭一般轻巧地越过平台,身体蜷成一团,纵身跃上了窗台,穿过破碎的窗户和蜘蛛网,不见了。科洛特克夫的脑子里瞬间涌起一团厚厚的迷雾,但顷刻间迷雾就消散了,他终于恍然大悟。①

"这下我全明白啦。"科洛特克夫喃喃自语,竟轻轻笑出声来,"啊哈,我明白啦。原来是这么回事儿。是猫啊!这下都明白了。原来是猫啊。"

他的笑声渐渐响起来,越来越响亮,直到最后,隆隆的回声响彻了整座楼梯。

---

① 黑猫在西方文化里并不是宠物社会的主流。尤其在中世纪的欧洲,当时黑猫被认定是女巫的宠物,是不吉利的动物,代表邪灵、恶鬼。

第八章 第二夜

幽暗的暮色里，科洛特克夫同志坐在软绵绵的床上，喝干了三瓶红酒，他太需要忘记这一切，太需要放松一下了。他现在整个脑袋都疼：右边太阳穴疼，左边也疼，后脑勺疼，甚至眼皮也疼。一丝烦躁从胃的底部慢慢升腾上来，在身体里一波又一波地作怪，科洛特克夫同志被迫对着盥洗盆吐了两次。

"我还是这么办吧。"科洛特克夫几乎要虚脱，他耷拉着脑袋，小声对自己说，"明天我最好避免和他见面。虽然这家伙会到处乱窜，可是我要躲开他。我一定要躲开他，哪怕躲在小巷子里，躲在死胡同里。他自己就跑过去了，发现不了我。要是他来追我，我就逃，他肯定追不上。哼，滚他的蛋。我再也不去火总基了。爱怎么样就怎么样吧。你做你的领导，做你的办事员吧，我可不想要什么有轨电车费。没有这笔钱，我一样过日子。但是，请你，别再来烦我。你到底是不是猫，有没有络腮胡，都和我没关系，从此以后，你走你的阳关道，我走我的独木桥。我会另外找个地方，安安静静太太平平在那里工作。我不会去惹你，也没人会来惹我。我再也不会去投诉你。只要我明天把证件都补齐，这事

不祥的蛋·狗心 | 323

情就算完了。"

沉闷的钟声远远飘来。哪……哪……"这是佩斯特鲁辛家的钟。"科洛特克夫听着,不由得数了起来。十……十一……半夜了。十三,十四,十五……四十……

"钟敲四十下了①。"科洛特克夫苦笑了一下,便又哭出了声。红酒这时又发挥了作用,一阵痉挛和强烈的恶心紧接着袭来。

"好烈啊,唉,酒太烈了。"科洛特克夫不由抱怨起来,呻吟一声,栽倒在了枕头上。两小时过去了,没有熄灭的灯泡一直照着枕头上那张惨白的脸,和乱蓬蓬的头发。

---

① 钟敲四十下在《圣经·诗篇》中常见。一般在午夜祷告时钟才会敲四十下。作者是暗示主人公独自做着祷告,祈求上帝让他远离地狱般的境遇。

第九章　打字机多得吓人

这个秋日，一开始就让科洛特克夫同志有了晕头转向稀奇古怪的感觉。他上楼梯时战战兢兢地东张西望，终于爬到了八楼，便不假思索地朝右边走去，甚至还开心地哆嗦了一下。顺着指示牌上画着的手，看到一行字：房间号三零二——三四九。这只救死扶伤的手，终于把他带到正确的门牌号前：

302——意见投诉处

科洛特克夫小心翼翼朝屋里张望了一下，确认不会再撞见不该撞见的人，然后便进了屋。面前有七位正在打字的女子。他犹豫了一会儿，才走到最靠边的女子跟前，那女子一头没有光泽的黑发。他刚弯下腰想要说些什么，可黑发女子却出人意料地抢先开口了。其他几位女子不约而同地转过脸来盯住了科洛特克夫。

"我们去走廊。"头发没有光泽的女子没有任何商量余地，还神经质地整理了一下发型。

"我的上帝啊，又，又有什么不对了……"科洛特克夫只觉得脑袋嗡地一下。他深深叹了口气，还是顺从了。留在屋里的六位女子在他们背后情绪激动地窃窃私语起来。

黑发女子把科洛特克夫带到空荡荡的走廊，在阴影里对他说：

"您这个人真是可怕……就因为您，我昨晚一宿没睡着。我决定了，就听您的。我就委身于您了。"

科洛特克夫看了一眼那张黝黑的脸，她有一双大大的眼睛，身上散发着铃兰香水的气息。科洛特克夫从喉结里发出了一些声音，但却什么都说不出来。黑发女子个性十足地甩了甩头，爱之深恨之切地露出玉齿，一把抓过科洛特克夫的手紧贴住自己，吹气如兰：

"你偷走了我的心，怎么不说话？你的勇气已经彻底征服了我，你就是诱惑了我的蛇①。来吻我吧，快吻我呀，检查委员会的人现在还没来呢。"

科洛特克夫嘴里又发出了奇怪的声音。他身子一晃，感觉自己的舌尖多了一样甜丝丝软绵绵的东西，那双大大的黑瞳已经真切地贴到了他的眼前。

"我要把自己给你……"一个声音在他嘴边柔声低语。

"我不要。"他艰难地挣扎，"我的证件被偷了。"

"好——啊。"身后突然有人说话。

科洛特克夫一回头，看到了穿柳斯特林的小老头。

"啊——哈！"黑发女子惊叫起来，两手捂着脸，跑进了门里。

---

① 指《圣经》中怂恿夏娃偷吃禁果的蛇。

"嘻，"小老头说，"太厉害啦。您可真是无孔不入啊，科洛布克夫先生。您这个花花公子是没救了。没关系，接着吻，接着吻吧，反正再吻也不会把出差的差事交给您。上面已经把这个差事交给小老头我了，我这就要出发了。您就别费心啦。"

小老头说着，食指和中指夹起干瘪的拇指，对着科洛特克夫比了个侮辱的手势。

"不过我还是要投诉您。"穿柳斯特林的小老头一脸愤怒，"是——的。先前在总处玩弄了三个，现在，居然又把手伸到分处来了？她们现在个个都生了孩子，看着这些嗷嗷待哺的小天使，您就无动于衷？这些可怜的女孩子现在伤心欲绝，可是，晚啦。女孩子的贞洁挽回不了。挽回不了啦。"

小老头掏出一块绣着橙黄色花束的大手帕，擤着鼻涕哭了起来。

"小老头我就这么点勉强糊口的残羹剩饭了，您也要抢走啊，科洛布克夫先生？那好吧……"小老头悲愤地直哆嗦，一边大哭起来，连公文包都掉到了地上，"那您拿去吧，您高兴就好。我这个无党派的同情人士，饿死也是活该的……饿死就饿死吧。我这样的老狗，也只配饿死了。不过，您可不要忘了，科洛布克夫先生。"小老头的声音猛然间变得像先知般严厉起来，字字句句犹如洪钟般振聋发聩，"您不会有好下场的，拿了这些钱要下地狱。您一辈子都会受到良心谴责。"说完，小老头涕泗滂沱地嚎啕起来。

科洛特克夫差不多要疯掉了，他不由自主地痉挛般突然踩起脚来。

"去你妈的!"他抬高了调门大叫,病态的声音几乎要掀翻拱顶,"我不是科洛布克夫。你给我滚远点!我不是科洛布克夫。我不去出差!不去!"

他使劲撕扯着衣领。

小老头顿时气球一样瘪了下去,吓得浑身筛糠。

"下一位!"门后有人哇哇地叫。科洛特克夫不叫了,一头冲进门去。他一个左拐,无视了那排打字机,眼前出现了一个金发男人。这人穿着蓝色西服,身材高大魁伟,看上去风度翩翩。金发男人对科洛特克夫点了点头,说道:

"同志,请尽量长话短说,直奔主题,言简意赅。说吧,波尔塔瓦还是伊尔库茨克?①"

"我的证件被偷了。"科洛特克夫转着邋遢蓬乱的头,提心吊胆地审视周围,"后来那只猫来了。他没权力这么做。我从来不打架,眼睛是火柴伤的。他没权力跟踪我。就算他是内库,我也不怕。我被偷得一干二……"

"嗯嗯,那都不是问题。"蓝西服回答,"全套新制服我们会发的,还有衬衫,床单也会发。要是派去伊尔库茨克,甚至还会发一件二手的短大衣。就这么定了。"

他拿出钥匙,啪嗒一声悦耳地开了桌子的锁,拉出一个抽屉,看了看里面,和颜悦色地说:

"请吧,谢尔盖·尼古拉耶维奇。"

---

① 波尔塔瓦是乌克兰的城市,伊尔库茨克是俄罗斯的城市。

只见柳木抽屉里立刻钻出一个人头,头发梳理得像亚麻一样光亮,两只蓝颜色的眼睛滴溜溜转。跟着眼睛一起爬出来的,是蛇一样弯弯曲曲的脖子,擦着笔挺的领口沙沙响,接着钻出来的是西服、两只手、裤子,才一会儿工夫,一个秘书的完整人形已经爬到了红色绒布桌面上,还张口尖声细气地打了个招呼:"早上好。"他像条刚洗完澡的狗一样全身抖了抖,又蹦到地上,高高地挽起袖子,从口袋里掏出一支正品的羽毛笔,便立刻一行行地写起字来。

科洛特克夫吓得躲到了后面,伸长了手指着,对蓝西服惨叫:

"看啊,快看,他从桌子里爬出来啦。这是怎么回事儿?……"

"当然要爬出来了。"蓝西服回答,"总不能整天都躺在里面。该出来了。是时候啦。工时标准嘛。"

"可这是怎么回事儿?怎么回事儿?"科洛特克夫不停地叫。

"唉,你啊,老天。"蓝西服不耐烦了,"同志,不要妨碍我们工作。"

这时,黑发女子从门外钻了进来,兴高采烈地大声宣布:

"我已经把他的证件投到波尔塔瓦去了。我要和他一起去。我姑妈就住在波尔塔瓦,纬度四十三度,经度五度[①]。"

[①] 这个经纬度坐标在法国,而不是乌克兰的波尔塔瓦。

"那就太好啦。"金发男子正巴不得,"他这么扯皮,我已经受不了了。"

"我不要!"科洛特克夫大声抗议,眼珠子到处转着求救,"她要委身于我,可是我现在做不到。我不要!把证件还给我。我的姓氏神圣不可侵犯,快恢复我的姓氏!"

"同志,我们这里是结婚登记处。"秘书憋着嗓子提醒,"我们也是无能为力啊。"

"噢,真是个小笨蛋!"黑发女子叫起来,把头伸出门外,"同意啊,你快同意啊!"她就像在舞台上提醒台词,小声催促着,一会儿把头探出门外,一会儿又缩回来。

"同志啊!"科洛特克夫泪流满面,不停地抹眼泪,"同志啊!求你了,把证件给我。求你了。行行好,我诚心诚意请求你,只要把证件给我,我就去庙里出家。"

"同志!不要疯疯癫癫的。书面表达要具体要抽象,口头表述要迅速要注意保密,到底是去波尔塔瓦还是伊尔库茨克?别人都忙着呢,别浪费时间!不要在走廊里走来走去!不要吐痰!不要抽烟!要兑换零钱别找我们!"金发男人控制不住地发了脾气。

"握手客套一律取消!"秘书像只公鸡一样随声附和。

"拥抱才是至高无上的礼节!"黑发女子悄声感叹,接着便像一阵清风,激情四射地穿过房间,铃兰香水的气息冷不丁袭击了科洛特克夫的脖子。

"我知道第十三条戒律上写着:未经通报不准进屋找熟人。"这时,穿柳斯特林的小老头嘟嘟囔囔自顾自说着,竟然腾空飞进了屋子，披风的前襟也被风吹得鼓起来……"可我没有走进来啊，我没走着进来嘛。但是状纸我一定要找机会递进来，我说到做到，哼！……任何一条罪状，只要你签字承认，就让你坐上被告席。"说着，他便从宽宽的黑袖子里抛出一叠白白的纸，纸张顿时满天飞，像一群海鸥落到岸边的礁石上，铺满了桌子。

房间里的气氛越来越毛骨悚然，窗户也摇晃起来。

"金发同志！"科洛特克夫已经身心俱疲，他哭哭啼啼央求，"你哪怕就地枪毙了我呢，不管怎么样，请你恢复我的证件啊。我吻你的手了。"

惊悚的气氛中，金发男子的身体开始膨胀起来，变得越来越大，只见他分秒不停地在小老头的纸片上飞快地签字，签完一张就甩给秘书。秘书一张张接过，兴奋地发出咕噜噜的声音。

"见他的鬼！"金发男子破口大骂，"见他的鬼。打字员，嗨！"

只见他大手一挥，墙就在科洛特克夫眼前轰然坍塌。桌子上的三十台打字机滴滴答答齐刷刷地打起了狐步舞节拍。三十位女子扭着腰胯，淫荡地摆动起香肩，凝脂般的玉足挑起泡沫般雪白的裙袂，踩着整齐划一的步点，嘴里喊着整齐的节拍，围着桌子跳起舞来。

纸片蛇一样排成长队，一张张往打字机的大嘴里爬，依次自动卷页、剪裁、又缝在一起。最后爬出来的，竟是一条条镶着紫色饰条的白裤子。"持此证者确属本人无疑，而不是什么窝囊废。"

"把裤子套上吧!"金发男子在混乱中大喝一声。

"咦——咦——咦——咦。"科洛特克夫像狗一样低声呜咽起来,脑袋一下又一下撞着金发男子的桌角。撞击让脑袋好受了片刻,一张脸隔着朦胧的泪水在科洛特克夫眼前晃过。

"缴草酊!"有人在天花板上大叫。

披风就像一只黑色的鸟,遮住了光线,小老头的声音不响却很紧张:

"现在没别的办法了,只能去找五处的德尔京。快去!快去啊!"

一股乙醚的味道弥漫开来。后来,科洛特克夫便迷迷糊糊地被人抬到了昏暗的走廊里。披风一把抱住科洛特克夫,把他拖走了。只听他一边嘻嘻地讪笑着,一边小声嘀咕:

"哈,这下我帮了他们大忙了,整整撒了一桌子的状纸呢,每个人都至少会判个五年徒刑,真是身经百战,一朝被擒啊。快走!快走!"

披风呼地飞向了一边,似乎是坠向无尽地狱的电梯栅格里,吹出一股潮湿而又阴森的凉风。

第十章　可怕的德尔京

电梯里的镜子随着格栅沉了下去，科洛特克夫连同镜子里的他，一起堕向深渊。但是科洛特克夫本人却忘了镜子里的他，独自一人走出了电梯，来到了阴森的前厅。一个满脸粉嫩的大胖子，头戴圆柱帽子，见到他便说：

"这可太妙了。我正要逮捕您呢。"

"您不能逮捕我。"科洛特克夫回答，却止不住地魔鬼般哈哈大笑起来，"因为我没有身份，无名无姓。哈哈。你们没法逮捕我，也没法让我结婚。波尔塔瓦我是不会去的。"

大胖子吓得一哆嗦，盯着科洛特克夫的瞳孔看了看，不由向后退去。

"你来逮捕我——啊。"科洛特克夫尖叫，吐出颤巍巍发白的舌头给大胖子看，舌头上还留着缬草酊的气味，"我什么狗屁证件都没有，你怎么逮捕我？说不定，我是霍亨索伦家族①的大人物呢。"

"基督耶稣啊。"大胖子吓坏了，哆嗦着手划了个十字，粉嫩的脸变得蜡黄。

"你们没看到内库吗？"科洛特克夫看了看周围，结结巴巴地问，"快说啊，大胖子。"

"根本就没看到他。"大胖子回答,粉嫩的脸又变成了灰白。

"这可怎么办?啊?"

"去找德尔京吧,没别的办法了。"大胖子小声建议,"最好去找他。只不过他脾气太暴躁了,呼呼,太暴躁了!没人能靠近他,有两个人已经被他逼疯了。他还把电话摔坏了。"

"走着瞧吧。"科洛特克夫气宇轩昂地吐了口唾沫,"反正现在也无所谓了。上楼!"

"别伤了脚哦,负责人同志。"大胖子讨好地说着,把科洛特克夫送进电梯。

到了楼上,过道里出现了一个十六岁左右的毛头小子,凶狠地呵斥:

"你要去哪儿?站住!"

"大叔,别打我。"胖子似乎很害怕,他缩成一团,两手护住了脑袋,"我们找德尔京。"

"来吧。"毛头小子命令。

大胖子怯生生说:

"您还是自己进去吧,老爷,我就在长椅上坐着等您一会儿。他打人太疼了……"

---

① 霍亨索伦家族是德意志的主要统治家族。其始祖布尔夏德一世约在11世纪受封为索伦伯爵,第四代索伦伯爵腓特烈三世是皇帝腓特烈一世和亨利六世的忠实家臣。12世纪末期,该家族在索伦前冠以"霍亨"(意为高贵的)字样,称为霍亨索伦家族。该家族是勃兰登堡、普鲁士及德意志帝国的统治家族。

科洛特克夫走进一个黑暗的过道，往里走是一个空荡荡的大厅，地板上平展地铺着一块浅蓝色的破地毯。

里屋的门上写着"德尔京"，科洛特克夫迟疑了一会儿，还是大着胆子走了进去。屋子里的陈设看上去很舒适，有一张巨大的深红色桌子，墙上还有挂钟。圆滚滚的德尔京个子很矮小，只见他从桌子后的弹簧椅子上蹦起来，胡髭立刻根根倒立，大吼一声：

"闭——嘴！……"可是科洛特克夫连一个字都还没说。

这时，办公室又走进一个脸色苍白的年轻人，手里拿着公文包。德尔京立刻笑容绽放，挤出满脸皱纹：

"啊——啊！"他亲热地大声打招呼，"阿尔图尔·阿尔图雷奇。向您致意啦。"

"德尔京，你做的好事。"年轻人开门见山，掷地有声地控诉，"是你给布泽廖夫写信，无中生有地说我在退休金出纳处一手遮天，还偷走了五月份的退休金现金？是你写的信吗？说啊，你这个无耻的恶棍。"

"我吗？"狂暴粗鲁的德尔京摇身一变，一下子成了善良柔弱的德尔京，他似乎受了天大的委屈，唯唯诺诺地说，"我啊，阿尔图尔·阿尔图雷奇……我，当然……您冤枉我了……"

"哈，你，就是个坏蛋，坏蛋。"年轻人情绪激动起来，他摇摇头，猛地抡起公文包，碰到了德尔京的耳朵，嚓的一声，就像出了油锅的小煎饼滑进了盘子。

一旁的科洛特克夫不禁一声惊叫,呆住了。

"你也不是个好东西,总喜欢管别人的闲事儿,被我逮住要你好看。"年轻人说得慷慨决然,举起通红的拳头朝科洛特克夫挥了挥,随即便离开了。

办公室里尴尬的沉默持续了有两分钟,只有外面载重卡车开过时,烛台上的坠饰才叮当作响。

"年轻人,看到了吧。"德尔京的苦笑似乎发自内心,受了委屈的他看上去特别善良,"这就是拼命努力干活换来的奖励。夜里老是睡不踏实,吃饭总来不及吃饱,喝酒从没有尽兴过,但是下场都是同一个——被打脸。大概,您也是抱着怨气来的吧?那好吧……那您就来打我吧,打吧。德尔京的这张脸,不用说,是公家的。也许,您怕手疼?那您就用烛台揍我好了。"

说着,德尔京肉嘟嘟的脸就夸张地从写字桌后面伸了出来。科洛特克夫脑子里顿时一片空白,他羞涩地咧嘴一笑,抄起烛台的脚,咔嚓一声,烛台砸到了德尔京的脑袋。德尔京鼻子里的血滴到了桌布上,于是他大声叫起"救命"来,打开里屋的门逃了出去。

墙上画着的纽伦堡式小房子里,一只山林小杜鹃窜了出来,高兴地叫道:"咕——咕!"

"咕——K——一K——二K——三K党!"叫着叫着,小杜鹃突然变成了秃头,"我要记录下来,您是怎么虐待工作人员的!"

科洛特克夫被愤怒折磨得失去了理智。他抡起烛台猛地砸向挂钟。挂钟回报以闷声巨响,闪闪的箭头四散飞溅出来。内库从挂钟里蹦了出来,立刻变成一只白色的公鸡,身上还写着"发文"二字,转眼就溜到门外去了。就在这时,里屋传出德尔京声嘶力竭的大喊:"抓住他,抓强盗啊!"门外随即响起来自四面八方的沉重脚步声。科洛特克夫转身便逃出了门外。

第十一章　追捕桥段和无底深渊

大胖子一头扎进电梯间，左右开弓拉上栅格，呼地沉了下去。一群不人不鬼的东西顺着破旧宽大的楼梯往下跑去。大胖子戴着黑色圆柱帽子跑在头一个，它身后就是身上写着"发文"的白公鸡，公鸡身后紧跟着烛台。科洛特克夫跑在这群东西的后面，还有那个手里拿着左轮手枪的十六岁毛头小子，另外还有几个人，鞋钉把地面敲得山响。刺耳的尖叫声震动了楼道，楼里的门吓得纷纷砰然关上。

有人在楼上手拢成喇叭，俯身向下大喊着问：

"哪个部门搬家啊？你们忘记搬走防火保险箱啦！"

一个女人在下面大叫：

"是强盗！！"

在大门出口处，科洛特克夫追上了圆柱帽子和烛台，头一个蹿到了外面，吸进一大口热辣辣的空气。白公鸡一头钻进了地缝，身后留下一股硫磺味。空气忽然凝聚起来，交织出黑披风的身影，只见他贴着科洛特克夫不紧不慢地走着，嘴里像吹哨子一样拖长声音尖叫：

"同志们啊！劳动组合的成员被打啦！"

科洛特克夫一路走去，行人们纷纷让路，躲进路边的门洞里，口哨声此起彼伏。有人疯了一样在街上你追我赶，一边大喊着："抓住他。"声音嘶哑而又揪心。卷帘门噼里啪啦地落下，一个瘸子坐在有轨电车轨线上，尖叫道：

"开始啦！"

密集的枪声在科洛特克夫背后响起，犹如热闹的新年爆竹，子弹嗖嗖地时而擦肩而过，时而又从头顶掠过。科洛特克夫就像铁匠的风箱那样喘着粗气，向一幢十一层的大楼飞奔而去。大楼的侧面对着大街，正面朝向一条窄窄的小巷子。大楼拐角处挂着一块写着**"餐厅与啤酒"**①的招牌，在子弹声中碎成一张蜘蛛网。一个上了年纪的马车夫从赶车的座位上翻身坐到地上，一脸慵懒地调侃他：

"跑得真欢啊！您这是怎么了，老弟，该不会是，得罪了仇家？……"

小巷子里有个人恰巧往外跑，伸手想要拉住科洛特克夫，却只拽住了他的上衣前襟。前襟刺啦一声留在了那人的手里。科洛特克夫转身便拐进了巷子，跑过几俄丈②，一头闯进了四面全是大玻璃镜的前厅。一个全身都是金银饰带和金钮扣的侍童，看到他便急忙向电梯旁边躲开，一下子哭了起来：

"您请进，叔叔，请进！"他哇哇哭着求饶，"不要打孤儿啊！"

---

① 原文是俄语的拉丁音译。
② 1俄丈等于3俄尺等于2.134米。

科洛特克夫钻进电梯间，坐到绿色沙发上，面对镜子里的另一个科洛特克夫呼哧呼哧喘气，活像一条被拖上沙滩的鱼。小男孩抽抽嗒嗒地跟着他钻进电梯，关上了门，拉了一下绳子，电梯便向上升去。此时，楼下前厅里响起了枪声，玻璃门也哗哗地转动起来。

电梯轻飘飘地上升，让人觉得恶心。小男孩安静下来，一只手擦了擦鼻子，另一只手时不时拨弄着绳子。

"叔叔，你是不是偷钱了？"小男孩打量着惊慌失措的科洛特克夫，好奇地问。

"我在……追击……内库……"科洛特克夫上气不接下气，"不过，现在他发起反攻了……"

"叔叔啊，你最好坐到顶楼吧，那里有桌球房。"小男孩建议，"你到楼顶去躲一会儿吧，他们都带着毛瑟枪呢。"

"好的，那就去顶层……"

过了一会儿，电梯平稳地停住了，小男孩打开电梯门，探出鼻子看了看：

"出去吧，叔叔，快去楼顶。"

科洛特克夫跳到外面，看了看周围，听从了小男孩的建议。楼下的嘈杂声越来越响，渐渐向楼上逼近。身旁隔着玻璃隔墙能听到象牙小球的撞击声，隔墙后面是一张张紧张错愕的脸。小男孩钻进电梯，关死电梯门，便沉了下去。

科洛特克夫老鹰一样瞪着两眼查看了一下地形，稍微想了一下，喊了一声战斗口号"冲啊！"，便冲进了桌球房。眼前晃动着一张张绿色的球桌，一粒粒漆亮的白色小球，还有一张张惨白的脸。楼下枪声震耳的回音已经近在咫尺，还时不时伴有玻璃被击碎的声音。就好像听到了统一的号令，桌球手们齐刷刷扔下球杆，咚咚咚地从侧门鱼贯逃了出去。科洛特克夫一个箭步冲上前，在他们身后用挂钩把门拴死，紧接着又咔嚓锁死了通往楼梯的玻璃正门，转身便抄起几个小球当作防身武器。几秒钟后，只见玻璃后面就有第一张脸从电梯旁探了出来。一粒桌球便从科洛特克夫手里飞了出去，小球呼啸着穿过玻璃，那个头颅瞬间缩了回去。可是取而代之的是电光火石般的一闪，接着便探出了第二个头，接着又是第三个。桌球一个接一个飞出去，隔墙玻璃碎了一块又一块。脚步声犹如滚滚雷声席卷了楼梯，紧接着，机关枪的嘶吼就像震耳欲聋的胜家缝纫机①，震撼了整座大楼。玻璃和门框的顶部就像被利刃瞬间削去，墙上的石灰泥一大坨一大坨地在桌球房里飞来飞去。

科洛特克夫意识到，阵地眼看就要防守不住了。科洛特克夫两手捂住脑袋撒腿就跑，他拼命用脚踹第三面玻璃墙，墙后就是这幢宏伟大厦平坦的柏油楼顶。玻璃墙脆声破裂撒了一地。猛烈的火力中，科洛特克夫已经抢先把五个球盒里的球扔上了楼顶，桌球一个个就像被砍落的头颅，从球盒里顺着柏油楼顶滚了出去。科洛特克夫毫不犹豫地跟着跳了出

---

① 1851年，一个名叫列察克·梅里瑟·胜家的美国人发明了代替手工的缝纫机。这个革命性的发明被英国当代世界科技史家李约瑟博士称为"改变人类生活的四大发明"之一。1867年，胜家公司成为美国首家跨国工业公司，确立了全球家喻户晓的红色S标志。

去，他跳得很及时，因为机关枪已经把火力对准了低处，下半截门框也被削去了。

"放弃抵抗！"他似乎听见有人在大声劝降。

头顶虚弱无力的太阳立刻映入了科洛特克夫眼帘，天空是苍白的，风儿轻轻拂过，脚下就是冰冷的柏油。大楼底下和周围隐约传来城市涌动不安的喧嚣，传达着城里出了大事的消息。科洛特克夫在柏油楼顶跳了几步，打量了一下周围，紧紧攥住了三个桌球。他蹦到护栏边，俯身看了看下面。心脏便停止了跳动。他的眼前出现了一大片屋顶，每个屋顶看上去都又矮又小，有轨电车和小甲虫一样的行人在地面穿梭往来。科洛特克夫一眼看见，几个穿灰色衣服的身影正手舞足蹈地沿着缝隙般的巷子冲向大门，身后还跟着一件笨重的玩具，上面满是金光闪闪的小盖头。

"被包围了！"科洛特克夫沮丧地哀叹，"是消防队。"

他翻过了护栏，瞄准了一下，便把桌球一个接一个扔了出去。桌球一个盘旋，随即便在空中划了一道弧线，呼地掉了下去。科洛特克夫又捡起三个球，再次攀住护栏，抡圆了胳膊，把它们也一个个扔了出去。桌球在空中发出银亮的光，闪了一下，向下坠去，即刻变成了黑色，掉到底部时又闪了一下，便不见了。科洛特克夫分明看到，小甲虫似的人群在洒满阳光的地面上惊慌地跑动起来。他弯下腰，想再捡起一发弹药，可这次却没能得手。不绝于耳的玻璃破碎声中，几个人影出现在桌球房被洞穿的窗口。只见这些人就像倒豆子一样，翻身到了楼顶。其中有人戴着灰色大檐帽，有人身穿灰色军大衣，而穿柳斯特林的小老头竟然脚不沾地地穿过顶部的窗户飞了出来。紧接着，玻璃墙彻底粉碎了，只见没胡子的内库脚蹬滑轮气势汹汹地滚了出来，他满脸凶相，手里还擎着一把旧式的短火枪。

"放弃抵抗！"一声声劝降犹如四面楚歌，但是其中最难以忍受最为刺耳的就是那个破盆的低音。

"完啦。"科洛特克夫再也没了力气，"完啦！这场战斗我输了。嗒——嘀——嗒！"他嘟着嘴唇吹起了解除警报的号角。

可这时，无惧死亡的冲动突然涌进他的内心。他摇摇晃晃保持着平衡，噌地爬上了护栏的立柱，站在柱子顶上晃了一下，随即便挺直了身板大吼一声：

"宁死不屈！"

追捕人员此时离他只有两步之遥。科洛特克夫看见了向他伸来的手，也看见内库的嘴里已经喷射出了火苗。就在这一刻，太阳的壮丽恢弘诱惑了他，几乎让他窒息。他发出一声胜利的长啸，纵身一跳，向太阳飞去。刹那间，他的呼吸被截断了。他模模糊糊地，非常模模糊糊地看见，一块画着无数黑洞的灰色大幕掠过了他，向天空飞去，像极了爆炸时碎片飞溅的情景。可是接着，他头顶似乎出现了一条小巷一样狭窄的光带，他明白无误地看见，灰色大幕转而向下坠去，而他自己则往上向光带飞升而去。然后，血色的太阳一声闷响在他脑子里炸裂，他再也看不到任何东西了。

译后记

关于作者

米哈伊尔·阿法纳西耶维奇·布尔加科夫,于1891年5月15日出生在一个书香门第。他毕业于以传授基辅俄罗斯文化为主的亚历山大第一中学,并在那里打下了扎实的文学基础。

1909年,米哈伊尔·布尔加科夫考入了基辅大学医学系。1914年,爆发了第一次世界大战,布尔加科夫大学毕业后就投入了野战医院的工作。1916年的5—6月期间,布鲁希洛夫将军的军队大举突破奥地利战线,俄罗斯军队伤亡惨重,时年25岁的布尔加科夫亲眼目睹了数以千计的生命被残酷的战争摧残以致凋零。

1916年的9月,布尔加科夫被从前线征调至位于斯摩棱斯克省瑟乔夫斯克县的尼科尔斯克乡村地方医院主持工作,并于1917年秋天就任维亚济马市立地方医院传染病与性病科主任。这段时期的经历后来成了《年轻医生的笔记》的蓝本,也为《不祥的蛋》(又名《生命之光》)的创作积累了素材。

二月革命的爆发打破了原有的世界秩序，并且就此改变了年轻医生的人生轨迹。十月革命爆发后没几个月，布尔加科夫正式退役（此前他以二级后备军志愿兵的身份服役于地方医院）并回到了基辅，但不久后基辅便被德军占领。就这样，这位未来的作家一直生活在国内战火的漩涡中。

1921年，剧本《毛拉的儿子们》的大获成功，为作家挣得了第一桶金。布尔加科夫在国内战争时期的经历和遭遇后来也都反映在他的长篇小说《白卫军》、短篇小说《医生不同寻常的遭遇》以及《3日前夜》中。

创作于1924年的中篇小说《不祥的蛋》中，布尔加科夫描写了对1928年未来生活的想象，表现出对新经济政策充满了信心，憧憬人民的生活将会得到显著的改善。20年代，布尔加科夫主要中篇小说中的天才主人公无一例外以悲剧收场，这也并非偶然。《不祥的蛋》中，就描述了普罗大众还无法接受以尊重辛勤劳动、尊重文化和知识为原则的新型人道主义的人际关系。而在《狗心》里，同样也通过个人行为的描写，反映了劳动者的人文道德意识还远远达不到新政权的要求的问题。

其实从创作生涯伊始，布尔加科夫便感受到了来自俄罗斯无产阶级作家协会"狂热激进分子"的排挤和迫害，也正是他们醉心于捍卫文学与艺术"意识形态的纯洁性"。在作家更为知名的剧作《图尔宾一家的日子》与《逃亡》（1925—1928）中，布尔加科夫刻画了部分知识分子决意革命的思想转变。这部分知识分子一开始就对革命颇为反感，甚至直截了当地反对革命。作者在作品中不但描述了这个转变的早期过程，而且还预言了"新型知识分子"阶层旋即就要诞生。

1929年，对布尔加科夫的批判达到了顶点。他所有的剧作都被从舞台上撤下——包括《图尔宾一家的日子》、讽刺类剧本《红岛》和家庭轻喜剧《卓雅的公寓》。此后，中央剧目审查委员会又禁演了布尔加科夫的另一部新剧作《莫里哀先生传》。于是，陷入绝望中的布尔加科夫便于1930年3月28日提笔给政府写了一封长信。他在信中指出，由于苏联境内全方位地封杀他的作品，已经导致他无法生存，所以请求允许他移民海外。这封信产生了效果：斯大林亲自给他打了电话。经过一番谈话，作家的要求最终得以满足，他被任命为莫斯科艺术剧院的导演助理（此后于1936年，由于剧作《莫里哀》被又一次封杀，他因此和剧院领导发生了冲突，布尔加科夫一怒之下离开了艺术剧院，转而至大剧院从事歌剧剧本写作）。1932年，《图尔宾一家的日子》得以在艺术剧院重见天日，同时还上演了由他改编的果戈理名著《死灵魂》。这样一来，布尔加科夫至死都不用为面包发愁了。是年，作家年过不惑。但是，从1927年起，作家本人便再也没有在自己的祖国见到他的任何文字变成铅字发表。

与斯大林的对话使作家获得了赖以生存的资助和创作条件——遗憾的是，他没能在有生之年看到自己的作品成为民族共有的财富。1933年，在长篇小说《莫里哀先生传》遭到期刊《伟人的生活》杂志拒稿后，布尔加科夫一直到1940年

3月10日去世，也没有再尝试过发表自己的任何作品。这段时期里，他把所有的精力都投入了《大师与玛格丽特》的创作中，他在这部小说中前前后后投入了近十二年的时间。而且，最后的一年半中，罹患肾硬化已经病入膏肓的作家自己也意识到，他是不可能看到这部作品的付梓了。但是布尔加科夫深信，他的创作总有一天会对国人有益……正是通过这部作品，布尔加科夫为俄罗斯文学追求道德的真理注入了新的发展动力。

布尔加科夫去世前夕，时任作家协会主席的亚历山大·法捷耶夫①受斯大林的委托去看望他。法捷耶夫心中自然清楚，这是斯大林希望他能完成对这位颇有争议的作家盖棺定论的任务。两位作家见面后谈了些什么，在此不作赘述。但是，这次被载入史册的会面给作家协会主席带来的震撼却是有目共睹的，因为事后法捷耶夫给斯大林的汇报中写下了这样的话：

"其实那些政治人物和文人心里都很清楚——无论在生活中，还是在创作中，此人从未允许政治的虚伪使自己的内心沾染尘埃。他选择的路真诚而又率性。如果说在走这条路之初（也或许踏上这条路之后），他眼中所见的一切并非完全符合事实，也没什么可以奇怪的。但如果他违心地钓名欺世，那才是更糟糕的。"

从1940年2月起，亲朋好友便轮流在布尔加科夫病床边

---

① 《青年近卫军》的作者。

值守。1940年3月10日，米哈伊尔·阿法纳西耶维奇·布尔加科夫与世长辞。3月11日，在苏维埃作家联盟大楼里举行了公祭仪式。

在公祭仪式开始前，莫斯科著名雕塑家S. D. 梅尔库罗夫①从M. 布尔加科夫的脸上取下了石膏面膜。 M. 布尔加科夫被安葬于新圣女公墓。根据他的遗孀E. S. 布尔加科娃的请求，在他的墓地上安放了一块名为"各各他"②的石头，而这块石头以前曾被安放在果戈理的墓前。

关于《不祥的蛋》

1924年对于苏联来说，是多事之秋。执政党接二连三重拳出击，不间断地颁布了多条法令，政府高层人事的不断变动，在全国范围内搅起了影响深远的漩涡。

苏联领导人突袭式地发表了一系列激烈的言论。有一些言论甚至很快就广为流传，成了民众调侃政府的谈资。比如，时刻斗志昂扬的尼古拉·布哈林③有一次在公众场合面带微笑地说：

---

① S. D. 梅尔库罗夫（1881—1952），以擅长亚述巴比伦式墓碑雕塑出名，如列宁抬棺像和许多斯大林的雕像都是他的作品。但他的作品留存下来的不多，现存最出名的是位于巴库的《26名巴库政委遭枪杀》。
② 各各他，也作殉难地、蒙难处，源自耶稣被钉死在耶路撒冷附近一座小山的名称。
③ 尼古拉·布哈林（1888—1938），苏联和共产国际的领导人之一，马克思主义理论家和经济学家。

"要把对方的天灵盖凿穿，才能取得革命胜利。"

不久，布尔加科夫任职的《汽笛报》编辑部便要求属下必须坚定不移地"凿穿苏维埃政权阶级敌人的天灵盖"，要毫不留情地用犀利的小品文把他们打击得浑身战栗。可是布尔加科夫却越来越厌倦撰写这样的小品文。在 10 月 18 日的日记中，他发出了无奈而又沉痛的叹息：

"在《汽笛报》，我依旧度日如年。"

1924 年 12 月 26 日，米哈伊尔·布尔加科夫在日记中写道：

"……原来在巴黎有很多看了《不祥的蛋》清样的人都异乎寻常地喜欢这部作品。据说，柏林有一个在出版社工作的人也很喜欢，打算把它翻译成德文。"

可就在第二天，布尔加科夫的情绪就受到了打击。和往常一样，他带着稿子赶赴"周六义务劳动"的文学作品审议会，回家后他在日记里描述了自己的沮丧：

"今晚在'周六义务劳动'审议会上，我朗读了《不祥的蛋》。在去的路上，我还像小孩子一样兴奋，满心期待自己会像优等生那样接受大家嘉许的目光。可回来时，却心情复杂。这算什么？讽刺小品文吗？还是厚颜无耻的造反？也许你的态度是认真的？那么这部作品还太不成熟了。不管怎么说，那里坐着 30 个人，他们当中不仅没有一个人是作家，而且更荒唐的是，他们对什么是俄罗斯文学根本一无所知。

我担心，由于我的大胆言论，这些人会毫不犹豫把我送去'吃牢饭'。"

通读整部小说，看起来作家对苏维埃政权的态度绝对端正。另外，小说于1924年完稿，而作者在《不祥的蛋》中设定的故事情节发生在1928年，所以这部作品给人第一眼的印象，就是一部很普通的科幻小说。

可是，这部作品的第一批读者和听众中，就有不少人立刻发现了布尔加科夫戏谑文字背后的潜台词。曾有人直言不讳地问布尔加科夫，小说中天灵盖爆裂的情节描写，灵感是否来自于布哈林的言论。

更多读者从"红光"中读出了深意。小说中的一个片段似乎指向了国内战争："就这样，先是红光照射的部分，接着是整个载玻片上，很快就变得拥挤不堪，阿米巴虫之间的斗争也就难以避免了。刚一诞生的活体彼此恶狠狠地扑向对方，把对方活生生撕成碎片，相互吞噬。"肖洛霍夫曾表示同胞相残的国内战争是俄罗斯历史上最惨痛的教训，或许有比内战更和平也更理性的方式结束争执。

那么，作者认为谁是使整个俄罗斯沦为屠宰场的罪魁呢？残暴的怪物是在洛克的农场里孵化出来的，而洛克（POKK）这个名字有劫难、麻烦的意思（POK）。洛克这一类人没有文化，看到的只有眼前的利益，为达目的不择手段，根本不在乎急功近利所带来的严重恶果。如果洛克没有被任命为农场经理，恐怕这场灾难就完全可以避免。无疑在革命初期，对所有革命者进行甄别是不可能实现的，历史也清晰地记录了苏联建立初期一些与洛克相似的人掌握权力后所带来的恶果。因而作者在小说中对此类人的行径和下场进行了无情的鞭挞和嘲弄。

小说主人公的现实映象则更加出彩。主人公佩尔西科夫教授仅从外貌形象描写来看，很像当时供职于动物学博物馆的著名俄罗斯动物学家 A. N. 谢维尔佐夫，因为谢维尔佐夫教授也是 58 岁，也有些驼背，高个子，性格暴躁……而且，谢维尔佐夫教授的女儿和作家私交甚笃，作家把熟识的谢维尔佐夫教授写进小说，应该是信手拈来的。凑巧的是，动物学博物馆的工作人员菲力克斯正是小说中潘克拉特的原型。

对于十月革命期间民众的狂热表现，布尔加科夫也做了不无担忧的描写。比如，为了抢头条而不惜尽显丑态的新闻记者，因愤怒而打死教授并烧毁研究所的无知群众等等。不过，布尔加科夫并没有放弃对未来的希望。小说开头和结尾遥相呼应地提到基督大教堂，说明作者的信仰从头到尾都没有改变过。小说最后不无深意地提到，灾难后的"清理工作一直到 1929 年的春天才宣告结束"，春天正是耶稣复活节，按照东正教的习俗，家家户户会在这个节日里制作复活节彩蛋以示庆祝。而此时"森林里，原野上，一望无际的沼泽地里，还四处堆积着色彩斑驳的蛋。蛋壳上的图案看上去稀奇古怪，人间罕有……"似乎也昭示着俄罗斯大地终于将要迎来和平，人民的信仰也最终得以重建。

在写作这篇小说的时候，布尔加科夫可谓煞费心思。他本以为大多数影射都被讽刺性的情节描述和巧妙的文字游戏掩盖得滴水不漏,所以在小说的最后不无自信地写道:"……还必须拥有一些特殊的能力才能窥见其奥秘。"但是作为小说的作者,相信他的内心深处是极为愿意让读者顺利破解小说中所有密码的。

这部风格怪诞、争议不断的中篇小说于1925年被《地下资源》杂志正式出版。当时住在意大利卡普里岛的M.高尔基读了以后,对小说赞不绝口,称之为"机智而又巧妙"的作品。在那个年代,这部作品的面世不可不谓一个奇迹——苏维埃国家自行出版了一部"批判"苏联政权色彩厚重的经典作品。而当时阅读过这部作品的人们,大都对其中的影射细节装作视而不见。

关于《狗心》

1925年,《不祥的蛋》出版后,《地下资源》杂志再次向布尔加科夫约稿。仅仅花了两三个月的时间,布尔加科夫便写成了《狗心》。作家按惯例在"周六义务劳动"审议会上宣读了这部作品,并不出所料地再次收获了一边倒的指责和批评。只不过,这一次的批评更加汹涌,《狗心》被称为"对工人阶级恶毒的诽谤"。虽然《地下资源》杂志一再力争出版这部注定会成为时代坐标的作品,但编辑部和布尔加科夫还是在同年9月收到了国家宣传部门领导冷酷的回复:在当今时代,这部讽刺性作品无论如何不能予以出版发行。

不久以后的一个夜里，有便衣警察上门把《狗心》的手稿收走了。三年后，要不是当时苏联文坛领袖马克西姆·高尔基坚持把手稿还给作家，这部作品恐怕难以避免失传的命运。然而，"周六义务劳动"审议会上的风波却早已悄然传开，莫斯科民众很快就知道布尔加科夫有了不凡的新作。在翘首期盼新作出版而不可得的情况下，《狗心》只能通过"地下渠道"传播长达半个多世纪。直到 1987 年，《狗心》才被《旗帜》杂志公开发表，并于次年被拍成电影。

1988 年一个普通的傍晚，42 岁的导演弗拉基米尔·博尔特柯愁眉不展地读着一份报纸。有一段评论让他心惊肉跳："……还从来没有人拍过像《狗心》这样的电影，简直就是一坨狗屎。应该把这个导演大卸八块，再从桥上扔进河里。"不过，这位导演最终还是保住了小命，而且还带着电影拷贝去国外逛了一圈，顺便把意大利、波兰和保加利亚电影节的奖项带了回来。两年后，他又获得了俄罗斯本土的国家奖。至此，悬在博尔特柯头上的达摩克利特剑消失了——没人再会把他扔到河里去了。

不仅导演本人从此荣誉加身，这部电影也在俄苏电影文化史上占据了显要的地位，而且其影响之深之远，是拍摄之初任何人都想象不到的。仅仅三年后，世界上第一个苏维埃共和国宣布解体，取而代之的俄罗斯紧接着又经历了几次迄今仍让人心有余悸的动荡。多年以后，65 岁的博尔特柯早就过了耳顺之年，目睹年轻人对共产主义事业普遍失去信心的现状，虽然颇感无奈和力不从心，但也尽自己的努力每每在公众场合鼓励青年人入党。有一次，他就偏偏遇到一个好事的年轻记者，于是有了下面这段有趣的对话：

"您拍摄了《狗心》，就没有后悔过吗？我觉得，这部电影激烈抨击了苏维埃政权和社会主义理念，而且它对劳动人民的思想也产生了巨大影响，并最终使人民抛弃了这个政党。"

"这部电影影响了群众对当时苏维埃国家现实状况的态度，这一点我认同。但是，苏维埃现状和社会主义理念是有巨大差别的，这一点我以前如是说，现在仍坚持己见。您还记得《狗心》里普列奥布拉任斯基教授的台词吧——'难道卡尔·马克思禁止楼梯上铺地毯？难道卡尔·马克思哪本书里写着，普列奇斯坚卡大街卡拉布赫公寓 2 单元大门必须用木板钉死，要绕着大楼从后门走？'……马克思从没这么说过！我完全赞同这一观点。而且这也不妨碍我成为共产党员。"

……

"也许，布尔加科夫的思想会在今后很长时间都对我们有现实指导意义。您在现实生活中，遇到过很多施翁德尔和沙利克夫吗？"

"说实话，我没有仔细观察过。不过，您说得没错，施翁德尔和沙利克夫现在依然很多，只不过他们为人处世的方式变了。"

……

20世纪初问世的《狗心》敲响了振聋发聩的警钟，可身处强权的泥淖中，布尔加科夫善意的呼号没能被所有人听到。但在半个多世纪后，警钟的余音却响彻了整个俄罗斯大地，今后也必将成为一代又一代俄罗斯人的精神文化坐标。回眸三十年前不可一世的苏联，一切恍若隔世；而如今的俄罗斯正在艰难地崛起，令人五味杂陈。80年前的布尔加科夫似乎正以一个文化先知的身份，嘲弄着这个遍地狗心的世界。如果人的文化意识不改变，如果定式思维不改变，如果沙利克夫仍一代代兴旺……那么无论再过多少代人，无论再过十年还是二十年，布尔加科夫本人经历过的所有苦难，依然不会减少，依然会被每一个人细细品尝。

关于《魔鬼颂》

《魔鬼颂》撰写于1923年，是作家布尔加科夫的早期作品。当时泯灭人性的官僚主义作风显然是作者极力批判的目标。有趣的是，虽然布尔加科夫本人清醒地意识到，这篇充满尖锐讽刺和辛辣隐喻的小说不太可能被允许出版，但《地下资源》杂志的主编还是欣然接收，并在1924年出版了这篇关注"小人物"问题的作品。

某种程度上来说，作者笔下的瓦尔佛洛梅·科洛特克夫和果戈理《外套》主人公阿卡基·阿卡基耶维奇有诸多相似之处，都是为了争取公正而疲于奔命，最后搭上了性命。但是在布尔加科夫的小说中，科洛特克夫的行为近乎荒诞而又疯狂，具有明显"吸毒"后的临床症状（布尔加科夫更早的时候写过小说《吗啡》）。随着情节的发展，主人公产生的幻觉也越来越夸张。

幻觉与现实的交错，可能与不可能的彼此碾压，希望与绝望同时并存，很容易让读者产生平行世界的错觉。而这一切似乎都在引导读者聚焦一个事实——官僚主义导致的人格分裂。

布尔加科夫有意在小说的标题下加了一个副标题，让读者先入为主地有了"双胞胎"的印象。可实际上，小说通篇都没再提及"双胞胎"三个字，在主人公眼里频频改头换面的火总基主任内库就是一个不折不扣的"双面"恶魔。科洛特克夫顽固不化地坚持追求公正，但他却处处碰壁。他不断追逐内库主任，换来的是深陷麻烦的泥淖不可自拔。虽然内库被调离，但科洛特克夫也丢失了证件。寻找意见投诉处的过程中，他看到一幕幕荒诞的情景：德尔京叫嚣着让人打他，围着写字台跳舞的美女，打字机里爬出的一条条裤子……最后，科洛特克夫不得不拿起桌球武装自己……荒诞的剧情达到了高潮。

小说中，作家对人格分裂进行了入木三分的刻画。"双面"内库显然是暗讽官僚们的两面派作风，而科洛特克夫在电梯间看到镜像时，也已经开始"分裂"了。其实，作者在小说中似乎时时刻刻都在提醒读者关注"分裂"的话题。比如，关于出场的人物就有双胞胎内库，科洛特克夫和科洛布克夫，电梯间走出的美人和诱惑科洛特克夫的女秘书，楼道里瘦高个的老太婆和挑着空水桶的老太婆……

此外，故事中事件细节也有对称的重复性。比如，第二章中科洛特克夫做梦看到长了腿的桌球，而在最后一章里，桌球成了他的防身武器；第四章里不经意提到的管风琴，在第七章中又作为重要道具出现了；第七章中，内库像踩着滑轮一样冲下楼梯，而在最后一章中，内库同样踩着滑轮破窗而出，想要抓住屋顶上的科洛特克夫；在第七章中变成了猫的内库，在第十章中变成了公鸡；科洛特克夫在第二章和第八章中各做了一次梦；第五章和第十章中各提到一次逮捕的话题；作为重要隐喻道具的镜子更是多次出现在第二、四、五、十和十一章里；第六章和第八章分别名为"第一夜"和"第二夜"，主人公的心态在这两个夜晚都发生了巨大转变，也都喝得酩酊大醉……

虽然小说篇幅不长，但布尔加科夫对这些"对称"人物和"对称"细节的精心设计却随处可见，看上去似乎荒诞不经，实则是对官僚体制最为辛辣的嘲弄。正所谓：奴役人者需要"人格分裂"，受奴役者被迫"人格分裂"。

科洛特克夫没能拿到工资，只能把一包包火柴带回家，邻居派克娃也没能拿到工资，单位里发了红酒作为代偿。对于当时经济状况窘迫的苏联而言，这些事实其实并不少见。但布尔加科夫想让读者相信，正是政府的行为才让普通人变得残忍、自私、个个精通官样文章。小说中，国家机器无休止的重压体现在各个方面：单位可以不发工资；领导可以随意给员工扣一顶冠冕堂皇的帽子，然后毫无依据地开除员工；对待同行或下属可以肆意出言不逊。

布尔加科夫对官僚们的素质也进行了无情的嘲弄。内库主任签字居然用小写字体，脾气暴躁地随意开除员工，这都是身居高位却素质低下的写照。新来的内库主任高高在上一脸凶相，布尔加科夫故意赋予他破铜烂铁般的嗓子，意喻他也只不过是吞噬一切的国家机器中一枚"金属零件"而已。但是，在普通办事员的眼里，这枚"金属零件"却手握生杀重权，是可以一手遮天的绝对权威。所以，当可怜的办事员科洛特克夫看见这位蛮横的主任一会儿变成秃子，一会儿又长出络腮胡子时，他受到的惊吓是可想而知的，人格自然也就开始"分裂"了。

也许，1923 年 8 月发生的一个事件激发了布尔加科夫创作这部中篇的灵感。一个名叫 P. 科洛托夫的小型贸易企业的领导人死了。布尔加科夫在题为《金山》的小品文中也提到了这件事情。这个被控犯有诈骗罪的科洛托夫在摆脱民警的追捕时，先是开枪负隅顽抗，然后被迫从三楼跳窗，结果摔到地上受了重伤。科洛托夫并没有被及时送往医院救治，而是被赶来的警员当场打死了。据说，这个科洛托夫此前曾受到"心理疾病"的长期折磨，最终被迫从企业领导岗位辞职。

有趣的是，虽然科洛托夫和小说主人公的姓氏科洛特克夫很相像。但是与科洛托夫不同的是，科洛特克夫没有犯过任何罪，他的疯狂行为只是为了拼命摆脱官僚的蛛网。

1927年4月10日,著名电影剧作家扎尔希在《共青团真理报》就《魔鬼颂》发表评论说:"对布尔加科夫而言,我们的日常生活就是一篇不可思议的魔鬼颂,他无法在这样的条件下生存……"而布尔加科夫本人则在1930年3月28日给政府的信中写道:"黑暗离奇的色调……描摹出我们生活中无数变态的现象……"

白桦熊

2019年11月,上海

Михаил Афанасьевич Булгаков
РОКОВЫЕ ЯЙЦА · СОБАЧЬЕ СЕРДЦЕ

图书在版编目(CIP)数据

不祥的蛋;狗心/(苏)布尔加科夫著;白桦熊译.
—上海:上海译文出版社,2020.7(2024.12重印)
(译文经典)
ISBN 978-7-5327-8395-3

Ⅰ.①不… Ⅱ.①布…②白… Ⅲ.①中篇小说-小说集-苏联 Ⅳ.①I512.45

中国版本图书馆 CIP 数据核字(2020)第 109064 号

不祥的蛋·狗心

[苏联]布尔加科夫 著 白桦熊 译
责任编辑/刘 晨 装帧设计/张志全工作室

上海译文出版社有限公司出版、发行
网址: www.yiwen.com.cn
201101 上海市闵行区号景路 159 弄 B 座
苏州工业园区美柯乐制版印务有限责任公司

开本 787×1072 1/32 印张 11.5 插页 5 字数 169,000
2020 年 9 月第 1 版 2024 年 12 月第 4 次印刷
印数: 10,001—10,500 册

ISBN 978-7-5327-8395-3
定价: 49.00 元

本书中文简体字专有出版权归本社独家所有,非经本社同意不得转载、摘编或复制
如有质量问题,请与承印厂质量科联系调换。T: 0512-67606001